Thomas H. Cook, né en 1947, a publié son premier roman alors qu'il était bachelier dans une petite ville du Sud des États-Unis et n'a cessé de publier depuis lors. Il a aussi été professeur d'histoire et secrétaire de rédaction au magazine *Atlanta*. Avec une vingtaine de titres parus en France dans la collection « Série noire » de Gallimard et aux Éditions du Seuil et plus vingt-cinq romans parus aux États-Unis, Thomas H. Cook est un auteur reconnu, salué par la presse sur les deux continents. Il a reçu l'Edgar Award en 1996 pour *Au lieu-dit Noir-Étang...* et le Barry Award en 2008 pour *Les Feuilles mortes*.

Thomas H. Cook

SUR LES HAUTEURS DU MONT CRÈVE-CŒUR

ROMAN

Traduit de l'anglais (États-Unis)
par Philippe Loubat-Delranc

Éditions du Seuil

TEXTE INTÉGRAL

TITRE ORIGINAL
Breakheart Hill
ÉDITEUR ORIGINAL
Bantam Books
© Thomas H. Cook, 1995

ISBN 978-2-7578-2053-7
(ISBN 978-2-02-117667-4, 1ʳᵉ publication)

© Éditions du Seuil, 2016, pour la traduction française

Pour Susan Terner
Depuis les ténèbres, toujours à mes côtés.

PREMIÈRE PARTIE

1

Voici le récit le plus tragique qu'il m'ait été donné d'entendre. Toute ma vie, je me suis évertué à le garder pour moi.

Il recèle des nuages gris, une pluie battante et, dans mon souvenir, je la revois, si jeune, courant sur le sol détrempé. Pourtant, dans la réalité, il faisait plein soleil ce jour-là, et les lianes de la vigne kudzu qui ligotaient ses chevilles étaient charnues et vertes au bout d'un long rejeton printanier. À dire vrai, la végétation était devenue si dense sur ce versant de la montagne que, même de près, il eût été difficile de discerner tout ce qui s'était passé cet après-midi-là, tout ce qui avait été dit et commis.

Pourtant il arrive encore que certains bruits me parviennent, très distincts : son corps s'enfonçant dans le sous-bois, les battements d'ailes des oiseaux quittant tout à coup le nid, la débandade parmi les feuilles et les arbrisseaux des bestioles qui prennent la fuite, cédant, elles aussi, à la panique.

De temps à autre, c'est rare, résonne sa voix, faible mais insistante. Parfois, celle-ci surgit sous la forme d'une question : *Pourquoi me fais-tu ça ?*

Depuis, nombreux furent les étés aussi beaux que celui-là, voilà plus de trente ans, mais aucun d'eux ne m'a laissé de souvenirs plus impérissables. Je me rappelle que les azalées scintillaient de mille feux, leurs fleurs rouges et blanches semblables à de petites explosions juste au-dessus du sol, que de délicates grappes jaunes pendaient aux mimosas, que même les majestueux magnolias semblaient peiner sous le fardeau de leur floraison inodore. Et surtout que les murets des jardins ainsi que toutes les jardinières débordaient de violettes, inondant la ville d'un torrent de fleurs mauves qui saturaient l'air de leur parfum poudreux et douceâtre.

Souvent, au fil des années, mon ami Luke Duchamp m'a fait observer que le monde déployait bien des charmes cet après-midi-là. Il pense aux fleurs en disant cela, c'est certain, mais une nervosité indéniable, une impression de questions demeurées sans réponse, sous-tend toujours ses évocations de cette resplendissante journée d'été.

Il m'en a reparlé l'autre jour et, tout en l'écoutant, j'ai revu une fois encore la vérité s'avancer vers moi, silhouette sombre, cruelle, menaçante, malintentionnée. Nous venions de rentrer d'un des nombreux enterrements qui ponctuent le quotidien des petites villes, mais celui-ci avait été plus marquant que d'autres, car la défunte était la mère de Kelli Troy. Nous y avions assisté ensemble puis étions repassés chez moi boire du thé, assis sous ma galerie tandis que le soleil déclinait à l'horizon derrière la chaîne montagneuse.

Luke en prit une gorgée, puis laissa retomber sa tasse vers ses genoux. Il paraissait pensif, agité, ressassant sans doute ce qu'il avait vécu tant d'années plus tôt.

– Il est tout de même difficile de croire que quelqu'un ait pu faire une chose pareille, dit-il.

Il voulait dire à Kelli Troy, évidemment, si bien que je lui servis ma réponse toute faite.

– Oui, c'est sûr.

Il fixait du regard la paroi abrupte de la montagne comme s'il cherchait à y prendre appui, et ses traits s'étaient figés dans cette curieuse rigidité qui les gagnait toujours dès qu'il repensait à tout cela.

– Difficile de le croire, répéta-t-il au bout d'un moment.

Je hochai la tête, gardant le silence, incapable d'ajouter quoi que ce soit, incapable, en dépit des nombreuses années, de le soulager du fardeau de ses doutes, de lui offrir cette vérité qui, dit-on, est libératrice.

– Quelle vision insupportable pour un adolescent, ajouta-t-il d'une voix posée.

Dans mon esprit, je vis le corps de Kelli tel que Luke l'avait découvert, gisant dans la forêt face contre terre, ses longs cheveux bouclés étalés autour de sa tête, un bras tendu au-dessus d'elle vers le haut de la pente. J'entendis à nouveau la voix tonitruante du procureur Bailey quand il avait brandi la dernière photographie sous les yeux des jurés. *Voilà ce qu'on lui a fait subir.*

Et comme tout me revenait, je me dis que Luke avait raison, qu'il était impensable que pareille chose ait pu se produire, que Kelli ait pu finir si débraillée, sa robe blanche souillée et ses cheveux parsemés de détritus, son bras droit étiré, paume contre le sol, doigts repliés, comme si elle n'en finissait pas de ramper éperdument vers le sommet.

– Je n'ai toujours pas compris pourquoi, murmura Luke, mais pas que pour lui-même.

Il braqua son regard sur moi.

– Et toi, Ben ?

Il ne me quittait pas des yeux, et je m'empressai de lui répondre pour couper court aux autres questions qui le hantaient depuis tant d'années, coloraient sa vision de la vie, en assombrissaient l'atmosphère.

– La haine ? suggérai-je.

C'était le mobile que le procureur Bailey avait suggéré à l'époque, et je le revoyais encore agiter la photographie devant les jurés, le réentendais déverser ses arguments sur eux d'une voix puissante et enflammée, chargée de sa juste colère. *Voilà ce qu'on lui a fait subir. Seule la haine peut pousser quelqu'un à commettre un tel acte.*

Luke continuait de me regarder sans ciller.

– Peut-être bien, dit-il. Mais tu sais, Ben, je n'ai jamais tout à fait cru à cette explication.

– Pourquoi donc ?

– Parce qu'il n'y avait pas tant de haine que ça. Même ici. Même à l'époque.

Ici. À l'époque. Choctaw, Alabama. Mai 1962.

Dans ces moments où je sens la nuit venir vers moi comme si elle s'approchait pour me porter le coup de grâce, je me rappelle ce temps et ce lieu disparus. Avec le recul, cette société semble plus douce que celle qui lui a succédé, mais je sais bien que c'est faux. Elle était fermée, étriquée, univers provincial où rien ne nous dominait excepté les montagnes et les clochers, ni ne se dressait à des distances plus éloignées que celles nous séparant des rues du village le plus proche. La plupart des sept mille habitants de Choctaw étaient nés soit à l'hôpital municipal, soit dans l'une des centaines de vieilles fermes disséminées dans la vallée à la périphérie de la ville. C'était un monde protestant, dépourvu de catholiques et de juifs, une communauté blanche en dépit de la faible population noire qui vivait, comme dans le royaume des ombres, à l'orée de la ville. Et surtout, c'était une société où l'on ne se fiait aux gens que s'ils étaient en tout point identiques à soi. C'est pourquoi, lorsque j'imagine Kelli s'élançant dans la verdure, il m'arrive de la voir non pas telle qu'elle était ce jour-là, jeune fille cherchant par tous les moyens à se soustraire à l'éruption de violence d'un individu, mais comme une inconnue accusée à tort et assaillie par une foule en colère.

Ou peut-être est-ce ainsi que je souhaite envisager la chose, une seule victime mais un monde à blâmer.

Luke reposa sa tasse sur la table basse, tira sa vieille pipe de bruyère de sa poche de chemise et entreprit de la bourrer de tabac.

– Tu te rappelles la première fois que nous l'avons vue, Ben ?

– Oui.

J'avais compris qu'il parlait du jour où, dans le parc, il avait aperçu Kelli pour la première fois. Mais moi, je l'avais croisée bien avant, quand, petite, au bras de sa mère, elle avait surgi dans l'épicerie paternelle.

«Je suis Mlle Troy.»Tels furent les premiers mots que la mère de Kelli adressa à mon père. C'était une femme grande et mince, au teint pâle, aux cheveux châtain clair, à l'air nerveux, préoccupé, comme si elle se demandait sans cesse où elle avait bien pu oublier ses clés. Tout en parlant, elle laissa tomber sur le comptoir son sac à main verni noir qui resta posé là, comme un oiseau mort entre mon père et elle. Au plafond, les pales d'un vieux ventilateur tournoyaient dans la touffeur estivale, et je me rappelle que sa brise faisait frémir les cheveux de cette femme.

– Je suis Mlle Troy, déclara-t-elle en insistant sur le mot «mademoiselle», mais sans donner d'autre explication même après avoir ajouté : Et voici ma fille, Kelli.

C'était l'été 1952, bien avant que les choses changent pour de bon dans le Sud, et une mère célibataire, ça ne courait pas les rues dans une ville comme la nôtre où le drapeau des confédérés claquait encore sous le vent au-dessus de la pelouse du tribunal et où les anciens modes de vie qu'il symbolisait – code moral et social rigide, grande réserve, ordre du monde victorien – donnaient encore le ton. Mlle Troy s'était, à l'évidence, affranchie de ce monde, d'une part en donnant naissance à un enfant sans avoir de mari, et d'autre part en le déclarant sans ambages.

– Enchanté, mam'zelle.

Ce fut là tout ce que dit mon père. Puis il lui adressa ce petit sourire entendu qui n'appartenait qu'à lui, celui qui semblait indiquer qu'il prenait la vie comme elle venait sans considérer que, somme toute, elle n'avait pas tenu ses promesses envers lui.

– Vous désirez, mademoiselle ? s'enquit-il.

– Je souhaiterais faire des achats. Et que la note soit mise sur le compte de ma mère.

Elle avait parlé d'une voix sèche, en fixant mon père droit dans les yeux comme si elle s'attendait à se faire rembarrer.

– Ma mère ne va pas bien, je suis venue m'occuper d'elle un moment, ajouta-t-elle.

Mon père hocha la tête, puis abaissa le regard sur Kelli.

– Une bien jolie petite que vous avez là, dit-il d'un ton affable. Quel âge a-t-elle ?

– Six ans, répondit Mlle Troy sans faire de façons.

Mon père me pointa du doigt.

– Voici mon fils. Il s'appelle Ben. Il a le même âge que votre gamine.

– Thelma Troy est ma mère, répliqua Mlle Troy sur un ton glacial. Elle m'a dit que vous la connaissiez.

– Oui, mam'zelle, en effet.

– Faut-il que je vous montre des papiers d'identité pour mettre mes courses sur son compte ?

Cette question parut surprendre mon père.

– D'identité ? Pourquoi donc ?

– Ainsi, vous saurez que je suis bien sa fille.

Mon père la considéra, interloqué, s'interrogeant face à tant de formalité.

– Non, mam'zelle, j'ai pas besoin de voir vos papiers.

Mlle Troy le toisa d'un air dubitatif.

– Je peux donc faire mes achats tout de suite ? Vous n'avez pas besoin de procéder à des vérifications ?

Mon père secoua la tête.

– Je sais très bien qui vous êtes, mademoiselle.

– Bon, alors, merci en ce cas, répondit Mlle Troy, encore sur son quant-à-soi, mais déjà réconfortée par la confiance que lui accordait mon père.

Puis elle entreprit de faire ses courses, tirant Kelli à sa suite dans un des rayons.

De l'entrée du magasin, j'observais ces deux-là avancer le long des boîtes de conserve et des piles de sachets. De temps à autre, Kelli se retournait et lançait un coup d'œil vers moi, le visage en partie caché par ses boucles brunes. Elle avait le teint plus mat que sa mère, des yeux presque noirs et portait une robe blanche imprimée de fins traits verts de sorte que, au début, je crus qu'elle s'était roulée sur une pelouse tondue depuis peu. Mais surtout, je remarquai qu'elle ne me quittait pas du regard, comme si elle s'attendait à ce que je la provoque d'une manière ou d'une autre, exige quelque chose qu'elle avait d'ores et déjà décidé de refuser.

– Salut, lançai-je quand elle passa devant moi.

Elle ne me répondit pas, mais n'en continua pas moins de m'observer du coin de l'œil, m'évaluant avec ce que je perçus être, déjà à l'époque, une intelligence féroce.

Elles repartirent quelques instants plus tard, Mlle Troy tenant son filet à provisions d'une main et Kelli de l'autre, toutes deux franchissant à pas vifs la vieille porte moustiquaire du magasin qu'elles laissèrent claquer derrière elles.

Mû par ma curiosité gratuite de petit garçon, je leur emboîtai le pas et m'arrêtai sous la galerie en bois, les mains bien enfoncées dans les poches de ma salopette d'un bleu délavé, les regardant s'éloigner.

Elles étaient venues en ville dans un pick-up rouge couvert de poussière, aux pneus à flancs noirs et à la calandre rouillée, un vieux modèle qu'on ne voyait presque plus dont les phares, fixés sur le pare-chocs avant, faisaient penser aux yeux d'une grenouille. Kelli s'installa sur le siège passager, la vitre baissée, et je voyais son bras frêle pendre le long de la portière. Au démarrage, elle me lança un coup d'œil, les traits toujours crispés par une curieuse concentration, sérieuse, sans l'ombre d'un sourire.

Aujourd'hui, c'est ce visage tendu qui me hante le plus et, chaque fois que j'y repense, je la revois, si sérieuse à ce jeune âge, si réservée, si méfiante, et je me dis que, des années plus tard, au moment du carnage, elle avait dû avoir l'impression que toute la confiance et tout le sentiment d'appartenance qu'elle en était arrivée à éprouver au cours de l'année précédente explosaient sous ses yeux.

L'instant d'après, elle avait disparu.

Je m'attardai sous la galerie, les mains toujours dans mes poches, triturant un des criquets en tôle que je collectionnais depuis des années. Je les faisais tout le temps cliqueter, m'en servant, j'en ai pris conscience depuis, pour tromper, clic, clic, clic, mon ennui, ma solitude, ma peur. Le soir, je chassais l'obscurité à grand renfort de clics. Seul, dans l'arrière-cour de chez moi, clic clic clic, je convoquais mes amis imaginaires. Je suppose que, campé sous la galerie devant le magasin cet après-midi-là, je croyais à moitié que d'un simple, innocent et prodigieux clic, je pourrais ramener Kelli Troy jusqu'à moi.

Pareille merveille n'existe pas, bien entendu. À la différence des souvenirs, miracles perpétuels de la vie. Et donc, bien qu'il se soit écoulé plus de trente ans depuis ce jour-là, Kelli peut encore réapparaître devant moi à la moindre étincelle. Parfois, par exemple, je regarde par la fenêtre de mon bureau, fixe des yeux le versant grisâtre du mont Crève-Cœur et me souviens des innombrables fois où j'ai eu envie de le lui faire gravir jusqu'à la cime et de m'étendre auprès d'elle. J'en rêvais bien souvent pendant la période où je l'ai côtoyée, et nourrissais toujours le même fantasme, très doux, très tendre, ô combien sensuel. Je l'entraînais sur les hauteurs du Mont, la couchais sur un plaid bordeaux et, au redoublement des accords de la musique, nous nous enlacions avec passion comme je l'avais vu faire tant de fois au cinéma, étreinte que je ne connaîtrais jamais, et ce n'était pourtant pas faute de l'avoir imaginée.

Jamais rien de tel ne se produisit tout là-haut. Ce fut autre chose qui se passa. Une chose qui ne cesse de s'immiscer dans ma conscience, de se glisser dans mon esprit par ici ou par là, ramenant le passé dans une actualité atroce, comme si tout était arrivé la veille et que je sois encore sous le choc.

Parfois, ça commence par le shérif Stone planté devant moi, scrutant les murs en béton brut du petit bureau où je préparais le journal du lycée. D'autres fois, c'est par la voix de mon père qui m'appelle depuis la route du Mont, sa haute silhouette voilée par le gris de l'épais rideau de pluie. Ou bien c'est moi que l'on fait entrer dans une pièce en désordre qui sent le renfermé, la voix d'une vieille femme résonnant dans mon dos, chevrotante, éraillée et d'une ironie indicible quand elle marmonne : *Merci pour tout, Ben.*

À d'autres moments encore, cette ultime journée me revient comme dans un rêve. C'est le milieu de l'après-midi et, devant la maison, l'herbe du jardin ondoie sous la brise. Dans l'air miroitant, le fils du voisin d'en face souffle sur une fleur de pissenlit quand soudain, voilà que j'imagine Luke garer son vieux pick-up à flanc de coteau. Il ôte sa casquette de base-ball bleue, s'éponge le front. Il dit : « Tu en es sûre ? » Elle répond : « Ne t'inquiète pas, Luke. » Puis elle lui sourit et saute à terre. Il s'attarde un moment, hésitant à la quitter. « Va-t'en, Luke », l'encourage-t-elle. Il hoche la tête, passe la première, démarre, le pick-up s'éloignant en brinque-balant vers la ville, en bas, un filet de fumée bleutée ruisselant de son pot d'échappement poussiéreux. Du bord de la route, de là où elle se tient, elle le suit des yeux, sa main levée lui adressant un dernier signe, son bras nu s'agitant tel un roseau brun contre la paroi de verdure. Elle esquisse un sourire, comme pour lui signifier qu'elle ne risque rien. Enfin elle se détourne et descend le long du versant vers le mont Crève-Cœur, finissant par disparaître au détour d'un rideau d'arbres.

Parfois le rêve s'achève là, sur ce fin sourire suspendu à ses lèvres. Mais d'autres fois, il se poursuit, implacable, étape par étape, et se dévide en totalité jusqu'au moment où je vois le corps de Kelli fracasser la végétation dense de la forêt, ses jambes s'égratigner contre les ronces et les taillis, son visage recevoir les gifles des branches basses. Elle court à perdre haleine, hébétée, terrifiée, le buste incliné en avant tandis qu'elle remonte le plus vite possible la pente abrupte du mont Crève-Cœur. Souvent, elle trébuche, ses doigts cherchent éperdument un appui sur le sol caillouteux jusqu'à ce qu'elle trouve le moyen de se relever et reprenne son ascension, titubante, en remontant vers la route où elle espère que Luke aura, par miracle, fait demi-tour, sera revenu la chercher. Elle y est presque arrivée quand elle tombe, épuisée, incapable de se relever. Dans ses derniers instants, je vois sa figure plaquée contre la terre, ses cheveux en désordre constellés de débris de feuilles. L'ombre s'étend sur elle, son visage se détourne de manière hallucinante, pivotant lentement jusqu'à adopter un angle impossible. C'est alors qu'elle lève les yeux vers moi. Remplis de consternation, ils me fixent d'un air interrogateur jusqu'à ce que leur lumière, peu à peu, s'éteigne.

Et je m'éveille. Je reconnais ma maison, l'épouse endormie, confiante, à mes côtés, les dessins de notre fillette aimante fixés au mur près de mon lit. Dans l'obscurité, en silence, j'englobe la pièce du regard. Tout semble immuable, rangé, sans surprise, la table de chevet est bien à sa place, le miroir toujours au même endroit. De l'autre côté de la fenêtre, la route reste bien éclairée, droite et sûre. Tout ce qui est hors de ma personne, le monde extérieur, me semble propre et clair comparé au magma qui bout en moi. Ma maison, ma famille et mes amis, la bourgade dans la vallée où j'ai vécu toute ma vie, je sais manœuvrer au milieu de tout cela avec autant d'aisance qu'un poisson se laisse porter par le courant d'un ruisseau cristallin. Il n'y a qu'en moi que l'eau devient trouble, boueuse, que je suffoque davantage chaque fois que je revis en pensée cette journée d'été révolue.

Mais je la revis vaille que vaille, mon humeur devenant plus sombre à chaque réminiscence, dégringolade qui déconcerte mes proches depuis tant d'années, notamment ma femme qui, alors, sent que si je deviens distant et renfermé, c'est qu'une réalité indicible me serre dans son étau. Il est étrange que ce soit aussi dans ces moments-là qu'elle semble retrouver le pouvoir d'attraction qu'elle exerçait sur moi, comme si, dans son cœur, la gravité était romantique, et qu'elle avait, peut-être plus encore que la jeunesse et la beauté, le pouvoir de ranimer l'amour. Et c'est dans ces moments-là, plus que jamais peut-être, tandis que mon épouse est allongée, nue, à côté de moi, que Kelli Troy me revient. Non pas comme un corps gisant parmi un écheveau ondulant de lianes, mais telle qu'en elle-même lorsqu'elle était jeune et débordante de vie, ennoblie, exaltée par de hautes espérances. Et je la revois, le corps gainé de verdure, posée tel un fragile bouquet blanc sur la crête du mont Crève-Cœur.

J'imagine que, le plus souvent, c'est dans cette pose que Luke aussi se la représente, vision qui, forcément, suscite une des nombreuses questions qui subsistent dans son esprit malgré les années passées et que, de temps à autre, quand nous nous retrouvons en tête à tête, il verbalise tout à coup, son regard se portant sur moi pendant qu'il parle : *Qu'allait faire Kelli sur le mont Crève-Cœur ce jour-là ? Qu'allait-elle chercher, seule dans la profondeur de ces bois ?*

2

Or, cet après-midi-là, tandis que nous nous prélassions tous deux sous la galerie, Luke me posa une tout autre question qui, d'une certaine manière, me parut plus menaçante.

– As-tu déjà raconté à Amy ce qu'il s'était passé sur le mont Crève-Cœur ?

Il parlait de ma fille, qui a le même âge aujourd'hui que Kelli en mai 1962. Affalée non loin de nous sur un transat, elle lisait à l'ombre du grand chêne qui domine notre jardin.

– Non.

Cela parut l'étonner.

– Pourquoi donc ?

Je ne pouvais lui révéler la vérité, à savoir que quelle que soit la version que je servirais à ma fille, ce serait forcément un mensonge ; que, en réalité, c'était surtout Luke lui-même qui mériterait de connaître le déroulement des faits, lui dont les questions perpétuelles ne m'avaient pas permis de trouver le repos, tiraient sans cesse sur le fil ténu qui liait nos vies l'une à l'autre, d'année en année, chaque fois un peu plus, effilochant peu à peu la tapisserie d'un long subterfuge.

– Le sujet n'a jamais été évoqué, dis-je.

Et de m'empresser d'orienter la conversation sur un thème plus insignifiant et mâtiné de philosophie, ce qui, je le savais, ne serait pas pour lui déplaire.

– Tu connais Louise Baxter, non ?

Il en convint.

– Elle m'a amené son petit-fils la semaine dernière. Il vient de rentrer du Venezuela.

J'entrepris alors de lui raconter que ce gamin avait la cuisse droite très enflée, la peau tendue par un gros furoncle ayant pris une écœurante teinte jaunâtre.

– Il semblait s'être infecté, je savais qu'il fallait l'aseptiser. J'ai pratiqué une anesthésie locale, puis j'ai incisé la partie supérieure.

Luke hocha la tête, attendant la suite.

– Le furoncle était purulent, très enflammé, mais juste au milieu se trouvait une moucheture vert pâle qui, lorsque je la touchais avec la pointe du scalpel, esquivait la lame.

Luke parut soudain plus attentif.

– J'ai donc pris des pinces et retiré ce corps étranger.

Je regardai Luke d'un air abasourdi.

– C'était un ver.

– Un ver ? s'étonna-t-il.

– Oui. J'ai fait une recherche dans un ouvrage médical. Il se trouve que ce ver-là est un parasite commun en Amérique du Sud.

Il s'était contorsionné sans fin à l'extrémité des pinces en métal et, tandis que j'observais son corps verdâtre se tordre avec malice, il en avait émané un terrible sentiment de menace comme si, dans ce petit parasite, j'entrevoyais la malveillance qui se tapit au cœur de la vie.

– Et alors, je me suis dit : « Le voilà, voilà le mal. »

Luke s'accorda un instant de réflexion, puis rejeta cette idée si mélodramatique.

– Mais non, ce n'était qu'un ver faisant ce que font tous les vers, dit-il.

Son regard se perdit sur les hauteurs du Mont. Je compris que je n'avais pas réussi à l'éloigner de ce jour d'été tant d'années plus tôt.

– Je n'aurais jamais dû lui permettre de s'aventurer seule dans ces bois, soupira-t-il.

– Elle le voulait. Tu devais la laisser faire.

– Quelque chose la préoccupait. Je l'ai senti.

– Elle avait les nerfs à vif.

– Non, je dirais plutôt qu'une idée la taraudait. C'est pour ça que je ne voulais pas qu'elle aille là-haut. L'air qu'elle avait, je veux dire. Troublé.

J'inspirai à fond, mais me gardai de faire un commentaire. C'était ce même récit que Luke avait déjà raconté bien souvent, rapportant chaque fois tous les détails dans le même ordre, en enquêteur revenant sans cesse sur le lieu du crime comme si le revisiter une fois de plus lui permettrait de trouver la clé de ce qu'il était advenu.

– C'est sans doute pour ça que j'ai voulu l'attendre, reprit-il. Mais elle a refusé. Alors, je lui ai demandé si elle préférait que je repasse la chercher un peu plus tard. Elle a refusé aussi.

Je hochai la tête.

– Elle était catégorique, Ben. Elle m'a dit : « Non, vas-y, rentre chez toi, Luke. Ce n'est pas la peine que tu reviennes pour moi. »

Pourtant, il était revenu, mais quelques heures plus tard et non sans avoir téléphoné à Mlle Troy pour savoir si Kelli était rentrée. C'est la raison pour laquelle ce fut Luke qui la trouva gisant parmi les plantes rampantes,

Luke qui se pencha pour évaluer ses signes vitaux, Luke dont le jean délavé s'imbiba d'une petite quantité du sang de Kelli.

Il m'observait intensément.

– L'expression de son visage, Ben. Quand je l'ai découverte, j'entends.

Il se tut, puis murmura :

– C'était comme si on avait arraché son âme.

Je détournai les yeux, mais pas vers le Mont.

– Il y a eu un incendie à Lutton la nuit dernière, déclarai-je une fois encore pour changer de conversation. Une vieille église à l'abandon. Je comptais y faire un saut en voiture pour jeter un coup d'œil.

Luke me sourit.

– Ça ressemblait bien à ton père de faire ça, non ? Aller là où quelque chose a été détruit par le feu ou pulvérisé par une tornade.

– Tu m'accompagnes ?

Il desserra son nœud de cravate.

– Non. Autant que je m'arrête à la pépinière en rentrant. Je dois repiquer des plants. J'y travaillerai sans doute jusque tard dans la soirée.

Un gémissement lui échappa quand il se leva.

– Mon dos me fait de nouveau souffrir, dit-il en esquissant un sourire. La vieillesse approche à pas comptés.

J'abondai dans son sens, puis le regardai s'éloigner dans l'allée. Arrivé à sa voiture, il se retourna vers moi, m'adressa un petit signe de la main, puis monta à bord et démarra.

Ainsi donc, ce soir-là, ce fut seul que je me rendis à Lutton, roulant doucement au gré des lacets de la route de montagne, arrivant au sommet et m'engageant sur le plateau qui s'étalait jusqu'à la structure noircie de la vieille église en ruine. Je l'examinai un moment, mon regard absent passant des débris d'un pilier carbonisé à un autre jusqu'à ce que je ne le supporte plus et reparte vers Choctaw.

Sur le chemin du retour, mes pensées me ramenèrent vers mon père, le soir où il m'avait retrouvé sous la pluie, l'étreinte de ses bras autour de moi, le réconfort de sa voix. *Je sais combien tu l'aimais, Ben.*

Il n'avait pas été le genre d'homme qui m'emmenait avec lui à la chasse ou la pêche, au contraire du père de Luke qui l'y entraînait souvent mais, de temps à autre, il lui arrivait de franchir la porte avec un drôle d'air de plaisir anticipé mêlé de surexcitation, en bafouillant : « Monte dans la camionnette, Ben, je veux te montrer un truc. »

Le « truc » en question consistait, le plus souvent, en une curiosité naturelle assez bizarre pour avoir retenu son attention. Un jour, il me conduisit devant un champ qui, à mesure que nous approchions, paraissait recouvert d'une épaisse couche de pétrole bouillonnant. En fait, il s'agissait d'énormes sauterelles noires, il y en avait par milliers, qui, disait-il, arrivaient en masse du Texas et repartiraient au matin. D'autres visions insolites l'attiraient : un champ de pierres blanches et lisses, par exemple, qui, en réalité, était un étang dans lequel des centaines de poissons, soudain remontés à la surface, ventre en l'air, agonisaient, tués, m'expliquait-il, par « quelques malappris » qui s'étaient servis d'un générateur portatif pour électrifier l'eau.

J'ignore encore quel effet ce genre de scènes produisait chez mon père. Je n'ai jamais su ce qui l'attirait en elles. En revanche, je suis sûr que les drames humains le fascinaient autant que les catastrophes naturelles, encore que je n'aie jamais perçu le moindre signe qu'ils produisaient sur lui un effet plus durable.

Alors que sur moi, oui. Au moins, pour l'un d'entre eux.

Ce fut le pire drame qui frappa jamais Choctaw et, dans le parc municipal, le samedi matin, les anciens qui se réunissent à l'endroit appelé Whittlers Corner en parlent encore.

Un soir de la mi-juillet 1954, une famille de douze personnes partit à bord de deux esquifs depuis un îlot boisé au milieu de la rivière Tennessee. Il faisait très sombre, et ces embarcations ne disposaient pas de lanternes pour signaler leurs positions. Chemin faisant, dans l'obscurité, elles se perdirent de vue, se croisèrent à plusieurs reprises et finirent par entrer en collision tout juste à mi-parcours entre l'îlot et l'autre rive. Dans la terrible confusion qui s'ensuivit, tout le monde, excepté le mari, se noya – onze personnes, une épouse, une grand-mère et neuf enfants âgés de sept mois à seize ans.

Deux jours après les noyades, j'entendis le pick-up de mon père s'arrêter dans l'allée de chez nous, puis sa voix m'appeler de dehors.

– Viens, en route, Ben ! Je veux te montrer un truc.

J'obtempérai, et nous partîmes à flanc de coteau, roulant à vive allure sur la route sinueuse jusqu'à ce que nous débouchions sur le vaste plateau de terres arables. De chaque côté de la route, des silos en tôle ondulée rouillaient dans les hautes herbes sèches, et des kilomètres de clôtures en fil barbelé dessinaient de fines cicatrices brunâtres autour de champs en jachère.

Vers le milieu d'après-midi, nous atteignîmes la destination paternelle, une salle communale qui, selon toute apparence, avait autrefois servi de grange. Quelques pick-up et vieilles voitures stationnaient autour du bâtiment. Ils étaient couverts de poussière et cabossés, conduits, je le savais, par les fermiers miséreux qui bataillaient pour tirer leur pitance des terres austères que nous venions de traverser.

Trois ou quatre hommes vêtus d'une salopette s'attardaient à l'entrée. Ils nous saluèrent d'un signe de tête quand nous passâmes à côté d'eux.

À l'intérieur, il se trouvait d'autres personnes, pourtant ce ne furent pas les vivants qui retinrent mon attention, mais les morts. Je n'en avais jamais vu autant en un même lieu dont ils captaient la luminosité et l'air ambiant. Ils étaient alignés le long des murs, les onze, leurs cercueils rangés par taille en partant du plus petit, qui contenait le corps du bébé de sept mois, jusqu'au plus grand, celui qui abritait la dépouille de la grand-mère. Tous étaient ouverts et, du seuil de la salle, je voyais onze visages levés vers le plafond poussiéreux, les yeux clos, les lèvres boursouflées et beaucoup trop violettes, la peau d'un jaune cireux.

Mon père me fit défiler devant chacun d'eux, l'un après l'autre, nous y arrêtant un bref instant, y jetant un coup d'œil. C'était le bébé qui faisait le plus naturel, son petit corps enfoncé dans le nid douillet formé par la soie blanche ruchée de la bière. Nous passâmes devant une fillette de trois ans, puis un garçonnet de quatre ans, et montâmes ainsi à travers les âges jusqu'à la victime la plus âgée de la famille, ses cheveux gris tirés en arrière, ses joues rougies, une paire de ridicules besicles bon marché calée sur son nez.

Je m'attendais à ce qu'il dise quelque chose, mais il n'en fit rien. Il préféra se diriger vers l'endroit où le père survivant se tenait au sein du groupe d'hommes.

Petit, trapu, ce monsieur paraissait abasourdi moins par ce qui était arrivé à sa famille que par l'attention subite que ce drame lui valait.

– Arthur Loomis, se présenta-t-il. Je vous remercie d'être venu.

Mon père lui serra la main.

– C'est affreux, déclara-t-il alors d'une voix posée, mais, à vos petits, au moins, tant de choses seront épargnées.

M. Loomis acquiesça, puis lâcha la main de mon père, ces paroles glissant sur lui pour se dissoudre dans l'air gris.

Pour moi, en revanche, les propos de mon père perdurèrent, choquants, dans l'air ambiant. Que serait-il donc épargné à ces « petits », me demandai-je ? Que savait mon père de si terrible sur la vie au point de considérer que la mort brutale des très jeunes représentait un bienfait ?

Il s'attarda à l'intérieur, parmi les hommes, mais je préférai ressortir. J'errai un moment, sans but, parmi les vieux pick-up, puis contournai le bâtiment et m'aventurai derrière.

De là, j'aperçus une maisonnette, tout juste une cabane au toit en tôle ondulée rouillé et dont la galerie ployait vers la droite. Un jeune homme se trouvait à quelques mètres de là. Grand, mince, ses cheveux brillaient, presque platine, dans la clarté de la mi-journée et je remarquai qu'il m'observait avec une grande attention. Longtemps, il resta au même endroit, se dandinant d'un pied sur l'autre, comme balancé par des mains invisibles. Soudain, il rit haut et fort, puis s'élança vers moi, une corde traînant à sa suite, nouée à sa taille et dont l'extrémité était bien attachée à l'un des poteaux de soutien de la galerie.

Je reculai par réflexe et sentis alors une main se poser sur mon épaule. Je tournai la tête en levant les yeux et vis une grande femme en robe à fleurs, la peau tannée, parcheminée, les yeux perçants sous une capeline verte.

– T'as rien à craindre, dit-elle, parlant, bien sûr, du garçon dans la cour. C'est que Lamar.

Elle me sourit et m'ébouriffa les cheveux.

– T'as rien à craindre, répéta-t-elle, c'est rien que le bon Dieu qui s'est déguisé.

Je repensais à cette expression en descendant dans la vallée vers Choctaw, ce soir-là, tant d'années plus tard, mon père mort depuis longtemps, laissant les ruines fumantes de la vieille église à des kilomètres derrière moi. Je sentais que ma mémoire était en surchauffe comme si j'avais un haut-fourneau dans le cerveau et, à un moment donné, je me garai sur le bas-côté de la route pour m'efforcer de faire le point. De là, je voyais Choctaw en contrebas, rivière de diamants scintillant dans la vallée obscure et qui, en cet instant, me semblait être tout juste comme Kelli le décrivait autrefois : le monde entier et tout ce que la vie pouvait nous apprendre, réuni dans cet espace minuscule. Une fois encore, j'entendis la vieille femme me dire : « C'est rien que le bon Dieu qui s'est déguisé. » Je me rendis compte alors que, au fil du temps, cette formule m'était très souvent revenue à l'esprit. Je l'avais réentendue le jour où le petit Raymond Jeffries avait, pour la première fois, fait irruption dans mon cabinet de consultation, ses bras et ses jambes couverts d'hématomes, et plus tard encore, quand j'avais soulevé Rosie Cameron du brancard, senti ses os brisés sous sa peau pareils à de minuscules bâtons de craie avant de me rendre compte qu'elle était morte. Je la réentendis quand, lançant un coup d'œil derrière moi dans le long couloir, j'avais aperçu Mary Diehl assise, silencieuse, dans sa chambre blanche. C'est rien que le bon Dieu qui s'est déguisé, m'étais-je répété à part moi et, par ce moyen, absous de tout ce que ces gens avaient subi. Mais surtout, je l'entendais en ces soirées estivales quand, sortant sous la galerie, je m'asseyais sur la balancelle, fermais les yeux et revoyais le visage de Kelli Troy. Je pris alors conscience que, d'année en année, ces mots avaient agi comme une incantation, une formule magique qui m'avait servi non pas à ouvrir une porte pour libérer tout ce qu'elle cachait, mais à la garder fermée à double tour.

À cet instant, je sentis se briser en moi le fil ténu qui, depuis plus de trente ans, maintenait ma vie cohérente. Je me rendis compte que les larmes m'étaient montées aux yeux et les essuyai avec un mouchoir, puis remis le contact avant de redescendre à flanc de coteau jusque chez moi. En chemin, je pensai à mon existence, à la manière dont, au fil des années, j'avais assumé le noble rôle de médecin de campagne et de bienfaiteur public. Seulement je savais à présent que chaque fois que je m'étais autorisé à m'imaginer en personnage aussi respectable, une troublante petite voix intérieure avait retenti, semblable à celle qui chuchotait à l'oreille des Romains de retour de conquêtes, les incitant à la prudence en leur rappelant que la gloire est éphémère. Mais en moi, cette voix était sans relâche celle de Luke, porteuse d'un tout autre message que celui entendu par les vainqueurs. Chaque fois que je me disais que j'avais été bon, généreux, sage, objet méritant toute l'admiration d'une petite ville, cette voix s'élevait, douce mais insistante, me murmurant son sinistre soupçon : *Non, pas toi.*

3

La voix de Luke résonne depuis toujours en contre-point de ma vie, c'est pourquoi il est tout naturel que nous ayons été ensemble le jour où reparut Kelli Troy.

C'était la fin de l'été avant la rentrée de ma dernière année de lycée, et nous nous rendions tous deux au parc municipal pour une partie de tennis.

Aujourd'hui, je m'étonne que Luke et moi ayons pu devenir amis. Âgé d'un an de plus que moi, il était grand, bien bâti, athlétique, alors que j'étais plus petit, avais toujours le nez dans les livres et horreur du sport. Il était extraverti, expansif, moi assez renfermé et plutôt méfiant. Qui sait, c'est peut-être ce qui l'a attiré chez moi : l'espoir de parvenir à m'ouvrir aux autres, travail encore inachevé à ce jour.

– Tu sais que tu as du cran pour un gringalet.

Telles furent les premières paroles qu'il m'adressa, après ma bagarre avec Carter Dillbeck, un grand gaillard soupe au lait qui avait essayé de prendre mon tour à la batte.

C'était ma première année de lycée à Choctaw, et je me trouvais sur le terrain de softball pendant le cours d'éducation physique, campé sans enthousiasme sur le marbre, prêt à jouer, quand Carter avait déboulé derrière moi et m'avait arraché la batte des mains.

– Dégage, minus, dit-il en me poussant sans ménagement.

Je détestais le softball, qui me le rendait bien, mais me faire voler ma place parce que j'étais petit, sans doute veule, et pire encore, se la faire chiper par le rustaud de service que j'avais depuis longtemps étiqueté comme raté de province, là, ça dépassait les bornes.

Je refusai de céder à cette intimidation.

Le lanceur hésita, indécis, regarda Carter s'accroupir, batte brandie au-dessus de la tête.

– Décampe, l'avorton, brailla Carter à mon intention. Tout de suite ou je te file une raclée.

Je ne bougeai pas d'un pouce.

– Tu vas devoir en passer par là, le défiai-je.

Carter Dillbeck était costaud, brutal, très remonté contre moi et, pendant quarante-cinq secondes, il s'évertua à me faire la peau, me jetant à terre, me cognant dans la poussière jusqu'à ce que le coach Sanders arrive à toutes jambes, le tire en arrière et le conduise au bureau du directeur où, devais-je apprendre plus tard, il reçut une bonne correction.

Ce fut Luke Duchamp qui me tendit la main pour m'aider à me relever.

– Tu sais que tu as du cran pour un gringalet, me dit-il.

J'étais mauvais perdant. Plié en deux et fulminant de rage, la bouche barbouillée de poussière, je m'empressai de regagner l'école sans demander mon reste.

À ma grande surprise, Luke me suivit jusque dans les vestiaires.

– Ça va ? demanda-t-il.

J'opinai de la tête, renfrogné.

Sa question suivante me prit de court.

– Tu aimes le tennis ?

34

Je fis la moue, jetai, d'un geste empreint de colère, mon manuel de géologie dans le fouillis de mon casier et pris le livre de maths dont j'aurais besoin pour le cours suivant.

– Je n'y ai jamais joué, lui avouai-je.

– Tu as envie d'essayer ?

– Je ne sais pas, répondis-je d'un air maussade, m'efforçant de donner l'impression que son invitation me laissait plutôt indifférent.

C'était de la comédie, bien sûr, car je n'avais pas du tout l'intention de refuser sa proposition. Sans le savoir ou presque, j'avais toujours rêvé d'avoir un ami tel que lui, grand, pétri d'assurance, maîtrisant les qualités physiques qui me faisaient défaut, le genre de garçon auquel même Carter Dillbeck ne se frottait jamais. À l'époque, je m'étais entouré d'«amis» très différents de Luke, supposais-je, des gars tels que Jerry Peoples, impatient de dévorer chaque numéro du magazine *Mad* en rêvant de devenir taxidermiste, ou Bradley Sims, un mordu des radioamateurs. Certes, à Choctaw, Jerry et Bradley passaient pour des têtes, mais ils étaient laids à faire peur, pourvus d'oreilles décollées et de sourires dingos, et à vrai dire, en mon for intérieur, j'étais gêné qu'on m'assimile à eux. Luke paraissait pouvoir m'offrir une échappatoire à de telles attaches, mais je ne voulais pas pour autant donner l'impression de m'en faire une joie.

Raison pour laquelle je tergiversai encore un moment.

– Pourquoi moi ? Après tout, tu ne me connais pas.

Luke s'adossa à l'enfilade de casiers métalliques verts.

– On dirait que personne ne te fréquente, Ben.

Ces paroles me piquèrent au vif car, jusqu'alors, j'étais persuadé que mes camarades de classe voyaient en moi un personnage mystérieux, silencieux, renfermé, prenant des airs supérieurs, un garçon très heureux de vivre dans son monde, voire un brin méprisant à l'égard de celui dans lequel les autres évoluaient. Mais qu'il puisse s'y ajouter le fait de manquer de personnalité ou de charisme ne m'avait jamais effleuré l'esprit, et j'en fus décontenancé.

– Bref, poursuivit Luke, c'était juste histoire de parler.

Il se détacha des casiers et s'éloigna.

– Oh, ça me plairait bien d'essayer, m'empressai-je de dire dans le but de le faire revenir sur ses pas.

Luke tourna la tête vers moi, à présent hésitant, comme si j'avais refusé un cadeau qu'il répugnait à offrir une seconde fois.

– D'accord, je t'appellerai un de ces quatre, finit-il par dire, mais sans enthousiasme, aussi le regardai-je partir en présumant qu'il ne le ferait jamais.

Mais je me trompais. Il me téléphona le week-end suivant, et nous nous rendîmes au court municipal de Choctaw. Ensuite, nous nous vîmes souvent. Puis il s'ensuivit de longues virées en voiture sur les routes de montagne, des chasses dans les bois derrière chez lui, des baignades et des parties de pêche dans la rivière toute proche et, en ces soirées humides du samedi où Luke ne sortait pas avec une fille, nous prenions place sous ma galerie, songeant dans le calme à ce que l'avenir nous réserverait.

Même si j'envisageais déjà de faire médecine, je n'avais pas encore pris ma décision. Ma seule certitude était de vouloir quitter Choctaw, car je me sentais, comment dire, trop grand pour me contenter de ses limites étriquées. Aujourd'hui encore, j'ignore pourquoi au juste j'ai toujours été si résolu à m'en aller. Pourtant, depuis mes plus jeunes années, je rêvais du jour où je pourrais reléguer cette petite ville au passé, partir dans le vaste monde, devenir plus grand que toutes les choses et tous les êtres que je voyais autour de moi.

Mais je ne savais rien sur cet univers grandiose qui excitait tant mon appétit. En termes de ce que l'on apprend au lycée, je maîtrisais, dans les grandes lignes, l'histoire européenne et américaine, assez de mathématiques « pour chiffrer », comme disaient les anciens, et des rudiments de science.

Côté géographie, j'étais tout aussi limité. Je n'avais pas voyagé plus loin à l'est que Chattanooga, à l'ouest que le Mississippi, au nord que Nashville et au sud que Birmingham. Je n'avais jamais rencontré quelqu'un pouvant se targuer de ne pas être américain.

Néanmoins, je connaissais l'amitié ainsi que l'amour que l'on a pour son père. Ma mère était morte lorsque j'avais quatre ans, aussi avais-je un peu l'expérience du chagrin et d'une certaine forme de solitude. Mais je ne savais que très peu de choses sur les regrets et strictement rien sur la passion. Pour ça, il me fallut attendre Kelli Troy.

Elle s'était installée sur un banc en bois, en plein soleil, vêtue d'un corsage blanc et d'une jupe bleue, jambes repliées sous elle. Elle avait ôté ses chaussures, calé ses pieds nus sur l'assise. Elle lisait, et ne releva pas la tête quand Luke et moi passâmes devant elle sans nous presser.

Depuis ce jour-là, l'image d'une jeune fille en pareille pose, lisant en silence, concentrée et sage, me ramène chaque fois à cet instant avant que tout ne commence. Néanmoins, pas pour le revivre tel qu'il s'était déroulé, mais comme j'aurais souhaité qu'il eût lieu, en sachant ce que j'en suis venu à savoir depuis lors.

Ce n'est rien d'autre que le rêve de retourner dans le passé pour effacer tel ou tel événement ou procéder à telle ou telle légère modification qui changerait à jamais le cours de notre existence et, à mesure que le temps s'écoule et que les erreurs s'enchaînent, cela devient le désir le plus ardent que nous éprouvons.

Dans ma vision subjective, je marche d'un bon pas vers le court de tennis. Je suis débordant d'espoirs et d'optimisme. Je me connais, je suis serein, voire heureux, d'une telle lucidité. Luke avance à mes côtés, ouvert et insouciant, pas du tout troublé par les questions qui, désormais, le rongent. Il me parle. Je vois ses lèvres remuer. Mais dans ma rêverie, le monde est silencieux, je n'entends pas sa voix. Nous faisons quelques pas, j'abaisse le regard, voyant d'abord le sol nappé d'ombres, puis les tennis blanches de Luke et, pour terminer, tandis que, peu à peu, je relève les yeux, j'aperçois une chose atroce qui me fait sursauter tant elle est soudaine et inattendue : une tache rouge vif sur son jean par ailleurs impeccable. Je devine tout de suite que c'est du sang et c'est à cet instant-là que j'entends des feuilles bruire, des oiseaux s'envoler, des animaux détaler dans les broussailles. Je me crispe tandis qu'une intense chaleur me submerge. Cette agitation cesse, remplacée par des voix en colère, suivies par un bruit sourd puis par un tourbillon de sons sans rapport les uns avec les autres : les sanglots d'un petit garçon, le coup sourd du corps d'un enfant heurtant un trottoir, les vibrations de l'air que fend une pioche. J'écarquille les yeux, horrifié parce que je comprends tout, je tourne les talons et me retrouve face à Kelli Troy.

Elle est toujours assise sur le banc, toujours en train de lire, indifférente à ce qui l'entoure, le visage serein. Je l'appelle, elle lève les yeux, je vois ma mine défaite dans son regard perplexe. Dans un souffle, je murmure : « Cours. » Elle me dévisage, incrédule, ne sachant quel parti prendre. « Cours », redis-je, cette fois avec insistance. « Cours. Cours. » J'entends la détresse et l'inquiétude grandir dans ma voix devenue tendue, un peu perçante. « Cours ! » Elle me fixe des yeux, effrayée. J'ai crié d'une voix stridente, pressante, véhémente, et je vois bien qu'elle est désarçonnée, affolée, par la terreur qu'elle y perçoit. « Cours ! » crié-je encore, comme pour l'encourager à sortir d'une maison en flammes. L'expression de son visage est devenue très grave, et je comprends alors que toute l'histoire se déroule soudain devant elle dans sa pleine horreur. L'espace d'un instant, elle semble figée dans le cauchemar, engourdie, inerte. Puis je vois sa main monter vers sa bouche, ses doigts trembler contre ses lèvres. « Je t'en prie, cours », redis-je d'une voix implorante et brisée. Elle opine de la tête, pose son livre sur le banc et se lève. Elle porte la robe blanche qu'elle portera sur le mont Crève-Cœur, et je vois une boucle de ses cheveux bruns retomber sur son front. Elle hésite, alors je lui dis pour finir, dans un murmure cette fois, sur un ton d'adieu définitif : « Pars. »

Ses lèvres s'entrouvrent, se referment. Elle esquisse le geste de tendre la main vers moi, mais laisse retomber son bras. Une fulgurante seconde, elle s'offre le luxe de paraître éprouver pour moi ce que j'espère depuis toujours percevoir chez elle, à savoir de l'amour. Puis elle se détourne et sort de ma vie une fois pour toutes, disparaissant dans la végétation du parc municipal et non celle du mont Crève-Cœur, et je sais alors que la main malveillante a été retenue.

Mais dans la réalité, la sombre main s'abattit et, ensuite, ne se fatigua pas de frapper. Dans la réalité, tout convergea, Luke arrêta son pick-up sur le bas-côté de la route, puis regarda Kelli en descendre et s'éloigner sur la pente jusqu'à ce que sa robe blanche ne soit plus qu'une simple tache claire contre la forêt profonde. Quand celle-ci eut disparu, il redémarra.

Bien souvent, j'ai assisté à cette scène telle qu'il l'avait vue, regardé Kelli dans le rétroviseur comme il l'avait fait, elle dont la beauté me revient avec tant de force que j'ai du mal à croire que, la première fois que je la vis dans le parc ce jour-là, ce fut à peine si je la remarquai. Je me souviens de l'avoir aperçue du coin de l'œil tandis que je marchais vers le court de tennis, mais pas plus ses yeux foncés que ses boucles brunes ne détournèrent mon attention de ce que Luke me disait en cet instant, et il est certain qu'ils ne me rappelèrent pas la gamine taciturne que j'avais vue dans le magasin de mon père tant d'années plus tôt.

Luke et moi nous entraînâmes au tennis pendant près d'une heure cet après-midi-là. Il fit lob sur lob, mais je ne réussissais presque jamais à renvoyer son service. Pendant ce temps-là Kelli, encore assise sur le banc, portait par moments le regard sur nous, parfois tout juste le temps de suivre des yeux le vol de la balle d'un côté du court à l'autre. Elle ne nous adressa jamais la parole ni ne donna le moindre signe apparent de s'intéresser plus à l'un ou l'autre d'entre nous mais, à mesure que le temps passait, je me rappelle avoir pris peu à peu conscience de sa présence, laquelle s'imposa de plus en plus à moi. Au bout d'une heure, j'avais la sensation que mon regard dérivait vers elle de lui-même, mais toujours à la dérobée car je ne voulais pas qu'elle remarque l'intérêt que je lui portais. J'avais commencé à changer d'attitude, m'appliquant à mieux jouer, à être moins balourd, et vint le moment où, pivotant sur moi-même bien trop vite, mes lunettes valsèrent à travers le court et je me sentis mal à l'aise jusqu'à ce que, lançant un coup d'œil vers elle, je me rende compte qu'elle était toujours plongée dans son livre, inconsciente de mon humiliation.

Puis, tout à coup, comme la partie touchait à sa fin, elle se rechaussa, se leva et partit. Tandis que, d'un bon pas, elle gravissait la butte qui menait devant le haut monument de granite dédié aux morts confédérés, elle lança un regard en arrière, le visage concentré, comme si elle s'apprêtait à poser une question primordiale.

Je me souviens que cela suffit pour que je me fige et la fixe du regard ; la dernière balle de Luke passa à côté de moi en faisant siffler l'air, petite tache un peu floue sur le fond émeraude du parc qui parut découper Kelli à l'endroit exact où son corsage blanc se joignait au bleu électrique de sa jupe.

– Qui est-ce ? s'enquit Luke une fois qu'elle eut disparu.

– Je ne sais pas, répondis-je avec une indifférence feinte.

– En tout cas, elle n'est pas du coin.

Je me suis souvent demandé comment il pouvait en être aussi certain. Rien dans la tenue de Kelli ne le laissait supposer et nous n'avions jamais entendu le timbre de sa voix, si bien que nous ne savions pas qu'elle avait l'accent du Nord. Elle pouvait très bien être une de ces filles de la montagne qui, parfois, débarquaient à Choctaw pour s'adonner à une journée de lèche-vitrines ou se rendre dans l'unique cinéma décoré avec faste de la ville.

Sauf qu'elle était seule. J'en suis venu à penser que, plus que toute autre chose, ce fut la solitude dans laquelle elle nous apparut, assise sur ce banc, plongée dans ce livre, qui nous donna, à Luke et à moi-même, la forte impression, ce jour-là, que Kelli Troy « n'était pas du coin ».

Une fille de Choctaw ou d'une des petites villes des alentours eût été en compagnie d'une amie, voire de plusieurs. Elle eût fait partie d'un groupe, appartenu à ce que les garçons avaient pour habitude d'appeler une « clique » de filles d'âge, de tenue et de comportement similaires. Elle aurait été en train de bavarder parmi elles d'un air espiègle, un brin timide, commun aux jeunes filles de cette époque qui pouffaient de rire en prenant soin de mettre la main devant leur bouche. Des aspects de son enfance s'accrocheraient encore à elle aussi visibles que de petits rubans roses ondoyant dans ses cheveux.

Donc, en somme, je pense que cet après-midi-là, ce qui donnait l'impression que Kelli venait d'ailleurs émanait de la lenteur mesurée avec laquelle elle soulevait les paupières, de la sérénité de ses mouvements quand elle s'était levée du banc, de sa démarche assurée quand elle était sortie du parc.

Pour toutes ces raisons, la suivant des yeux tandis qu'elle s'éloignait, je crois que, pour la première fois de ma vie, j'ai éprouvé non pas la fulgurante brûlure du désir que toute adolescente ou presque peut provoquer chez quasiment tous les garçons mais l'attirance profonde, plus entêtante, et à coup sûr plus troublante, plus mystérieuse, que seule une femme peut éveiller.

– Elle est super craquante, lança Luke, je m'en souviens, comme nous quittions le parc.

« Craquante », l'adjectif me parut tout à fait mal choisi mais je me contentai de répondre :

– Ouais, c'est sûr.

Nous montâmes dans le pick-up de Luke, celui, bleu délavé, qu'il avait choisi pour ce jour-là, et celui-là même, se trouva-t-il, qu'il utiliserait plus tard pour conduire Kelli au sommet de la côte du mont Crève-Cœur.

– Ça te dit d'aller au Cuffy's ? proposa-t-il en faisant démarrer le moteur.

– Ouais, d'accord.

Il me gratifia d'un sourire espiègle, puis mit le pied au plancher et nous sortîmes du parking sur les chapeaux de roues, projetant dans notre sillage des arcs de poussière et de gravillons.

Cet après-midi-là, nous traversâmes tout Choctaw, depuis le parc situé tout au nord jusqu'au restaurant grill le Cuffy's qui se trouvait à l'extrémité sud. À l'époque, c'était une jolie ville qui faisait la part belle aux demeures en brique et, la marche de Sherman vers la mer ayant viré plus au sud à mesure qu'elle avançait sur Atlanta, certains de ses bâtiments, comme l'Opéra et la vieille gare, dataient d'avant la guerre de Sécession. C'était une localité de petits commerces – magasins de vêtements, bijouteries, quincailleries pour l'essentiel – et, le samedi, la grand-rue grouillait de monde, les habitants des montagnes environnantes descendant en ville, comme chaque semaine, pour s'acquitter du montant de leur prêt agricole auprès de la banque locale et faire leurs courses. Le centre commercial flambant neuf climatisé qui, plus tard, désertifierait le centre-ville, le transformant en une terre vaine d'églises de quartier installées dans d'anciens commerces et de brocanteurs, n'avait pas encore été construit si bien que, tandis que Luke et moi roulions en direction du Cuffy's en cette fin d'après-midi d'août 1961, il nous était loisible de croire que Choctaw resterait figé et immuable comme les montagnes qui l'entouraient.

À notre arrivée, le Cuffy's était presque désert hormis une poignée d'ouvriers de la route répartis dans les box, des hommes qui, à quelques kilomètres à l'est, construisaient la première autoroute inter-États de la région. Leur tenue de travail, chemise et salopette en flanelle, était couverte de la poussière rouge des collines marneuses qu'ils nivelaient pour préparer l'empierrement de la future quatre-voies. Tout ce dont je me souviens, c'est que Lyle Gates se trouvait parmi eux. C'était un grand garçon dégingandé aux traits anguleux, aux yeux larmoyants et irrités. Toutefois, on percevait sur son visage une certaine intelligence, ainsi que la cicatrice laissée par une curieuse blessure, ce qui donnait l'impression qu'on lui avait retiré quelque chose à tort ou plutôt qu'on ne le lui avait jamais accordé, même s'il ne pouvait saisir de quoi au juste il s'agissait.

Ses compagnons de table étaient plus âgés que lui, dégarnis et ventripotents, et je me suis souvent dit que tout en étant assis parmi eux ce jour-là, Lyle devait les voir comme de cruelles projections de son propre destin, des types qui n'étaient arrivés à rien, comme lui-même ne parviendrait à rien alors que, contrairement à eux, il avait connu son heure de possibilités suprêmes.

Sans connaître tous les détails, je savais qu'il s'en était fallu de peu pour que Lyle réussisse à s'extirper du milieu de bouseux indécrottables dans lequel il était né et qu'il avait gâché du jour au lendemain cette occasion en or par un acte de violence.

Mais cet après-midi-là, Lyle Gates, assis, très calme, parmi les autres ouvriers de la voirie, parlant bas et buvant à petites gorgées dans le gobelet en matière plastique qu'il tenait entre ses mains, n'avait rien d'une brute. Un paquet de Chesterfield était coincé dans une manche de sa chemise, sa casquette de base-ball rouge inclinée vers la droite lui donnait un petit air coquin et, à voir son aisance et sa décontraction, il eût été difficile d'imaginer qu'une part sombre se tapissait en lui, une histoire personnelle qui l'avait vidé jusqu'à l'os.

Pourtant, c'était cet épisode-là qui différenciait Lyle des autres hommes. Une affaire violente, brutale, houleuse et impulsive s'étant soldée par plusieurs décisions de justice qui, après l'avoir séparé de sa jeune épouse et de sa fillette en bas âge, faisaient qu'il habitait à présent avec sa vieille mère dans une partie de Choctaw bien trop proche de Douglas, le quartier nègre considéré comme étant dangereux auquel même les plus respectables des Blancs faisaient référence sous le vocable de «Négroville», utilisant ce terme de façon machinale comme les New-Yorkais parlaient de Little Italy ou les habitants de San Francisco de Chinatown.

Lyle suivait sa terminale au lycée de Choctaw quand Luke et moi étions encore au collège, et pourtant nous avions beaucoup entendu parler de lui. Pendant un bref et lumineux moment, Lyle avait été reconnu dans Choctaw, joueur quarterback vedette qui avait failli emmener son équipe jusqu'aux finales de l'État. Comme joueur, c'était un malin, un agressif, et on parlait beaucoup des différentes bourses universitaires que le football lui offrirait à coup sûr. Mais cet espoir avait soudain été balayé le soir de novembre où Lyle avait plaqué un adversaire au sol et l'avait frappé jusqu'à lui faire perdre connaissance avant que ses coéquipiers ne puissent le tirer en arrière. Après cela, il avait été renvoyé de l'équipe et suspendu du lycée et, quelques semaines plus tard, il avait mis un terme à ses études. Le bruit courut qu'il aurait pu faire de la prison si l'autre joueur avait porté plainte contre lui.

Il en avait résulté des ennuis avec son épouse, des appels à la police, des gardes à vue. Un jour, il avait tenté de kidnapper sa fille en tenant sa femme au bout d'un fusil. La police était encore intervenue et, cette fois, Lyle avait passé une semaine derrière les barreaux.

Cependant, en dépit de ces crises de violence qui l'entouraient, Lyle Gates ne dégageait rien de très inquiétant au Cuffy's, cet après-midi-là. Auréolé de la fumée de sa cigarette, les vêtements couverts d'une poussière crayeuse orange, il ressemblait plutôt à une pelure d'être humain jetée sur le côté. Même sa coupe de cheveux, lissés en arrière en une Ducktail blonde, le plaçait à la lisière d'une époque révolue, un artefact de vingt-trois ans.

Il ne nous vit, Luke et moi, qu'au moment où il se leva pour se diriger vers la porte. Alors, il s'attarda en arrière, laissant ses compagnons plus âgés sortir du snack-bar et vint jusqu'à nous d'un pas nonchalant.

– Comment va, vous deux ? lança-t-il.

– On ne peut mieux, je dirais, répondit Luke, un peu crispé, conscient qu'il était de la réputation de Lyle.

Ce dernier se fendit d'un large sourire, mais l'expression de son regard demeura lointaine, comme s'il doutait d'avoir bien fait de nous adresser la parole.

– Tu chopes côté filles ?

Luke haussa les épaules, mais ne répondit pas.

Lyle porta le regard sur moi.

– Ta tête ne m'est pas inconnue, toi, lança-t-il.

– Ben Wade, lui dis-je.

Il me regarda un moment, comme s'il cherchait quoi me dire d'autre.

– T'as déjà goûté au Frito Pie ? finit-il par me demander.

– Non.

– Tu devrais, dit-il. C'est la spécialité maison.

Son regard passa du mien à celui de Luke, puis revint sur le mien.

– Vous étiez encore au collège tous les deux quand je jouais au base-ball pour le lycée de Choctaw, hein ?

Nous lui fîmes signe que oui.

– Vous êtes en quelle classe maintenant ?

– Je passe en terminale, répondit Luke. Ben en première.

Lyle hocha la tête.

– On peut pas dire que je m'en sois bien sorti dans notre bon vieux lycée de Choctaw. Vous aussi, vous devez en avoir entendu parler.

Aucun de nous deux ne répondit.

Son visage s'assombrit un bref instant au souvenir de cet échec retentissant, puis s'éclaira tout aussi vite tandis qu'il s'efforçait de ne plus y penser.

– Alors, le bahut est toujours le même ?

– Faut croire, lui répondit Luke.

Le sourire de Lyle se fit carnassier.

– Ils ont commencé à y admettre des négros ?

Luke et moi échangeâmes un regard, puis Luke répondit :

– Pas encore.

– Paraît que ça va se faire, reprit Lyle.

Luke secoua la tête.

– Je n'en ai pas entendu parler, dit-il.

– Alors, tant mieux, murmura Lyle.

Il lança un coup d'œil au-dehors. Ses potes étaient montés à l'arrière du pick-up.

– Faut que j'y aille, dit-il en reportant son attention sur nous.

Il donna une bourrade amicale à Luke.

– Portez-vous bien, lança-t-il.

Il sortit du Cuffy's d'un bon pas et sauta sur le plateau du pick-up. Il tira le paquet de Chesterfield de sa chemise tandis que le véhicule s'éloignait.

– Tu crois qu'il a raison ? demanda Luke.

Je le considérai avec gravité, certain qu'il faisait allusion à la remarque de Lyle sur le fait que des « négros » seraient admis au lycée de Choctaw.

– Pour le dessert du jour, s'empressa-t-il d'ajouter sans me laisser le temps de répondre. Tu penses que ça vaut le coup d'essayer ?

Je ne sais plus ce que j'ai répondu à cette question beaucoup plus anodine, mais je me rappelle que Luke a commandé un Frito Pie et que, peu de temps après l'avoir terminé, il m'a déposé chez moi, dans Morgan Street.

Mon père est rentré vers sept heures ce soir-là et nous avons dîné ensemble. Puis il s'est installé à sa place habituelle dans le fauteuil à côté de la fenêtre, lisant le journal en silence pendant que je regardais la télévision.

Les jours où le passé défile comme un film sans fin dans ma tête, je pense souvent à lui tel qu'il m'apparaissait en ces soirées-là. Je le revois près de la fenêtre, se coulant dans le vieux fauteuil, ôtant le bandeau de papier qui maintenait le journal plié puis feuilletant celui-ci page à page, s'intéressant, ainsi qu'il le faisait toujours, au versant sombre de la vie, ces récits d'actes de violence atroces, comme s'il s'efforçait de découvrir la seule et irréductible source de pareilles cruautés et pulsions meurtrières de la façon dont les Grecs anciens recherchaient l'élément fondateur duquel, supposaient-ils, toutes les variétés terrestres avaient jailli. Quand il avait fini, il secouait la tête et disait sans façon : « Il y a quelque chose qui cloche chez ceux qui font des trucs pareils. »

La terreur de ce «quelque chose qui cloche» était-elle tapie au cœur de tout l'enseignement moral que mon père me donnait? Dans cette crainte, il m'encourageait souvent à «apprendre à me connaître» et à «être fidèle à mes propres valeurs». Avoir une identité forte, donner du caractère au vide intérieur, c'était le but, l'apogée, de toute existence. Si l'on n'y parvenait pas, on était perdu et, dans cet égarement, capable du pire. Quand il parlait d'un violeur ou d'un assassin dont il venait de lire les méfaits dans le journal, le mystère toujours aussi abscons de ce «quelque chose qui cloche» planait au-dessus des atrocités qu'ils avaient commises.

Ainsi, au début de ma deuxième année de lycée, j'avais plus ou moins conscience qu'il arrivait que la vie nous trahisse, que certains d'entre nous pouvaient vivre longtemps puis, tout à coup, être engloutis dans le trou qui, depuis toujours, existait, au secret, en eux.

Mais ce soir-là, à mon retour du Cuffy's, mon père, au lieu de me parler de tout cela, lut en silence un moment, puis laissa le journal lui glisser des mains, se leva et parcourut le couloir pour gagner sa chambre. Au passage, il m'ébouriffa les cheveux en me servant son habituel: «Ne veille pas trop tard, hein.»

J'allai me coucher quelques heures après, et je suis sûr que, avant de m'endormir, j'ai pensé à Kelli Troy, car un je ne sais quoi dans l'allure qu'elle avait au parc cet après-midi-là commençait déjà à exercer sur moi un fort pouvoir d'attraction. Avec tout autant de certitude, je puis aussi affirmer n'avoir eu la moindre pensée, pas même fugace, pour Lyle Gates.

Alors que bien souvent il se rappelle à moi désormais. Je le revois descendre sans hâte les marches du tribunal, escorté par le shérif Stone. Il pleut, ses épaules tombantes sont couvertes par le ciré transparent que quelqu'un a drapé dessus. Mon père se tient à côté de moi. Il porte un feutre gris sur le large bord duquel je vois éclater des gouttes de pluie. Je le distingue très bien en dépit des fines traînées aqueuses qui dégoulinent sur les verres de mes lunettes. Nous nous tenons côte à côte, parmi la foule muette rassemblée sur l'escalier. Lyle passe devant moi sans m'accorder un regard, poursuivant son chemin, tête basse, cheveux trempés, tandis qu'on lui fait descendre l'escalier vers la voiture qui l'attend en bas. Je tourne la tête vers mon père. Son visage reste braqué sur Lyle qu'il suit des yeux en silence. Je vois que des courants compliqués, des questions sans réponse, des idées qu'il ne peut exprimer, agitent ses pensées, de sorte que tout ce qu'il trouve à dire est : « Il y a quelque chose qui cloche chez ce garçon. »

4

À Choctaw, la rentrée scolaire avait lieu le premier jeudi de septembre. Vers huit heures ce matin-là, mon père se gara dans l'allée gravillonnée du lycée. Il conduisait une vieille Chevrolet 57 qu'il avait achetée huit jours plus tôt et qu'il m'offrit quelques semaines plus tard. Elle était de couleur grise et la gauche de son pare-chocs avant portait une belle éraflure, mais je la considérais comme un char étincelant et nourrissais la certitude que, une fois bachelier, ce serait à son volant que je m'échapperais de cette ville pour toujours.

Je m'apprêtais à descendre dès que mon père eut stoppé la voiture mais, soudain, il m'arrêta en posant sa main sur mon épaule et, me retournant vers lui, je vis dans son expression la tendresse et la curieuse appréhension que je destine à présent à ma fille Amy parce que je sais qu'elle sera bientôt livrée à elle-même et que le monde vers lequel elle s'avance regorge de dangers insoupçonnés.

– Sois sage, Ben.

Il n'en dit pas plus mais, déjà à l'époque, j'entendis ces paroles non comme un ordre mais une mise en garde que, à la lumière de tout ce qui n'allait pas tarder à se produire, je trouve encore très prémonitoire.

J'obtempérai et partis. Arrivé à la grille du lycée, je lançai un coup d'œil en arrière. La vieille Chevy grise était encore à l'arrêt dans l'allée circulaire, mon père au volant, son visage dépassant de son large demi-cercle noir. Il m'adressa un signe de tête, leva l'index à mon intention puis enclencha la vitesse et démarra.

M. Arlington était déjà à pied d'œuvre à mon entrée dans la salle de classe. Il ne m'adressa pas la parole mais continua de fixer, de part et d'autre du tableau, les portraits de Jefferson Davis et d'Abraham Lincoln.

J'allai m'asseoir à ma place habituelle au centre de la salle pendant que M. Arlington poursuivait sa tâche. Ce jour-là, il avait l'âge que j'ai aujourd'hui, mais il faisait très vieux à mes yeux, obèse, les épaules voûtées, doté d'une épouse qui semblait être sa version féminine.

En début de cours, M. Arlington ôtait son veston, desserrait son nœud de cravate et retroussait ses manches de chemise comme si nous instruire demandait un effort plus physique qu'intellectuel. Il enseignait l'histoire et, ce faisant, savourait de toute évidence le fait de pouvoir, de temps à autre, glisser ce qu'il estimait en être les Grandes Idées. Il déclarait avec emphase que ceux d'entre nous qui ne retiendraient rien de l'Histoire seraient condamnés à la répéter. Il nous affirmait que celle-ci nous apprenait plusieurs choses, entre autres que le pouvoir circulait dans du vide. Il ne nous laissa jamais entendre que, hors du lycée de Choctaw, c'étaient là des idées reçues, rien de plus que des clichés pédagogiques, et se garda bien de nous dire qu'il les avait grappillées dans les ouvrages d'hommes beaucoup plus sages et accomplis que lui. Je pense que, dans une certaine mesure, il aimait se faire passer pour un mentor intellectuel même s'il se rendait compte que, en dehors de l'univers clos d'un lycée de petite ville, il n'avait aucune chance d'impressionner quiconque. En effet, sous cette posture doctorale, il y avait chez lui une dose de timidité, d'indécision et de profonde insécurité. Si jamais il se faisait surprendre en flagrant délit d'erreur, il piquait un fard et se tournait aussitôt vers le tableau pour le dissimuler. En classe, il se concentrait sur les débâcles militaires, sautant avec entrain les époques, passant de l'*Invincible Armada* à la charge de Pickett. Je le considérais comme un bouffon et un imposteur usurpant sa place de professeur. C'est la raison pour laquelle l'unique leçon que j'aurais pu apprendre de lui – à savoir qu'il est toujours possible de commettre une erreur fatale – tomba dans l'oreille d'un sourd.

La seule lycéenne présente dans la salle, une dénommée Edith Sparks, portait un corsage bleu ciel et une jupe écossaise noir et blanc, des chaussures noires, des socquettes blanches et avait pris sa place habituelle au fond de la classe.

– Salut, lui lançai-je.

Edith me considéra d'un air distant, à croire qu'elle était un peu intimidée par le fait qu'une des «têtes» de l'école lui ait adressé la parole.

– Salut, répondit-elle à mi-voix.

Elle ne faisait pas partie des «coqueluches» du lycée, de la bande de Turtle Grove, de ces demoiselles dont le père exerçait le métier de médecin ou d'avocat, possédait une usine textile ou siégeait au conseil d'administration d'une banque de la ville. Elle était pourtant plutôt mignonne, mais arborait la joliesse commune, provinciale de ces filles qui habitaient en haut de la montagne, se laissaient pousser les cheveux, d'un brun terne, jusqu'à la taille et descendaient tous les jours à pied dans la vallée pour se rendre à l'école, serrant leurs manuels contre la poitrine de la même manière qu'elles serreraient bientôt le premier-né de leurs nombreux bébés aux cheveux bruns.

– On n'a pas vu l'été passer, dis-je.

– Ouais, c'est sûr.

Et sur ces mots, elle esquissa un sourire comme si elle avait envie de poursuivre la conversation mais ne savait pas du tout par quel bout la prendre.

Je la connaissais depuis le primaire et la considérais comme une de ces filles qui existaient à la périphérie de la vie scolaire, ne séchaient jamais le cours d'économie domestique et semblaient destinées à épouser un futur commerçant. Elle passerait toute sa vie à Choctaw et donnerait à ses enfants l'éducation qu'elle-même avait reçue, un sort que je trouvais triste à mourir.

Aujourd'hui, quand je repense à Edith, c'est à sa silhouette assise dans le box des témoins, à sa voix tout juste audible quand elle répond aux questions du procureur Bailey. Elle porte une robe qu'elle devait estimer convenir à un procès, d'une élégance absurde, complétée par une toque foncée sans doute empruntée à sa mère. Je la revois lancer des coups d'œil nerveux autour d'elle sous le feu nourri des questions du procureur :

Où avez-vous vu l'accusé, mademoiselle ?

Quand il sortait de la forêt.

À quel endroit ?

Là-bas, en haut du mont Crève-Cœur.

Que faisait-il ?

Il s'essuyait les mains.

Avec quoi ?

Un mouchoir.

Vous souvenez-vous de la couleur de ce mouchoir ?

Il était blanc.

Pouviez-vous voir ce qu'il effaçait de ses mains ?

Oui, monsieur le procureur.

C'était quoi, selon vous, mademoiselle ?

Du sang.

C'est à ce moment-là qu'elle avait tourné les yeux vers le banc de la défense, avant de s'empresser de reporter le regard sur le procureur Bailey, se laissant gentiment guider par lui vers l'instant où, d'un geste théâtral, elle pointa son index tremblant sur l'accusé et, d'une voix tout juste assez forte pour être audible par l'assistance, prononça sa dernière réponse : *Lui.*

Il m'arrive encore de croiser Edith, de temps en temps, dans Choctaw. Elle a mal vieilli, ce qui est souvent le cas de ces fermières, des taches brunes maculant son front ainsi que le dos de ses mains. Elle se coiffe en chignon et s'habille avec des robes qu'elle coud elle-même. Nous nous saluons d'un signe de tête. Son sourire, toujours aussi timide, révèle désormais un éventail de dents cariées. Nous ne nous adressons jamais la parole. Et pourtant, quand elle passe, je ne peux m'empêcher de me demander si elle entend parfois un pic fendre l'air de l'été, ou bien si elle revit un seul moment de ceux qu'elle a passés dans le box des témoins, cet unique moment de sa vie où toute la ville n'avait d'yeux que pour elle.

Mais en ce jour de rentrée scolaire voilà tant d'années, je n'avais aucune raison de prêter attention à Edith Sparks, et ne cherchais pas à m'en donner. En tout cas, je n'aurais jamais pu imaginer qu'elle tiendrait bientôt la vie d'un autre être humain entre ses mains sagement croisées.

– Je suis content que tu sois en avance, Ben, lança M. Arlington quand il finit par se retourner vers la salle de classe. Je voulais te demander quelque chose.

Il se pencha vers moi, s'appuyant des deux mains sur son bureau.

– Que dirais-tu de devenir, pour cette année, le rédacteur en chef du *Wildcat* ?

Le *Wildcat* était le journal du lycée et, aussi loin que je m'en souvienne, Allison Cryer le dirigeait seule depuis sa création.

– Je croyais que c'était Allison, répondis-je.

– Les Cryer ont déménagé à Huntsville. C'est pourquoi je cherche à la remplacer.

Il eut une hésitation, comme s'il répugnait à me faire un compliment.

– L'an passé, j'ai remarqué certaines dissertations que tu as rédigées en classe et je crois bien que tu pourrais être à la hauteur.

J'en restai coi, si bien que M. Arlington ajouta :

– La parution du *Wildcat* demande peu de travail. Sans compter que tu auras un conseiller pédagogique. Une nouvelle enseignante, Mlle Carver. Elle t'apportera toute l'aide dont tu auras besoin.

– D'accord, répondis-je sans enthousiasme en haussant les épaules, même si, en mon for intérieur, j'étais fier d'avoir été choisi, saisissant au vol, ainsi que je le faisais à l'époque, le moindre signe de reconnaissance.

– Parfait, approuva M. Arlington en commençant de rassembler ses affaires. Maintenant, tu ferais bien de te rendre à la réunion de rentrée.

Cette année-là, il n'y avait pas plus d'une centaine d'élèves en terminale à Choctaw qui, selon la coutume, occupaient les deux premières rangées de la salle de réunion. Luke était assis dans celle devant moi. Il me fit un clin d'œil malicieux en me voyant prendre place parmi les autres élèves.

Il s'agissait d'un grand auditorium pourvu d'une scène fermée par un rideau. C'était le décor de presque toutes les réunions scolaires allant des rassemblements pour motiver les troupes avant le match de football du vendredi soir aux discours inspirés des invités exceptionnels. Un lutrin en bois se trouvait au centre de la scène et, une fois que tout le monde se fut assis, le proviseur s'avança pour y prendre place.

– Soyez tous les bienvenus à Choctaw, lança M. Avery en balayant du regard les deux premiers rangs. J'ai une pensée spéciale pour les terminales.

Des acclamations tapageuses fusèrent, suivies d'un retour au silence peu enthousiaste tandis que M. Avery poursuivait sur sa lancée d'une voix monocorde, détaillant l'année qui s'ouvrait, dressant la liste exhaustive des responsabilités qui nous incombaient. Cet exercice me paraissait être d'une monotonie à toute épreuve mais, avec le temps, j'y ai vu les efforts que faisait M. Avery pour nous aguerrir, tailler dans l'étoffe de nos personnalités encore floues, encore si peu substantielles, le modèle de notre caractère.

– Cette année, plusieurs défis vous attendent, conclut-il, et j'espère que vous saurez les relever et les remporter.

Après en avoir terminé, M. Avery présenta le chef de classe de la terminale. Todd Jeffries était le «beau gosse» de l'année, qui faisait craquer toutes les filles encore qu'aucune d'elles n'ait pu le détourner de l'attachement qu'il vouait à la belle et brune Mary Diehl. Il était grand, avait les cheveux blond-roux et les yeux bleus, et incarnait, d'aussi loin que tout le monde s'en souvienne, la superstar incontestée aussi bien du football que du basket-ball. De plus, il était modeste et studieux, dégageait une certaine timidité comme si lui-même se méfiait de son si grand prestige.

– Je ne suis pas un bon orateur, déclara-t-il, dansant d'un pied sur l'autre derrière le lutrin ce matin-là, mais je voudrais juste souhaiter du fond du cœur la bienvenue aux nouveaux élèves de première année au lycée de Choctaw.

Il adressa à l'assistance un sourire chaleureux, un brin timide, un de ceux que les hommes et femmes d'une grande beauté font souvent, rapide et discret, s'efforçant, en vain, de ne pas éblouir le reste d'entre nous.

– Au début, vous serez sans doute un peu perdus, poursuivit-il, mais vous pigerez vite le truc et je suis sûr que vous vous sentirez très vite ici comme chez vous.

Un tonnerre d'applaudissements retentit pendant que Todd allait se rasseoir, tonnerre que vinrent grossir les cris et les sifflements de ses coéquipiers au football, une démonstration qui parut l'embarrasser un peu.

D'autres intervenants se succédèrent, présidents de différents clubs étudiants et représentants d'élèves. Puis, à la fin de la réunion, une dénommée June Compton délivra un genre de panégyrique d'Allison Cryer, comme si elle n'avait pas quitté le lycée de Choctaw pour emménager à Huntsville mais qu'elle était morte. Pendant son bref discours, June mentionna qu'Alison avait longtemps dirigé la rédaction du *Wildcat*. Comme en aparté, et lançant un coup d'œil sur ses notes jetées sur le papier, elle annonça que «Ben Wade» avait été choisi pour en être le nouveau rédacteur en chef.

Sur ce, la réunion s'acheva et ce fut la débandade des élèves vers la sortie de l'auditorium. Près de la porte, Luke me rattrapa et me tapa dans le dos.

– Alors comme ça, tu vas te charger du *Wildcat*, lança-t-il tout joyeux.

– M. Arlington m'a forcé la main, répondis-je d'un ton un peu amer, décidé à lui donner l'impression que cette tâche ne me disait rien qui vaille.

– Tu pourras peut-être en faire quelque chose de bien, continua Luke en riant. Allison se contentait d'imprimer les résultats sportifs et les potins de la bande de Turtle Grove.

Une fois la porte franchie, Luke tourna vers l'escalier qu'il se mit à descendre tandis que je m'enfonçais dans le bâtiment principal pour assister à mon premier cours.

Le professeur entra dans la salle juste derrière moi et, en la voyant, je crus que c'était une nouvelle élève du lycée et non une nouvelle enseignante. C'était celle qui devait m'aider à éditer le *Wildcat*, jeune femme pâle et maigre à la tignasse rouquine, des cheveux qui paraîtraient toujours cassants et indisciplinés.

Elle s'installa à son bureau.

– Je m'appelle Mlle Carver, annonça-t-elle d'une voix claire et haut perchée.

Sur ce, elle posa un gros cartable en skaï devant elle, l'ouvrit et en sortit une liasse de feuilles de papier.

– J'ai ronéotypé la liste des livres à lire, poursuivit-elle en s'avançant dans la salle pour nous la distribuer.

Quand elle en eut terminé, elle regagna le devant de la salle et esquissa un sourire à l'attention de la classe.

– C'est ma première année de cours, nous avoua-t-elle, alors je commettrai sans doute quelques erreurs, j'en appelle à votre indulgence.

Son sourire s'élargit, mais de guingois, comme incapable de trouver sa vraie place sur son visage.

– Je m'occuperai aussi de la représentation théâtrale de fin d'année alors il m'appartiendra de vous demander quelle est, selon vous, la pièce que nous devrons jouer.

Elle continua sur sa lancée, s'exprimant avec calme, nous exposant ce qu'elle espérait faire pendant les mois à venir. Elle cita différents romans que nous lirions bientôt et je la réentends nous dire que *Les Hauts de Hurlevent* serait le premier d'entre eux et *Sous la neige* le dernier. Ces deux-là comptaient parmi ses préférés, nous confia-t-elle, parce qu'ils traitaient avec tant de force de ce qu'elle nommait «les amours maudits».

C'était le genre d'entrée en matière auquel j'avais fini par m'habituer au fil des années, les professeurs faisant toujours de leur mieux pour convaincre leurs élèves qu'ils avaient tout à gagner à suivre leur enseignement. Fidèle à mon image de «grosse tête», je m'efforçai de rester très attentif aux propos de Mlle Carver mais, au bout d'un moment, mon regard glissa aux quatre coins de la salle, d'abord d'un côté du tableau noir à l'autre, ensuite jusqu'en haut du mur, suivant des yeux la moulure du plafond et de nouveau vers le bas puis la rangée de pupitres de l'autre côté de la salle, glissant sur les visages inexpressifs de mes camarades de classe jusqu'à s'arrêter sur celui de Kelli Troy.

Sans aller jusqu'à dire qu'elle était fascinée, assise dans le coin au fond de la classe, écoutant les projets que Mlle Carver faisait pour nous, elle semblait attentive et drôlement sérieuse. Personne ne l'avait présentée, ainsi que le voulait la coutume pour tout nouvel élève, et j'appris plus tard que Kelli avait elle-même demandé qu'on ne la singularise pas. Elle portait un chemisier bleu ciel à manches courtes et une jupe écossaise qui lui tombait juste au-dessous du genou, un style vestimentaire qui l'assimilait aux autres filles de la classe. En fait, une seule chose l'en distinguait. À son doigt, elle portait une fine alliance en argent terni, ce qui était assez bizarre pour une jeune fille.

Je détournai le regard et fixai mon attention sur Mlle Carver.

– Je pense qu'on apprend beaucoup de choses en lisant les épreuves que d'autres ont traversées, disait-elle. C'est le plus important que la lecture puisse faire pour nous.

L'absence totale de réaction de la classe donna l'impression que rien dans tout ce que venait de dire Mlle Carver ne méritait d'être retenu, au point qu'elle demeura silencieuse un moment, abaissant les yeux comme si elle cherchait une clé susceptible de nous délivrer. Dans cette pose, elle paraissait si jeune, à peine plus qu'une jeune fille, effrayée, peu sûre d'elle, à croire qu'elle s'attendait à ce qu'on lui bondisse dessus et qu'on la démembre. Plus tard, il s'imposerait à moi qu'une parfaite innocence la nimbait ce matin-là, pareille à la peau fripée que je verrais plus tard chez les nouveau-nés et que, pour cette raison, il ne me serait jamais venu l'esprit qu'elle était bien plus instruite qu'elle ne le paraissait, bien plus capable de discerner les sentiers dérobés et les salles secrètes chez ceux qu'elle en venait à connaître, et que, dans la dense et rampante obscurité qui nappait le mont Crève-Cœur, Mlle Carver serait la première à entrevoir la vérité.

Ce premier jour de cours se poursuivit dans une atmosphère pesante, étouffante. C'était tout début septembre et, comme d'habitude dans le Sud profond, il faisait encore très chaud. Les fenêtres du lycée étaient hautes, et les professeurs les laissaient ouvertes pour nous accorder le soulagement que nous apportait le souffle léger de la brise qui, par moments, s'y engouffrait. Mais il n'y avait pas de ventilateur de plafond dans l'école, et encore moins d'air conditionné ; lorsque retentissait l'ultime sonnerie qui marquait la fin de la journée, nous sortions, chancelants, à l'air libre, en ayant la sensation qu'une longue et morne torture, enfin, se terminait.

Luke était dehors à côté de son pick-up quand j'atteignis le parking. Il ôta sa casquette et s'essuya le front du revers de son bras nu.

– Tu y crois à cette chaleur ? me lança-t-il.

Je hochai la tête pour marquer que je la trouvais infernale.

– Je pensais qu'on nous laisserait partir plus tôt, tu parles ! On a dû se taper toute la journée.

J'acquiesçai.

– J'ai revu la fille, lui dis-je. Celle qui se trouvait dans le parc quand on jouait au tennis.

– Ouais, moi aussi. Sous le préau, deux ou trois fois.

– Elle est dans mon cours de littérature.

Luke tira sur son col de chemise pour l'écarter de sa gorge.

– Je n'arrive pas à croire qu'on ne nous ait pas laissés partir plus tôt, répéta-t-il. Bref, allons nous rafraîchir au Cuffy's.

Nous montâmes à bord de son pick-up et, quelques instants plus tard, sortîmes du parking. Je lançai un coup d'œil vers le lycée, espérant déjà, je suppose, apercevoir Kelli Troy, mais laissant mon regard s'attarder sur son enceinte. Il m'était insupportable d'avoir encore deux années à passer là et je sais que j'en détournai les yeux avec l'inquiétante sensation que ma détention entre ses hauts murs de brique et sous son toit à pignons ne finirait jamais.

Je vois les choses d'une autre façon aujourd'hui, depuis une autre prison. Voilà près de vingt ans que l'établissement a fermé ses portes et été remplacé par le nouveau bâtiment beaucoup plus grand et bien plus moderne que ma fille fréquente, avec ses salles de cours flambant neuves et immaculées, ses éclairages dernier cri et le clignotement de ses écrans d'ordinateur. Aucun plan n'existe ni pour le rouvrir ni pour le démolir, aussi se dresse-t-il toujours au même endroit, ruines à l'abandon au pied du Mont, mais parées désormais des fleurs de jardin que Luke, dans ses efforts continuels pour embellir Choctaw, a plantées sur sa vaste pelouse.

Parfois, le soir, lorsque je redescends dans la vallée de la petite clinique de campagne où je me rends deux fois par mois, je laisse errer mon regard sur la façade non éclairée du vieil édifice, son campanile silencieux recouvert de vigne vierge, ses murs de brique rouge qui, peu à peu, s'effritent. J'essaie alors d'imaginer à quoi doit ressembler l'intérieur du bâtiment depuis que le vent se faufile par les vitres cassées pour rôder dans les salles et les couloirs déserts, soulevant sur son passage une poussière fantomatique dans le large escalier menant à l'étage. Je ne vois personne, nul jeu d'ombres. Je n'entends plus ni les voix qui résonnaient dans ses couloirs, ni les bruits familiers de pas feutrés qui passent, de marches qui gémissent, de portes de casiers métalliques qui claquent. Tout ce que je ressens, c'est son vide abyssal. C'est alors que j'éprouve le besoin impérieux de prendre la décision à laquelle le conseil municipal ne s'est toujours pas rallié, à savoir faire venir une entreprise de travaux publics avec ses lourdes boules de démolition, ses marteaux-piqueurs et la laisser faire son travail, donner, enfin, le tant attendu coup de grâce.

Puis mon regard tombe sur les fleurs que Luke a plantées tout le long de l'allée désertée, petite éclosion de couleurs dans de vastes ténèbres, et je me dis : *Pas encore.*

5

Il est curieux que tant de choses puissent remonter à la surface, jusqu'au détail le plus insignifiant qui soit, comme une simple remarque lancée en passant. Quelques heures avant de rejoindre Luke aux obsèques de Mlle Troy, j'auscultais M. Price, un septuagénaire se plaignant d'essoufflement, ce qu'il appelait un «rhume d'été» mais pouvait aussi bien être le signe d'une réaction allergique mineure que d'une insuffisance cardiaque. L'échange qui s'ensuivit constituait mon train-train quotidien.

– Vous fumez, monsieur?

– Non.

– Vous souffrez de ce symptôme depuis longtemps?

– Le rhume, vous voulez dire?

– Le manque de souffle.

– Un moment, je crois bien. Mais cette fois, c'est différent.

– Qu'entendez-vous par là?

– Eh bien, ça m'est comme qui dirait tombé dessus. Tout d'un coup, il m'a été bel et bien impossible de reprendre mon souffle.

– Où vous trouviez-vous quand c'est arrivé?

– Je marchais à travers champs.

– Dans de hautes herbes?

– Dans de mauvaises herbes. Et parmi ces petites fleurs jaunes, celles qui poussent un peu partout.

– Les gerbes d'or.

– C'est ça. On en trouve à foison. Surtout cet été, elles sont tenaces. Ça me rappelle celles qu'on a eues en 62.

Et voilà que sur cette remarque anodine, passé et présent se télescopent, je respire de nouveau le parfum des violettes, je sens la chaleur poisseuse de cet été révolu, j'éprouve le désir brûlant qui m'avait alors saisi si puissamment.

– Vous deviez être encore au lycée à l'époque, poursuit l'homme.

Son sourire est chargé de nostalgie.

– Seigneur, à cet âge-là, sûr que les filles sont mignonnes.

Et brusquement, je la revois, seule dans un champ de délicates gerbes d'or qui se balancent sous le vent : Kelli, l'air très calme, songeur, comme si elle réfléchissait aux aspects d'un avenir qu'elle ne connaîtra pas. Dans cette pose, elle semble si maîtresse d'elle-même, telle qu'elle l'était dans la réalité, si confiante en l'avenir, dénuée du sentiment que quelque chose pourrait se tapir à son insu dans les hautes herbes.

Je sens ma bouche s'entrouvrir tandis que je chuchote :

– Si jeune.

L'homme me regarde, intrigué.

– Qu'est-ce que vous dites ?

– Rien.

Et sur ce mot, la vision se dissipe, remplacée par les pin-pon de l'ambulance et des voitures de police qui gravissent à pleine vitesse la route du Mont jusqu'à l'endroit que Luke leur a indiqué, des sons qui ne s'estomperont jamais et résonneront à travers les générations.

– Rien, répété-je en me remettant à l'ausculter.

Mais je sais que tout est là.

L'été 61 parut devoir durer toujours. La chaleur persista tout septembre, les feuillages restèrent verts bien après le début de l'automne. Cela devint le grand sujet de conversation en ville, les clients du barbier s'interrogeant à l'envi sur cet étrange phénomène, les pasteurs s'émerveillant des prodiges accomplis par la main de Dieu, de Sa façon d'influer sur la rotation de la Terre, de transformer les saisons en étoiles fixes. Octobre vint et passa, pourtant la verdure persista, encore que, vers la fin du mois, des ombres commencèrent à surligner les crêtes qui nous surplombaient, puis les premiers jaunissements apparurent, ce fut assez soudain, comme si le versant de la montagne en avait été saupoudré en une seule nuit.

Le monde des humains suivait son cours, cela va de soi. Peu à peu, les élèves du lycée de Choctaw se plièrent à la routine scolaire. M. Arlington fit sa première interrogation écrite et, avant de nous la rendre, il lut une de mes réponses à la classe.

– Très bien construit, Ben, me dit-il tandis que plusieurs camarades moins méthodiques que moi échangeaient des clins d'œil et s'agitaient à leur place.

Fin octobre, Mlle Carver commençait à prendre ses marques. Nous avions fini de lire *Les Hauts de Hurlevent* et la plupart d'entre nous travaillaient sur la première dissertation qu'elle nous avait donné à faire. Le sujet en était «Le parfait mari», et plus d'un élève, tous des garçons, avait maugréé quand elle l'avait écrit au tableau. Mlle Carver n'en avait pas démordu si bien que, pour en terminer, nous avions tous fini par explorer la question, à part Marvin Craddock qui, bien que retardé mental, passait dans la classe supérieure d'année en année comme le voulait la coutume à l'époque.

Luke intégra l'équipe de football en tant que running back. Pendant un temps, il exulta, et je me rappelle aussi avoir eu le cafard à l'idée qu'il puisse me lâcher pour se joindre à la bande qui gravitait autour du soleil éclatant de Todd Jeffries, mais il n'en fit rien. Lors du premier match, il joua plutôt bien, mais jamais avec la frénésie à fracasser les os qu'Eddie Smathers s'efforçait de déployer, surtout quand Todd se trouvait sur le terrain, et qui lui avait déjà valu la réputation d'être, pour reprendre les mots de Luke, « le lèche-cul attitré de Todd Jeffries ».

Quant à Todd lui-même, hormis les matches de football du vendredi soir dont il était la vedette incontestée, il se fit plus discret pendant ces six premières semaines. Il prenait parfois la parole au cours de la réunion hebdomadaire, mais toujours peu de temps et en détournant les yeux. Ce tic d'expression s'intensifia avec les années, au point que, l'âge venant, il lui arriverait souvent de traverser la rue pour éviter de croiser le regard d'un autre villageois, tirant parfois sans ménagement par le bras son petit garçon, Raymond, qui traînait les pieds. Et ce fut cette même expression qui émanait encore de son visage la dernière fois que je le vis. Il venait d'écarter le masque à oxygène de sa bouche, sa respiration lui valait des halètements saccadés. Son corps était devenu rond et gras, son visage boursouflé, sa peau déformée en plis flasques lui faisant un double menton et mollifiant la ligne autrefois épurée de sa mâchoire.

Son fils, Raymond, s'était avachi dans un fauteuil d'angle. À vingt-six ans, il paraissait déjà deux fois plus vieux que son âge, était en surpoids, dégarni et doté de petits yeux avec lesquels il décochait des regards comme des flèches.

– Papa finit par partir, laissa-t-il tomber d'une voix glaciale en s'avançant vers le lit de Todd.

Todd battit des paupières puis, pendant quelques instants, regarda le plafond avec cette expression que je lui connaissais dans sa jeunesse, d'un air désarçonné et mal à l'aise. Puis il sombra à nouveau dans l'inconscience, serrant toujours le masque à oxygène dans sa main. Je m'apprêtais à le replacer contre sa bouche, mais la voix de Raymond suspendit mon geste.

– Arrêtez, dit-il d'un ton sec. Laissez-le donc partir.

– Mais, Raymond, votre père a besoin de…

– Laissez-le donc partir, répéta-t-il d'un ton à présent très cassant, très déterminé.

Et je le revis petit garçon agrippé, craintif, à la main de sa mère alors que je m'agenouillais devant lui pour examiner son œil gauche au beurre noir, silencieux, se renfermant quand je lui demandai pour plaisanter s'il avait fait autant de mal à l'autre gars.

– Laissez-le donc partir, répéta Raymond, se redressant sur son siège, comme prêt à bondir. C'est ce qu'il veut. Mourir. C'est ce qu'il a toujours voulu.

J'acquiesçai, éloignai ma main du masque à oxygène et ne tentai plus d'intervenir.

Jamais je n'aurais imaginé cette scène trente ans plus tôt. Dans la plénitude de sa jeunesse, Todd paraissait presque immortel, grand, large d'épaules, dieu local entouré de sa cour de mignons et flanqué, pour toujours, d'une déesse.

Car Mary Diehl était bel et bien une déesse, je suppose. En tout cas, elle était belle comme toutes les filles ont rêvé de l'être. Luke bavait d'admiration chaque fois qu'elle le croisait dans les couloirs de l'école, et elle en imposait tant à Eddie Smathers qu'il semblait craindre de rester près d'elle. Mary était élancée, avec de longs cheveux bruns et des yeux d'un bleu profond. Mais ce que tout le monde remarquait, c'était sa peau ivoire comme si chaque jour elle en changeait afin qu'elle demeure sans défaut. Encore aujourd'hui, après tout ce temps passé, quand elle reste prostrée dans cette pièce blanche qui est désormais son chez-elle, son teint brille encore de ce même éclat fantomatique et, par moments, alors que je suis assis en face d'elle, lui caressant la main, toute la beauté de sa jeunesse lui revient d'un coup, la réinvestit comme par miracle à croire que le travail du temps n'est pas moins fugace que ce qu'il transforme en poussière.

C'est pourquoi, aujourd'hui encore, il me paraît étrange que durant toutes mes années de lycée, je n'aie jamais éprouvé le moindre désir pour Mary Diehl, qu'elle m'ait semblé être tout bonnement la version féminine de Todd Jeffries, une divinité hors de portée en présence de laquelle je m'identifiais plus à un insecte qu'à un être humain, si minuscule que j'en devenais invisible.

Pourtant, de nous tous, en fin de compte, c'était Kelli Troy qui était la plus distante.

En fait, nous ne suivions qu'un seul cours ensemble, celui de Mlle Carver, mais je croisais souvent Kelli pendant la journée, devant son casier, assise sur l'escalier du hall d'entrée, ou se dirigeant vers la rangée de cars jaunes qui, en fin d'après-midi, attendaient dans l'allée du lycée. Elle prenait celui qui roulait à destination de Collier, un petit village situé à une quinzaine de kilomètres de Choctaw, et s'asseyait toujours devant, lisant ou regardant par la vitre. En classe, elle participait peu et, au mieux, nous nous saluions de loin quand nous nous croisions, mais ces premiers attraits restaient accrochés à elle et, dans n'importe quel groupe, mon regard l'isolait, comme si, dans un grand tableau, elle avait été peinte par une autre main que le signataire, douée de plus de force et de plus de talent. Pendant le cours, j'écoutais ses commentaires avec plus d'attention que je n'en accordais à ceux des autres, et mesurais davantage mes paroles quand j'y réagissais. Je me retenais de sourire, ne voulant pas passer pour gamin, ou de la féliciter, qu'elle ne croie pas que j'essayais de me faire bien voir d'elle. J'entrais dans cette étape calculatrice de drague secrète pendant laquelle on prémédite et approuve la moindre parole, le moindre geste, et pourtant je n'irais pas jusqu'à dire que, dans cette première phase, elle faisait chavirer mon cœur. Il existe un genre d'amour qui vous pénètre, indolore, comme la plus fine des épines, qui s'enfonce en vous de manière si insidieuse qu'on ressent non pas une piqûre soudaine mais une émotion dont l'intensité augmente peu à peu.

Il en alla ainsi avec Kelli Troy.

Pourtant, par moments, je m'imagine la chose autrement, comme une passion emportant tout sur son passage, et nous deux nous retrouvant pris dans l'étau d'un amour digne de celui de Catherine et Heathcliff que, cet automne-là, je découvrais en lisant *Les Hauts de Hurlevent*. J'avais même imaginé un destin qui pouvait découler d'une telle passion. Dans ce fantasme-là, Kelli et moi accédons à l'amour fou, et nous nous enfuyons en train de Choctaw, blottis l'un contre l'autre dans un wagon de marchandises, nous serrant fort, secoués par un fou rire tandis que les lumières de la ville s'amenuisent et que la vallée s'élargit d'heure en heure pour, enfin, s'ouvrir pleinement, se déployer telle une large baie, et vient l'aurore, et nous sommes jeunes et jamais plus le réel ne nous touchera.

Ou bien cette variante moins improbable : Une lettre arrive. Elle émane de la faculté de médecine d'une grande université de Boston ou de New York. Il y a une place pour moi. Une bourse d'études m'est attribuée. Je montre le pli à Kelli, puis pose mes mains sur ses épaules dénudées. Je lui dis : « Viens avec moi. » Elle se blottit très fort au creux de mes bras, enfouit son visage contre mes pectoraux et je sais que sa réponse est oui.

D'autres fois, les mêmes mains se tendent vers les mêmes épaules dénudées, mais elle ne me fait pas face. Elle court sur la pente abrupte vers la route de montagne, elle court comme eux, ceux dont elle me parlerait plus tard, ceux qui ont valu son nom au mont Crève-Cœur.

Car ce qu'il s'est passé en réalité ne me quitte jamais vraiment, même si mon imagination s'obstine à tout réécrire. J'entends un choc dont l'écho se répercute parmi les arbres, je la vois tomber, puis se relever et s'éloigner en titubant vers le sommet de la pente exténuante, des bras tendus vers elle tandis qu'elle tente de s'échapper dans le sous-bois. J'entends ses gémissements quand, à bout de forces, elle s'effondre sur le sol, puis des bruits de pas qui se précipitent jusqu'à elle depuis le haut du mont Crève-Cœur et, pour finir, ses dernières paroles prononcées tandis que son ultime lueur de conscience s'éteint. Et, après cela, toutes les vies me reviennent, toutes ces vies qui, ce jour-là, furent détruites dans ces bois épais, visages qui font la ronde dans mon souvenir, défilant l'un après l'autre telles des têtes sur un tour de potier.

Il y a quelques années, Luke, avec brusquerie, pivota vers moi.

– À ton avis, Ben, par quoi tout cela a-t-il commencé ?

Nous venions de ranger le barbecue après notre pique-nique familial dominical, et je n'avais pas la moindre idée de ce dont il parlait.

– Qu'est-ce qui a commencé ? demandai-je.

– Ce qui s'est terminé sur le mont Crève-Cœur.

Je le dévisageai, sans voix, incapable de parler, désarçonné par la brutalité avec laquelle il ramenait ce sujet dans la conversation, par sa ténacité à refuser de le laisser tomber, à croire que ce premier doute, celui que j'avais entr'aperçu voilà si longtemps, avait ouvert en lui un trou que rien n'avait encore refermé.

Luke bougea, m'invitant d'un geste de la main à le suivre jusqu'à deux transats à l'autre extrémité du jardin.

– Parfois, je repense à tout ça, me confia-t-il tandis que nous marchions côte à côte. Au lieu où tout a commencé.

Soudain, je revis l'expression de son visage l'après-midi en question. De loin déjà, tandis qu'il descendait de son pick-up puis venait vers moi, je m'étais rendu compte du changement qui s'était opéré en lui. Ses traits étaient tirés, comme s'il avait pris un coup de vieux en la voyant. Mais sa voix, chargée de sa perplexité et de son incompréhension, faisait toujours aussi jeune.

– Ben, il est arrivé quelque chose... à Kelli... quelque chose de très grave.

Je lançai un coup d'œil à la bordure de roses blanches qu'il avait plantée le long de la barrière du jardin, derrière chez lui.

– Tout a un début.

J'avais dit cela l'air de rien, en dépit du fait que je sentais en moi comme un mouvement vers le haut, celui d'un prisonnier réclamant à cor et à cri sa libération.

– Même une chose pareille, ajoutai-je, m'efforçant de me dominer.

Luke ne me regardait pas, mais je sentais l'agitation qui s'était emparée de lui.

– Peut-être surtout une chose pareille, dit-il comme pour renforcer sa détermination. Une raison précise. Un élément.

Ce fut à cet instant que je pris conscience que Luke n'avait jamais cru au texte fondateur de sa propre religion selon lequel tout mal découle d'un péché immémorial de sorte que chacun d'entre nous n'est qu'une goutte d'eau dans le fleuve des âmes qui s'écoule de l'Éden, l'origine du mal que nous commettons étant si lointaine qu'on ne peut en retrouver la trace. Il ne convoitait ni le réconfort apporté par une telle mise à distance ni la paix accordée par son acceptation. Il s'obstinait à rechercher la vérité.

Je compatis du fond du cœur à la sincérité de sa quête et, lâchant la bride à mon admiration, livrai un indice.

– Peut-être que tout a commencé le plus simplement du monde, murmurai-je.

Il tourna la tête vers moi.

– Par quoi ?

Je me souvins de ce premier lien et improvisai une réponse.

– Par un poème, par exemple. Le premier qu'elle a écrit.

Luke continua de me regarder fixement, mais ne dit rien.

– Enfin, si elle n'avait pas écrit ce premier…

Mais je reçus le coup de poignard de la peur, sentis les vieux secrets m'encercler, et m'interrompis.

Luke m'interrogea du regard.

– Quoi ?

Je hochai la tête.

– Je ne sais pas.

Il dut lire la terreur sur mon visage car il détourna le sien, reprit ses aises dans son fauteuil et sombra dans le silence. Assis près de lui, je percevais le doute qui le taraudait depuis le moment où il avait accouru dans mon jardin pour me faire part de ce qu'il avait vu sur les hauteurs du mont Crève-Cœur. Il pouvait à peine parler, mais se donnait toutes les peines du monde pour y parvenir, bafouillant, affolé, qu'il était arrivé un «truc atroce» à Kelli Troy. Son regard restait rivé sur moi, chargé d'une terrible férocité tandis qu'il s'efforçait de se dominer, répétant encore et encore *Un truc atroce, Ben, un truc atroce*. Je le regardais sans rien dire tandis qu'il bataillait contre lui-même pour me raconter ce qu'il avait vu, et je sais que, à cet instant fulgurant, il avait pressenti quelque chose de terrible dans la fixité funeste de mes yeux, dans le morne silence qui était le mien pendant que j'attendais qu'il lâche le morceau, dans le je-ne-sais-quoi qu'exprimaient des mots que je ne prononçai pas mais qu'il entendit quand même et qui répondaient à son fiévreux «un truc atroce, un truc atroce» par un calme : *Oui, je sais*.

– Les rosiers que j'ai plantés l'an dernier sont vraiment très vivaces, déclara Luke au bout d'un moment.

Une vague de soulagement me submergea, à croire que l'on venait de surseoir à mon exécution.

– Oui, c'est vrai, lui répondis-je.

Et en dépit de l'apaisement que cela aurait pu lui procurer, je ne pouvais lui en dire davantage.

À la mi-octobre, j'apportai la touche finale à mon premier numéro du *Wildcat*. J'avais essayé de recruter des volontaires, mais aucun ne s'étant présenté, il m'était incombé la majeure partie du travail. Je n'avais presque rien rejeté de ce qui m'était parvenu. C'est pour cette raison que je me retrouvais coincé avec le genre d'articles qu'Allison Cryer publiait, de courtes dissertations sur la nature, des recettes de cuisine, des événements sportifs et même des ragots scolaires, pour la plupart des bruits de couloir anonymes écrits par ceux-là mêmes qui les rédigeaient du temps d'Allison. Le journal ne présentait aucun intérêt, mais je m'en moquais. Le *Wildcat* avait toujours été insipide et continuerait de l'être. Il était comme tout le reste à Choctaw, dans la vision que j'en avais : médiocre et voué à le rester jusqu'à la fin des temps.

Le local, grand comme un placard à balais, que le lycée réservait au journal scolaire, se situait au sous-sol à quelques mètres de la chaudière. On y trouvait une paire de vieux bureaux d'écolier, deux antiques machines à écrire, quelques règles pour la mise en page et plusieurs rames de papier. Le mobilier était si spartiate et si esquinté que j'avais bien du mal à imaginer Allison Cryer travaillant dans cet endroit. Pourtant, les signes de la longue période pendant laquelle elle avait occupé cette fonction et de son brusque départ étaient toujours visibles : des piles de revues de cinéma et de mode, un livre de régime pour adolescentes, un crayon eye-liner brisé, lot que je jetai aussitôt à la poubelle pour le remplacer peu à peu par ces vestiges personnels que le shérif Stone trouverait plus tard dans cette même salle exiguë : un guide des écoles de médecine aux États-Unis, un exemplaire de *Une dame perdue* et une photo de Kelli Troy se tenant, en robe blanche à bretelles, au sommet du mont Crève-Cœur.

J'avais pris pour habitude de travailler sur le *Wildcat* chaque après-midi après les cours. Je me rendais dans ce réduit du sous-sol, m'affalais dans le siège derrière le bureau et me mettais à lire un nouvel article proposé ou à travailler sur la maquette. C'était un endroit isolé, de ceux que je préférais, et il m'arrivait de fermer la porte pour mieux laisser mon esprit divaguer sur les mille possibilités offertes par la vie. Cet enfermement me détournait de mes distractions habituelles et mon imagination voguait, livrée à elle-même, dans un avenir éblouissant.

C'était sans doute ce qui m'occupait cet après-midi-là quand j'entendis frapper à la porte que je vis s'ouvrir peu à peu. Elle se tenait dans l'ombre, découpée à contre-jour par la lumière crue du couloir, mais je la reconnus aussitôt.

– Salut, lançai-je.

Puis, je ne sais pourquoi, j'ôtai mes lunettes dont j'entrepris d'essuyer les verres avec le pan de ma chemise.

– Salut.

Je remis mes lunettes.

– Tu cherches quelqu'un ? demandai-je.

– Toi, dit Kelli.

– Moi ?

– Mlle Carver m'a dit que tu serais ici. C'est pourquoi je suis descendue. Pour t'apporter ça.

Elle tira une feuille de papier pliée de la poche de sa jupe.

– C'est un poème. Tu en publies dans le *Wildcat* ?

– J'y publie tout et n'importe quoi, lui répondis-je avec un petit rire amer.

Elle me considéra d'un air grave, comme pour marquer sa désapprobation.

– Tu veux dire, que ce soit bon ou pas ? s'étonna-t-elle.

Je lui servis mon haussement d'épaules résigné.

– Bah, on ne peut pas dire que j'aie le choix, expliquai-je. Tu sais, c'est tout ce qu'il y a de plus typique. Lycée de Choctaw. Bravo. Youpi. Hourra.

Cette réponse parut ne pas la satisfaire, mais elle n'ajouta rien. Au lieu de quoi, elle me tendit sa feuille de papier.

– Ce ne sont que quelques lignes. Si tu ne les apprécies pas, dis-le-moi.

Elle me dominait d'une autorité à laquelle je ne m'étais pas attendu et je me rappelle ne pas y être resté insensible.

– D'accord. Mais de toute façon, c'est forcément meilleur que la plupart des âneries que je laisse passer, répondis-je en lançant un coup d'œil dessus. Tu veux que je le lise tout de suite ?

– Non, décréta Kelli d'un ton ferme. Plus tard.

– D'accord.

Elle s'attarda un moment encore, hésitant peut-être à me laisser son poème.

– Bon, il faut que j'attrape mon bus, finit-elle par dire.

Elle s'écarta de l'embrasure de la porte, sortit dans la pleine lumière du couloir et s'immobilisa, me faisant face.

– Tu me donneras ton avis ?

– Demain, lui répondis-je, tendant sans y penser la main comme pour l'empêcher de partir. Je le lis ce soir et t'en parle demain.

Elle approuva d'un geste de tête rapide, se détourna, puis partit.

Je me levai aussitôt et sortis de la pièce pour la regarder s'éloigner.

Elle avait déjà parcouru quelques mètres, sa silhouette disparaissant par l'escalier au fond du couloir.

Je regagnai le bureau, dépliai la feuille qu'elle m'avait remise et lus ce qu'elle avait écrit, mes yeux parcourant ces lignes dans cette pièce où il émanait encore l'emprise d'Allison Cryer et, au côté de celle-ci, de tout ce qui, au fil d'innombrables générations, s'était senti bien à l'abri, bien au chaud.

Certaines personnes viennent au monde
Comme si elles y descendaient par un sentier verdoyant,
En manches courtes et en robes d'été,
En regardant droit devant.

Et certaines personnes viennent au monde
Comme si elles y descendaient par une ruelle assombrie
par la pluie,
Recroquevillées sous un parapluie noir,
En lançant derrière elles des coups d'œil apeurés.

Le poème, elle l'avait dit, ne comportait que quelques vers mais, alors que je le relisais une deuxième, puis une troisième fois, je sentis qu'il s'en dégageait une certaine terreur comme si on le chuchotait dans le creux de mon oreille et non qu'on l'ait écrit et me l'ait tendu sur une feuille de papier blanc. Son message contenait un pan de mystère, une part allusive, dissimulée et, prenant tout au pied de la lettre – seule manière de réfléchir dont j'étais capable à l'époque –, je voulais savoir quelle était, pour elle, cette «ruelle assombrie par la pluie», vision urbaine qui me vint aussitôt jusque dans ses moindres détails sinistres. Il était arrivé quelque chose à Kelli Troy, j'en étais convaincu, quelque chose à quoi elle avait survécu de justesse et qui lui avait donné un sentiment de vulnérabilité plus sombre et plus mystérieux que les peurs habituelles des autres êtres. Et surtout, son poème la rendait moins distante et donc plus accessible.

Aussi l'abordai-je dès le lendemain. Je la trouvai en compagnie de Sheila Cameron, la meneuse incontestée de la bande de Turtle Grove, ce groupe d'adolescentes qui vivaient dans le seul quartier chic de Choctaw.

– Salut Ben, dit Sheila comme je les rejoignais.

Sa voix haut perchée était vive et amicale, son visage aussi avenant que ses manières. Elle n'était pas le monstre de vanité qu'elle aurait pu être au regard de son physique, de la fortune de son père et du fait qu'elle sortait avec un « mec de la fac ». Son visage donnait l'impression de s'être figé en un sourire perpétuel. Il n'avait rien à voir avec celui que j'aperçois de temps à autre devant moi dans la queue à l'épicerie, dissimulé derrière des lunettes noires, ses traits fragiles figés par le masque d'un profond désarroi.

– Salut, Sheila, répondis-je.

Puis je m'adressai à Kelli.

– On peut se voir une minute ? proposai-je, indiquant par là même que je voulais lui parler en privé.

Nous fîmes quelques pas dans le couloir et nous arrêtâmes.

– J'ai lu ton poème, lui dis-je sans préambule. Je l'aime beaucoup.

Kelli sourit, sereine, ses yeux foncés restant impassibles.

– J'ai écrit quelques trucs à mon ancienne école, dit-elle.

Cela me parut une occasion parfaite pour me démarquer.

– Tu viens de Baltimore, c'est ça ? Je t'ai entendue le dire en cours.

– Oui.

– Ça devait être génial d'habiter là-bas. Comparé à Choctaw, qui est si petit. Et rasoir. J'ai hâte d'en partir.

Elle me regarda en silence un long moment, n'ajoutant rien, jusqu'à ce qu'elle finisse par se redresser un peu et me dise :

– Bon, il faut que j'aille en cours.

– Ouais, moi aussi. Mais, écoute, le jour où tu auras un autre truc que tu auras écrit, j'aimerais beaucoup le lire.

– D'accord.

Et sur ce, elle partit.

En fin de journée, comme je sortais du lycée, Luke me rattrapa et me flanqua une bourrade amicale dans le bras.

– Alors comme ça, on a eu une petite conversation à cœur ouvert avec Kelli Troy, lança-t-il d'un ton blagueur.

Je lui décochai un regard dur.

– Sheila Cameron la ramène trop.

– Alors, de quoi tu lui parlais, à Kelli ?

– Oh, d'un truc qu'elle a écrit pour le *Wildcat*, répondis-je en accélérant le pas, comme si cela suffirait à me débarrasser de lui.

Nous poursuivîmes notre chemin, passant devant la longue file de cars jaunes alignés sur le bas-côté de l'allée du lycée. Comme nous arrivions au bout, Luke baissa d'un ton.

– J'ai promis à Betty Ann de la rejoindre devant le gymnase, dit-il.

Mon père me prêtait la Chevy 57 depuis une semaine. Elle trônait dans un carré d'ombre au fond du parking. Eddie Smathers avait garé sa Ford Fairlane rouge vif juste à côté, et je le voyais, avec quelques autres garçons, qui glandait non loin de là, fumant en raclant négligemment du bout du pied la terre gravillonnée.

L'un d'eux n'était autre que Lyle Gates et, au moment où je passais à côté d'eux, me dirigeant droit vers ma voiture, il me lança un coup d'œil et me fit signe de la main.

– Ben, ça gaze ? cria-t-il.

Je m'arrêtai et me tournai vers lui.

– Ouais.

– Ben Wade, dit Gates avec un bref éclat de rire pour marquer qu'il était content de lui. Je n'oublie jamais un nom. T'étais avec Luke Duchamp au Cuffy's il y a quelques semaines.

Une cigarette remuait indolemment au coin de sa bouche.

– Alors, ça y est, tu l'as fait ? demanda-t-il.

Je ne répondis pas, ce qui, en soi, était une réponse.

Lyle se fendit d'un sourire.

– Oh, t'inquiète, reprit-il. Un jour, tu te marieras, et alors tu devras le faire beaucoup trop souvent. Plus souvent qu'à ton tour. À t'en dégoûter.

Les autres garçons s'esclaffèrent. L'un d'eux souffla un rond de fumée dans l'air cristallin de la fin d'après-midi.

– Je crois que moi, je ne m'en lasserai jamais, geignit Eddie Smathers.

Lyle ne prêta pas attention à lui. Son regard dériva jusqu'au lycée.

– Ce vieil Avery ne devrait pas tarder à venir fureter par ici, dit-il. Il me repérera et pensera : « Ah tiens, voilà Lyle Gates. Qu'est-ce que mijote ce fauteur de troubles à la con ? »

Eddie se marra.

– Hé, vaut mieux ça plutôt qu'il te prenne pour une tapette, hein ?

Lyle haussa les épaules. Son regard glissa vers la façade du lycée, la file de cars garés devant.

– Bah, à croire que rien n'a vraiment changé dans ce bon vieux lycée de Choctaw, murmura-t-il d'une voix lasse, blasée, mais lançant néanmoins des coups d'œil nerveux autour de lui, comme s'il était incapable de se concentrer sur un point précis.

– Hé, il y a une nouvelle, intervint Eddie. Elle vient du Nord.

Lyle jeta son mégot sur le parking, puis alluma une autre cigarette.

– Du Nord, tu dis ? lança-t-il.

Eddie répondit par l'affirmative.

– Exact. Et en plus, elle est pas mal.

Lyle ricana.

– Merde, Eddie, tu sais bien que je risque pas de baiser une Yankee, fit-il avec un petit clin d'œil juvénile.

Une lueur de convoitise s'alluma dans le regard d'Eddie.

– Celle-là, t'hésiterais pas.

Il dessina un sablier dans le vide, puis fit mine de s'éponger le front.

– Wouah, elle est sensass !

Lyle inspira à fond, puis expira. Ses épaules s'affaissèrent un peu, comme si, brusquement, on les avait lestées d'un grand poids. Je distinguai sur son biceps un petit tatouage violacé, une mince silhouette féminine, avec, juste au-dessous, le prénom de celle qui l'avait déjà largué.

– Faut que j'y aille, dit-il.

Il s'éloigna, des volutes de fumée blanchâtres s'effilochant dans son sillage, puis disparut dans sa voiture.

– Je ne savais pas que tu traînais avec Lyle, dis-je à Eddie.

– Faut pas déconner, je ne traîne pas avec lui. On se fait juste une petite partie de billard de temps en temps.

Je lançai un regard en coin vers Lyle. Il restait dans sa voiture, assis, silencieux, son regard s'attardant sur le lycée, chargé d'une insondable mélancolie qui me parut bizarre chez quelqu'un de si jeune.

– Qu'est-ce qu'il vient faire ici, de toute façon ? demandai-je.

– Mater, je dirais.

Eddie tira une dernière taffe, puis jeta son mégot par terre.

– Tu as vu Todd ? lança-t-il.

– Non.

Il sauta du capot de la voiture, ses pieds s'enfonçant dans le gravier avec un bruit mou.

– J'espère qu'il n'est pas parti sans moi, s'inquiéta-t-il.

Il observa les alentours un moment, à croire qu'il mûrissait un plan. Puis il fila du parking comme une flèche et remonta l'allée en ciment vers l'entrée du lycée.

Le regardant s'éloigner, je ne me serais jamais imaginé qu'il deviendrait un jour quelqu'un d'important, pourtant Eddie est un industriel reconnu aujourd'hui, on dit même qu'il se présentera au poste de maire. Chaque fois que nous nous voyons à l'hôpital, ou lors d'un match de football ou, de temps à autre, alors que nous faisons nos courses au nouveau centre commercial, il s'arrête pour me serrer la main avec vigueur, en mode homme politique, encore que chez lui, cela paraisse moins faux. Il me sert son sourire habituel.

– Tu te rappelles quand on était mômes au lycée de Choctaw ? me demande-t-il à chaque fois.

Il hoche la tête d'un air espiègle au souvenir de cette époque de sa vie qui, nul doute, lui revient toujours avec une joie si simple.

– Tu te rappelles comme on se marrait bien ?
Et je lui dis :
– Oui, je m'en souviens.

Son sourire s'élargit, au point de sembler dévorer tout son visage tandis qu'une grande gaieté allume des étincelles dans ses yeux.

– Oh là là, c'était le bon temps, pas vrai, Ben ?

Et quand il dit cela, je le revois tel qu'il m'apparut ce soir-là, jeune homme de dix-sept ans aux cheveux roux luisant d'un éclat diabolique, aux yeux verts braqués sur la dureté inflexible de mon visage et dont la voix résonne vers moi dans l'ardente obscurité de l'été, tendue à l'extrême. *Mais qu'est-ce que tu racontes, Ben ?*

6

Parfois, ça commence par la fin, et je marche sur une vaste pelouse. Luke est à ma hauteur, son visage de profil avance en tandem avec le mien, nos têtes pareilles à celles de deux chevaux attelés par un vieil harnais de cuir. Ensemble, nous portons notre fardeau à l'endroit prévu, puis nous le regardons s'enfoncer dans l'argile rouge de la terre de la vallée de Choctaw. Le cercueil, gris clair, donne l'illusion de se dissoudre dans la glaise, de disparaître comme si ce n'était que de la brume. Luke se tient à mes côtés, mains jointes devant lui. Ses yeux sont secs et il ne parle pas, mais je vois la tension dans ses doigts à la façon qu'il a de les serrer puis de les desserrer, serrer puis desserrer.

Je regarde alentour ceux qui se sont joints à nous au cimetière. Sheila Cameron se tient droite telle une colonne de marbre noir et, non loin d'elle, Eddie Smathers porte un costume d'été bleu clair qui n'est pas de circonstance.

Mlle Troy se trouve juste devant moi et, quand c'est terminé, elle s'avance tout au bord de la fosse et jette une rose blanche sur le cercueil gris. Puis elle se dirige vers Luke et moi, nous serre tour à tour la main, très fort.

– Kelli vous aimait, les garçons, nous dit-elle.

Je la fixe des yeux, ébahi par l'énergie vitale qui émane encore d'elle, par les énormes réserves de force et de courage que je vois dans son regard, je sens la pression ardente de ses doigts et, en cet instant, l'immensité de ce qui a été perdu déferle sur moi comme une vague bouillonnante.

À d'autres moments, ça me revient sans souvenirs précis. Je me lève de mon lit et sors marcher dans le champ derrière chez moi. Les terres sont verdoyantes ou arides, vibrantes sous les jeunes plants ou craquantes sous le blé déjà en épis. Dans ce monde-là, tout semble fort bien organisé, rien n'est laissé au hasard. Au-dessus de nos têtes, le ciel demeure inchangé, les étoiles comme autant de pinces à linge argentées fixées dans les ténèbres, les planètes tournant sur elles-mêmes dans les fers de leurs anneaux, pour elles le don de la fixité, pour nous celui du mouvement, elles sans volonté, nous sans direction.

Un jour, il n'y a pas si longtemps, ma fille Amy m'a suivi dehors.

– Tu devrais te faire aider, me lança-t-elle.

– Pour quoi ?

– Pour tes insomnies.

– Elles sont rares. Tu n'as aucune raison de t'inquiéter.

– Mais elles te fatiguent. Te rendent irritable, parfois.

Le visage de Mary Diehl émergea dans mon esprit, ses yeux rougis par le manque de sommeil, figés par la peur, gémissant, à bout de souffle : *Je t'en supplie, Ben, n'en parle à personne.*

Je reportai les yeux sur Amy.

– Sois prudente.

Elle m'interrogea du regard, dans l'incapacité de suivre à la lettre un ordre aussi brutal.

– Prudente ? Dans quel domaine ?

Je hochai la tête, aucune réponse ne me venant.

– Tous, répondis-je.

Elle continuait de me dévisager, l'air inquiet.

– Ça va, papa ?

– Très bien, lui assurai-je.

Je passai mon bras autour de ses épaules et, long-temps, nous demeurâmes immobiles, la brise nocturne tourbillonnant autour de nous comme un chien de chasse qui mettrait toute son âme à flairer une piste.

Peu après, nous regagnâmes la maison. Amy monta dans sa chambre, alors que moi, sachant que je ne pourrais toujours pas trouver le sommeil, je me rendis dans mon bureau et non à l'étage. Je m'assis à ma table de travail, fis pivoter mon siège pour faire face au large bow-window qui donnait sur la montagne. C'était une sombre nuit d'automne, pourtant je sentis une vague de chaleur me tomber dessus, comme si, derrière cette tenture noire, le soleil me menaçait en faisant un pas vers moi. Longtemps, je restai à la même place, silencieux, immobile, en homme dénudé qui, enfermé dans une étuve chauffée à bloc, attendrait patiemment l'étape suivante qui échappait à son entendement.

La vague mourut au bout de quelques minutes, me laissant dans les affres d'une fatigue si pénétrante que j'éprouvai la sensation d'avoir fait travailler chacun de mes muscles jusqu'à épuisement. Je pris une inspiration profonde, salvatrice, et me sentis récupérer peu à peu, processus cyclique qui s'était perpétué au fil des années et qui, au gré de son déroulement, perdait toujours dans son sillage une part de moi-même, une plaque de mon armure qui rouillait dans un champ.

Et tout à coup, je fus de nouveau jeune. Jeunes, nous l'étions tous. Je nous vis barboter dans la rivière toute proche. Luke, se balançant au bout d'une corde accrochée au-dessus de l'eau étale tandis que Betty Ann applaudissait des deux mains depuis la rive. Je vis Todd porté hors du terrain de jeu sur les épaules de ses coéquipiers, Mary le suivant des yeux, le souffle court, depuis les gradins découverts à quelques mètres de là. Des dizaines de scènes me traversèrent l'esprit : Eddie affamé de la reconnaissance de Todd, prêt à exécuter chacun de ses ordres, Sheila parlant gaiement de l'universitaire qu'elle épouserait plus tard, le groupe de copines admiratives, en cercle autour d'elle, l'écoutant avec envie. Je vis Luke et Betty Ann échangeant des baisers volés dans le coin d'ombre derrière l'escalier principal, les yeux grands ouverts, jetant des regards autour d'eux de peur qu'un surveillant en patrouille ne les repère. Et même si, je le comprenais, ce que nous ignorions de la vie à l'époque aurait pu noircir un millier de volumes, il me semblait tout de même bon que nous en ayons su si peu, que le temps d'une heure brève, nous ayons connu une étreinte n'ayant rien de plus menaçant que l'aube naissante. Puis soudain, je vis Kelli, défigurée par le même trouble que Luke avait perçu chez elle le fameux jour où il l'avait accompagnée en pick-up sur les hauteurs du mont Crève-Cœur. Je vis défiler tout ce qui avait mené à cet instant-là et tout ce qui en avait découlé. Et je me dis : *Non, la jeunesse, ce ne sont que des illusions à revendre.*

Mon premier numéro du *Wildcat* parut une semaine après que Kelli m'eut remis son poème. La maquette était la copie conforme de celle du journal qu'Allison Cryer avait dirigé les deux années précédentes, la caricature d'un chat sauvage hérissé festonnant le haut de la page, la devise de l'État de l'Alabama, *Audemus jura nostra defendere* – « Nous osons défendre nos droits » –, inscrite sur une bannière croquée elle aussi à gros traits entre ses pattes.

Le contenu non plus ne variait pas beaucoup, hormis le poème de Kelli. Il figurait en page 3 du journal, niché entre un article sur le sport et la rubrique « Potins anonymes » qu'une dénommée Louise Davenport avait proposé de tenir dans chaque numéro.

Je me rappelle que j'étais tout surexcité lorsque le premier d'entre eux avait été livré de chez l'imprimeur du coin, et je sais que la seule raison de cet enthousiasme venait du fait que les vers de Kelli figuraient à l'intérieur. C'était non seulement le premier poème qui paraissait dans le *Wildcat*, mais aussi, ça je n'en doutais pas, les lignes les plus intéressantes que l'on pouvait y lire depuis le début de sa parution.

Pour cette raison, j'escomptais qu'il fasse sensation au lycée de Choctaw, qu'il attire l'attention à la fois sur Kelli, l'auteur, et sur moi, le nouveau rédacteur en chef innovant du journal.

En réalité, il ne se passa strictement rien. Le journal arriva et fut distribué. Les deux jours suivants, je voyais des élèves le feuilleter d'un œil distrait, assis sur les marches ou adossés à leurs casiers et, chaque fois, je regardais pour voir s'ils lisaient le poème de Kelli. Ce n'était jamais le cas. Même Luke s'en désintéressa, jusqu'à ce que je le lui colle sous le nez et l'oblige à le lire, à la suite de quoi il se contenta de me rendre l'exemplaire en marmonnant :

– Ouais, pas mal.

Kelli aussi semblait prendre à la légère la publication du poème. Le lendemain de la parution, elle vint me trouver dans le hall, me remercia poliment de l'avoir inclus, puis s'empressa de gravir l'escalier central vers son cours suivant.

Une semaine s'écoula, période durant laquelle je m'attendais à recevoir des réactions, mais à part le « pas mal » de Luke et le rapide « merci » de Kelli, il n'y en eut aucune.

Puis, un jour, en fin d'après-midi, comme je pivotais sur ma chaise devant mon petit bureau dans le local du *Wildcat*, je vis Mlle Carver dans l'embrasure de la porte, un exemplaire du journal à la main.

– J'ai lu le poème de Kelli Troy, déclara-t-elle. Le reste du numéro…

– Ne lui arrive pas à la cheville, dis-je, achevant pour elle ce qui, je le savais, était sa pensée.

– Mais tout n'est pas perdu, rétorqua Mlle Carver en hochant la tête avant d'entrer. J'ai déjà parlé à Kelli, et elle est disposée à prendre une part plus active dans la rédaction du journal.

Elle s'interrompit une nouvelle fois, comme si elle craignait de me vexer.

– Je me disais que vous formeriez une bonne équipe, vous deux, lança-t-elle en guise de conclusion.

Je ne fis pas de commentaire.

– Comme corédacteurs en chef, j'entends, précisa Mlle Carver.

Elle paraissait s'attendre à ce que je trouve à y redire, voire à ce que je m'en formalise pour je ne sais quelle raison, au lieu de quoi je saisis la balle au bond.

– Eh bien, dites-lui de passer ici à la première occasion, lançai-je.

Kelli se présenta le lendemain après-midi, s'immobilisant à l'entrée de la pièce comme je le lui avais vu faire lors de sa première venue, avant de prononcer un rapide :

– Salut.

Je me levai et la rejoignis, tous deux nous faisant face dans le couloir désert.

– Mlle Carver m'a dit que ça t'intéresserait de travailler avec moi sur le *Wildcat*. C'est génial. Tu pourrais apporter quelque chose, tu sais ? Quelque chose de différent.

Ce fut la première fois que je la vis sourire, vraiment sourire, comme si elle me trouvait amusant.

– Un regard nouveau, bafouillai-je. Disons, une mise en perspective. De Choctaw, je veux dire. Un autre point de vue. Des États du Nord.

Je ne sais quoi dans mes propos parut la frapper. Elle me dévisagea sans dire un mot, comme cherchant à savoir si elle devait me prendre au sérieux. Puis elle parut aboutir à une conclusion.

– Tu as une voiture ? lança-t-elle.

– Juste une vieille Chevrolet, mais elle roule bien.

– Tu as le temps de faire un tour ?

– Ouais.

– D'accord, dit Kelli. Je vais te montrer quelque chose qui pourrait t'intéresser.

J'avais l'impression que tout le lycée nous observait, Kelli et moi, alors que nous marchions dans la longue allée puis sur le parking. Il n'en était rien, bien sûr, mais je vis tout de même Eddie Smathers marquer un temps d'arrêt quand il nous aperçut, nous suivant des yeux jusqu'à ce que nous disparaissions dans la vieille Chevy grise.

– Où allons-nous ? demandai-je en mettant le contact.

– Hors de la ville. Tu prendras à droite dans Main Street.

J'obtempérai, roulant dans la rue reliant le lycée au centre-ville, et tournant dans le large boulevard d'abord bordé de petits supermarchés et de magasins de vête-ments, puis de stations-service et d'aires de véhicules d'occasion et, enfin, de rien à part les champs et les fermes isolées, la ville s'estompant derrière nous.

– Je connais un endroit par là-bas, lança Kelli, son regard gagnant en intensité tandis qu'elle parcourait des yeux la vaste plaine qui s'étendait sur notre droite jusqu'à finir par s'élever vers les montagnes. C'est dans les bois, à la sortie d'une petite route forestière.

– Par ici, on appelle ça une piste, la repris-je du bout des lèvres. Je crois savoir de laquelle tu parles.

Quelques minutes plus tard, nous nous engagions sur ce chemin de terre qui, telle une cicatrice rougeâtre, zigzaguait à travers les pâturages. Une fine pellicule de poussière orange maculait mes verres de lunettes quand, arrivés au bout, nous nous arrêtâmes. Je tirai un mouchoir de ma poche et entrepris de les essuyer.

– Que sommes-nous venus voir ? demandai-je en remettant mes lunettes.

– Un rocher, répondit Kelli qui fouillait du regard la forêt épaisse qui s'étendait à la base des montagnes. Il doit se trouver quelque part par là.

Elle descendit de voiture pour mieux examiner les alentours.

– Il y a un ru, je l'ai lu, dit-elle en pointant le doigt vers un petit sillon tortueux qui fendait la terre à flanc de montagne et se perdait dans le lointain jusqu'à la route.

J'osai un sourire.

– Par ici, on dit torrent, relevai-je.

Kelli me rendit mon sourire, puis marcha jusque devant la voiture. Je la rejoignis, la regardant scruter les pentes au loin.

– Il doit se trouver juste derrière ce bouquet d'arbres, dit-elle en commençant à gravir la côte.

Je lui emboîtai le pas, les yeux fixés sur son corps ondoyant, son déhanchement sous sa jupe foncée, le balancement doux et régulier de ses épaules tandis qu'elle avançait sur le chemin, les mèches rebelles de ses épais cheveux ébène. Du paysage qui l'entourait, je me souviens du Mont comme d'une muraille tachetée de rouge et d'orange, du ruisseau comme d'un fil sombre, de la route comme d'une entaille rougeâtre zébrant l'immobilité des champs d'herbe jaunie.

Elle marchait toujours devant moi quand elle atteignit le bout du chemin. Elle se retourna et attendit, un fin sourire aux lèvres, une boucle de cheveux recouvrant son œil droit.

– C'est par là, me dit-elle quand je l'eus rejointe.

Elle pointa le doigt d'abord vers une trouée entre les arbres, puis, au-delà, vers un roc de granite.

– C'est là qu'elle se cachait, dit-elle.

– Qui ?

– On l'appelait Lillith.

– Qui « on » ?

– Les gens qui vivaient près d'ici. Thomas et Mary Brandon.

Elle me fit signe d'approcher. Ensemble, nous nous frayâmes une voie jusqu'à la clairière, puis jusqu'au pied du rocher gris qui la surplombait.

Kelli désigna, à sa base, un monceau de terre caillouteuse. L'espace entre les deux n'était pas plus grand que l'entrée d'un terrier de renard et, au fil des années, il s'était gorgé de feuilles et de brindilles.

– C'est ici qu'elle se tenait ce jour-là, me raconta Kelli. C'est d'ici qu'elle a tout vu.

Elle se hissa tout en souplesse sur cette bande de terre et s'adossa contre la roche, braquant les yeux sur la fine ligne bleutée de la route par laquelle nous étions arrivés.

Je faillis m'asseoir à côté d'elle, mais me ravisai. Et j'ai flâné jusqu'à l'arbre le plus proche auquel je me suis adossé.

– Je l'ai lu dans un livre consacré à l'Alabama, reprit Kelli. Ça parle de ce qui s'est passé dans le coin.

– Qu'est devenue Lillith ?

– Elle est décédée depuis longtemps mais, avant de mourir, elle a raconté ce qui lui était arrivé quand elle était petite. Avant la guerre de Sécession.

– Nous parlons de la guerre entre les États, lançai-je d'un ton léger, me sentant plus décontracté avec elle désormais.

Elle sourit de nouveau.

– Bref, c'était bien avant la guerre entre les États, dit-elle.

Elle pointa le doigt vers le nord, en direction du fond de la vallée.

– Il existait un village cherokee à environ cinq kilomètres d'ici, Lillith y était née. Quand elle raconta son histoire, elle avait oublié son nom indien, mais elle se souvenait très bien de la vie qu'elle menait là-bas.

Une existence, telle que Kelli l'évoqua, très paisible. Les Cherokee étaient des fermiers subsistant sur un mode agraire guère différent de celui de leurs homologues blancs qui, au fil des années, les avaient peu à peu encerclés. L'un d'eux, un certain Thomas Brandon, s'était lié d'amitié avec le grand brave Cherokee dont Lillith se souvenait comme étant son père. Ces deux-là avaient «fumé le calumet de la paix», pour reprendre l'expression employée par Lillith, aussi bien sous le wigwam cherokee que dans la cabane en rondins de Brandon à l'embouchure d'un ruisseau qu'elle identifiait comme étant le Lewis Creek.

– Ce ruisseau-là, dit Kelli en le pointant du doigt.

J'abaissai le regard sur son cours étroit et presque étale, et soudain, il sembla prendre les aspects un brin sinistres et un peu tragiques de «la ruelle assombrie par la pluie» du poème de Kelli.

– Les autorités ont décidé de déplacer les Indiens de cette zone, poursuivit-elle. Ils ont dû tous plier bagage et partir pour l'ouest.

Son regard s'attarda sur la vallée vers un endroit où elle semblait voir les pâles filets de fumée des feux de camp monter encore du campement cherokee.

– Ce qu'ils firent, continua-t-elle. Sauf le père de Lillith qui refusa d'être chassé de chez lui.

La veille de l'arrivée des soldats, il enfourcha son cheval, hissa Lillith devant lui et quitta le village.

– Elle se rappelait avoir eu peur au début, déclara Kelli, surtout à cause de l'expression sinistre de son père mais, au bout d'un moment, elle se rendit compte qu'ils se dirigeaient du côté de chez Thomas Brandon.

Lorsque la cabane de Brandon fut en vue, le père de Lillith arrêta le cheval sur la rive orientale du Lewis Creek. Elle revoyait son père la poser en douceur sur le sol, mettre le pied à terre, puis la prendre par la main et marcher avec elle jusqu'au bord de l'eau.

– Il lui a dit de boire au ruisseau, poursuivit Kelli. Pour cela, elle devait se mettre à plat ventre et approcher le visage du bord de la rive.

Lillith obéit, se coucha dans l'herbe et but des gorgées d'eau jusqu'à ce qu'elle sente la main de son père sur sa nuque qui lui enfonçait la tête sous la surface.

– Il préférait la noyer plutôt que de la laisser aux mains des soldats, m'expliqua Kelli.

Lillith se débattit et, âgée, quand elle racontait cette histoire, elle se souvenait encore de la férocité de ses mouvements, de sa lutte forcenée pour inspirer l'air, des éclaboussures d'eau et même de la vision fugace d'un poisson vert émeraude qui, terrorisé, s'enfuyait.

Cela avait cessé sur une déflagration assourdissante venue d'on ne sait où et la vision du visage de son père se fracassant dans l'eau à côté du sien, les yeux grands ouverts, fixes, un plumet de sang s'élevant de sa plaie à la tête.

– Elle s'extirpa du ruisseau et reconnut Thomas Brandon à quelques mètres de là, murmura-t-elle. Le canon de la carabine fumait encore dans sa main, racontait-elle.

Kelli marqua une pause, puis reprit :

– Plus tard, Brandon lui raconta qu'il avait juste surpris un homme essayant de tuer un enfant, mais qu'il ne s'était pas rendu compte qu'il s'agissait de Lillith et de son père.

Elle frissonna.

– Le lendemain, les Brandon la cachèrent derrière ce rocher, dit-elle.

Et d'ajouter que ce fut de cette petite tanière improvisée que Lillith regarda passer sous ses yeux la longue file formée par son peuple qui partait vers l'Ouest, des centaines de personnes emmitouflées sous des couvertures, allant à pied, à cheval ou ballottées dans des chariots avec juste quelques soldats pour escorte.

Kelli se releva et épousseta sa jupe sur laquelle s'étaient accrochées de menues brindilles. Quand elle en eut terminé, elle laissa errer son regard sur la vallée.

– Il vaudrait mieux rentrer, déclara-t-elle.

Nous regagnâmes la voiture, marchant côte à côte. Le soleil se couchait à l'ouest des crêtes, disséminant sa lumière pâlissante sur le versant opposé des montagnes et les champs jaunissants qui s'étendaient dans le creux de la vallée.

Il ne nous fallut qu'une vingtaine de minutes pour atteindre Collier et, en chemin, sans savoir pourquoi, je restai ému par l'histoire que Kelli m'avait racontée. Mais celle-ci me troublait aussi, car j'aurais voulu, peut-être même m'y étais-je attendu, que Kelli mette en avant les splendeurs d'un lieu où je pourrais encore me rendre plutôt que les éléments graves et mystérieux sur l'endroit où je vivais depuis toujours.

– Tu as beaucoup lu sur la région ? lui demandai-je.

– Deux ou trois livres, c'est tout.

– Bah, peut-être pourrais-tu écrire la vie de Lillith pour le *Wildcat* ? Une sorte de rubrique sur l'histoire locale.

Kelli acquiesça.

– Quel terrible drame, murmurai-je. Un père qui essaie d'assassiner sa fille.

Kelli regardait droit devant, les yeux rivés sur la grand-route mais, soudain, elle se tourna vers moi.

– N'empêche que c'était un geste d'amour, dit-elle avec un enthousiasme qui me déconcerta. C'est ce qui fait toute la différence, tu ne penses pas ?

Je ne trouvai rien à lui répondre. Aujourd'hui, je le pourrais. Je revois le procureur Bailey campé devant le box des jurés, brandissant à bout de bras le cliché vers les douze visages qui se tendaient pour mieux le voir. Je revois leurs yeux se fixer sur cette photographie qu'il leur présente : le corps d'une jeune fille tordu sous un écheveau de vigne vierge. J'entends de nouveau sa voix tonner : *Seule la haine peut pousser quelqu'un à commettre un tel acte.* Et ensuite, la question que Kelli avait posée bien avant résonne si innocemment. Suivie par la réponse que je lui fis, celle que je lui ferais encore aujourd'hui : *Non, cela ne fait strictement aucune différence.*

La ferme des Troy était, pour ainsi dire, toujours égale à elle-même : petite exploitation entourée d'une galerie encombrée de plusieurs vieux rocking-chairs en bois. Mlle Troy était assise sur l'un d'eux, qu'elle faisait osciller d'avant en arrière au moment où j'engageai le pick-up dans l'allée. Les vêtements élégants qu'elle arborait tant d'années plus tôt lorsqu'elle était entrée dans le magasin de mon père avaient été jetés aux orties, troqués contre la robe vert uni et le tablier blanc qu'elle portait cet après-midi-là. Elle avait dépassé la quarantaine et, tandis qu'elle s'avançait vers nous, je distinguais des mèches grises dans ses cheveux.

– Merci de m'avoir raccompagnée, lança Kelli en descendant du véhicule.

À ce moment-là, sa mère, arrivée à notre hauteur, me regardait très attentivement.

– M'man, je te présente Ben Wade, entendis-je Kelli dire.

La méfiance s'estompa du visage de Mlle Troy.

– Le fils de Luther Wade ? demanda-t-elle sans cesser de me fixer des yeux.

– Oui, mam'zelle.

Elle continuait de me dévisager.

– Tu n'étais qu'un petit garçon la dernière fois que je t'ai vu, dit-elle.

Ce fut alors que tout me revint : la femme mince et élégante qui s'exprimait avec un curieux accent, s'était présentée à mon père comme étant « Mlle Troy », puis avait entraîné une petite fille aux cheveux bruns et bouclés dans les rayons de l'épicerie.

– Tu devais avoir cinq ou six ans, reprit Mlle Troy.

Elle se tourna vers Kelli.

– Te souviens-tu du premier jour que nous sommes allées dans le magasin de M. Wade ?

Kelli fit non de la tête.

Mlle Troy reporta son attention sur moi.

– Tu donneras le bonjour à ton père, me dit-elle.

– Oui, mam'zelle.

Elle repartit vers la maison, laissant Kelli toujours plantée à côté de la voiture.

Kelli se pencha vers moi et me tendit la main.

– Merci encore de m'avoir déposée.

Je pris sa main et sentis ses doigts palpiter sous les miens, la fraîcheur de ce premier contact avec sa peau.

Elle retira sa main presque aussitôt.

– À demain, dit-elle.

J'aurais voulu qu'elle reste. Ou plutôt l'impressionner avant qu'elle parte.

– Kelli, nous allons faire du *Wildcat* un très bon journal, lui dis-je. Ensemble, toi et moi.

Elle s'était déjà écartée de la vitre quand elle me lança :

– Oui, je le crois aussi.

Elle s'exprimait souvent de la sorte, avec une nonchalance qui paraissait innocente et sereine. Les premiers mots qu'elle m'avait adressés semblaient tout aussi creux. Mais ce qui me frappa plus tard avec une force insupportable fut que ses dernières paroles étaient chargées de cette même légèreté, d'une pareille musicalité. Sa voix, en cet ultime et fatal instant, était aussi confiante que toujours. *Tiens ça*, m'avait-elle dit en me tendant la corde.

7

Quand elle résonne dans ma mémoire, la voix de Kelli revêt une présence et une réalité insensées, à croire que ses lèvres sont collées à mon oreille. D'autres voix me parviennent du lointain. Celle de mon père, par exemple, et celle de Mlle Troy. Mais celle de Kelli retentit toujours si fort et si près que je ne peux m'empêcher de jeter un coup d'œil vers la droite ou la gauche, m'attendant presque à voir son visage. Parfois, elle m'interpelle le soir quand je suis assis, seul, sur la balancelle de la galerie, et d'autres fois pendant que je fais ma visite à l'hôpital avec une infirmière ou un médecin. Mais peu importe où et quand elle résonne, le ton et la clarté de ses intonations sont toujours identiques, aussi sonores et enjoués que si elle débordait encore de vie et se tenait à mes côtés, une voix si indéniablement présente que, de temps à autre, il semble que mes souvenirs soient devenus son fantôme.

Pourtant jamais je ne la vois, jamais je n'aperçois de forme indéfinissable et désincarnée qui bat en retraite dans un couloir obscur ou disparaît dans un bois enveloppé de brume. Quand elle vient jusqu'à moi, c'est du fond du long tunnel des années, mais pas comme un spectre flottant contre la vitre de ma chambre ou une silhouette dérivant vers moi au-dessus des eaux étales d'un lac sombre. Parfois, j'en suis presque à regretter qu'elle ne me revienne pas sous cet aspect si mélodramatique, banal fantôme que je m'empresserais de chasser d'un revers de main.

Au lieu de quoi, elle se dresse, me prenant au dépourvu et par surprise, parmi un grand assortiment d'objets familiers. Je remarque des traces de pas dans la terre humide, une longueur de corde pendillant d'une branche, un jeune homme gravissant, l'air absent, la route du Mont et, soudain, chacune de ces choses reprend sa place dans le mystère que le shérif Stone avait tout fait pour résoudre.

Il est mort depuis près de quinze ans, vieillard rongé jusqu'à l'os par un cancer. Il ne m'avait pas choisi comme médecin, mais quand j'ai su qu'il était à l'agonie, je suis allé le voir dans sa chambre d'hôpital. Il était couché sur le dos, lucide mais très affaibli. Je lui ai dit bonjour en m'approchant du lit, mais il ne m'a pas répondu et, au bout d'un moment, je me suis détourné pour partir. C'est alors que j'ai senti ses doigts. Il avait tendu le bras vers moi et me tirait par la manche avec autant d'insistance que le lui permettait le peu de force qu'il lui restait.

J'ai pris sa main dans la mienne, l'ai posée sur sa poitrine, puis l'ai tapotée comme pour le réconforter.

– Vous êtes bien installé, shérif ? ai-je gentiment demandé.

Son regard s'est embrasé tout à coup, comme si, venant de moi, cette question l'emplissait de mépris.

– Non, pas du tout, m'a-t-il répondu d'un ton sec et d'une voix rauque. Vous, oui ?

Je m'apprêtais à lui servir une réponse toute faite, mais il avait déjà détourné la tête.

Le shérif Stone ne s'était pas toujours montré aussi bourru et, quand il vint me parler pour la première fois ce jour-là, il émanait de lui une forte impression de maîtrise de soi et de sang-froid. C'était un homme corpulent et taciturne, mais il déployait une grâce inattendue. Rarement armé, il se fiait plutôt à sa force de caractère pour obtenir ce qu'il voulait de ceux qui tombaient sous sa coupe. «Le dernier de son espèce», disait de lui mon père, et je pense qu'il avait raison.

Lors de mon premier interrogatoire, il officiait comme shérif du comté de Choctaw depuis déjà plus de trente ans et possédait la stupéfiante sérénité d'un homme qui détenait un grand nombre de secrets mais aussi la volonté de les garder pour lui. Il hocha la tête d'un air gentil, toucha le bord de son chapeau et se présenta :

– Je suis le shérif Stone.

Il s'avança de tout son poids dans l'embrasure de la porte, puis ajouta :

– J'ai cru comprendre que tu connaissais Kelli Troy.

Que ce jour-là est loin mais, quelquefois, lorsqu'il m'arrive de passer en voiture devant le cimetière, je lève les yeux vers l'imposante stèle grise qui marque sa sépulture, sens une bouffée de chaleur me submerger et comprends que sa dernière demeure a rejoint toutes ces choses qui, à Choctaw, en une fulguration fiévreuse, me restituent Kelli Troy.

Néanmoins, plus encore que ces réminiscences concrètes qui me déchirent le cœur, c'est tout bonnement ma mémoire qui la maintient auprès de moi, repassant à jamais dans ma tête le temps qui lui restait à vivre, en révélant chaque instant tour à tour, ses jours tombant de la corolle de la vie en petits pétales blancs.

L'exubérance de cette époque me frappe avec beaucoup de force quand je repense à ces jours, à la vitalité, au peps que Kelli dégageait, surtout quand elle approcha de sa fin. Elle s'investissait à fond dans le *Wildcat*, mais je voyais bien que, même après y avoir travaillé tout un après-midi, il lui restait de l'énergie à revendre.

– Je voudrais faire quelque chose, me dit-elle un soir que nous roulions vers chez elle, mais quoi ?

Elle fut secouée par un frisson.

– J'ai la sensation de vivre trop à l'étroit dans ma peau, soupira-t-elle.

À présent, je suis assez âgé pour savoir qu'il arrive que les personnalités de feu se consument trop tôt et que ceux qui, jeunes, semblent les plus vifs ne sont pas forcément ceux qui, plus tard, laissent leur marque. La vie triche au jeu, il ne faut jamais l'oublier, elle ramasse de nombreux plis, et lorsque je considère qu'Eddie Smathers est l'un des habitants les plus riches et les plus respectés de Choctaw, que Todd Jeffries gît déjà six pieds sous terre, que l'existence de Sheila Cameron est nimbée d'un chagrin inconsolable, je suis frappé de voir avec quelle facilité elle peut abattre un atout. Kelli aussi serait peut-être tombée dans l'un de ces nombreux pièges qui nous estropient et nous égarent, brisant nos rêves de jeunesse, transformant des débuts passionnés en fins médiocres. Au fil du temps, elle se serait peut-être révélée aussi peu douée que la majorité d'entre nous pour improviser une échappatoire aux traquenards banals que nous tend le destin.

Mais ça, ce n'était pas un cas de figure que le procureur Bailey voulait que les jurés examinent quand il s'adressa à eux pour la dernière fois. Il commença son réquisitoire en tendant à leur président un cliché de Kelli et en le priant de bien vouloir le faire circuler. De ma place dans les premiers rangs de la salle du tribunal, je voyais qu'il s'agissait de celle qui avait été prise au début du printemps, une photographie de classe qui montrait le visage de Kelli sous sa couronne de boucles brunes.

– Tout ce que nous savons sur cette jeune fille, déclara-t-il, nous amène à conclure que Kelli Troy aurait mené une belle, si ce n'est une remarquable, vie.

Mlle Troy, assise à quelques mètres de moi quand le procureur Bailey prononça ces mots, craqua, je m'en souviens, pour la première et unique fois durant la longue épreuve que fut ce procès, enfouissant son visage dans ses mains, ses épaules tressaillant au rythme de ses larmes.

La malédiction des souvenirs revient à passer en revue tous les possibles, à envisager ce qui est arrivé, mais aussi ce qui aurait pu se produire. Parfois, le soir, quand je rentre de chez un patient et me retrouve sur la route qui mène de Choctaw à Collier, j'aperçois les carrés de lumière provenant de la maison de Kelli, et je me retrouve dans l'incapacité de continuer mon chemin, arrête la voiture sur le bas-côté de la route et observe les petites fenêtres éclairées, la vieille galerie de bois, la sortie de cheminée de brique inutilisée. Parfois, dans ces moments-là, je revois Kelli telle qu'elle était, se précipitant au bas des marches puis vers ma voiture, serrant un paquet de manuels scolaires entre ses bras, tout en jeunesse et énergie, la plus grande partie du voyage lui restant encore à parcourir. À d'autres moments, elle m'apparaît telle qu'elle aurait pu devenir, âgée et sage, les cheveux striés de gris, le caractère ciselé par une expérience de la vie plus approfondie et plus longue, s'avançant vers moi sans se presser, écartant les bras, épanouie et belle dans la plénitude de sa féminité. Et brusquement, je la vois non plus telle qu'elle aurait pu devenir, mais telle qu'elle gisait ce fameux jour sur les hauteurs du mont Crève-Cœur. Je contemple le carnage, je la regarde à travers les yeux de Luke avant qu'il ne se précipite sur la route du Mont pour aller chercher de l'aide. Je vois son sang scintiller sur mes mains comme il luisait sur son pantalon. Mais contrairement à lui, je ne détale pas à toutes jambes. Car je sais ce que Luke ne pouvait savoir : qu'aucune aide au monde ne pourra plus rien pour elle, qu'il n'y a plus aucun moyen de guérir ses blessures. Alors, je fais la seule chose que je puisse faire. Je m'agenouille à côté d'elle, je serre sa vie brisée dans mes bras, je murmure son prénom.

– Kelli, dis-je, qu'est-ce que tu en penses ?

Ce jour-là, en fin d'après-midi, nous nous trouvions dans le local du sous-sol, une semaine après avoir commencé à travailler ensemble sur le *Wildcat*. Elle était assise à son petit bureau en bois calé contre le mur du fond.

Je lui tendis l'article.

– C'est un de ces ragots comme en publiait Allison dans chaque numéro, ajoutai-je. June Compton me l'a donné ce matin.

Kelli prit l'article, le plaça sous sa lampe et lut à voix haute :

– « Zizanie au paradis. Bientôt la rupture ? »

Elle me regarda.

– Ça parle de qui ?

– D'un couple de Turtle Grove. Ce sont les seuls jeunes que June fréquente : ceux de là-bas.

Je disais vrai, en l'occurrence, car, à peine un quart d'heure plus tard, Mary Diehl apparut sur le seuil de notre pièce. Elle portait un corsage bleu marine sur une jupe noire et, détourée à contre-jour par la lumière du couloir, elle faisait penser à une silhouette carbonisée, figée et muette, jusqu'au moment où Kelli finit par lever les yeux et se rendre compte de sa présence.

– Salut, Kelli, dit Mary d'une voix douce avant de porter le regard sur moi. Salut, Ben. Vous bossez sur le *Wildcat*, tous les deux ?

– Oui, répondis-je.

Mary se força à sourire, se raccrochant au charme d'airain que sa mère lui enseignait à préserver en toutes circonstances.

– Heu, je voulais juste vous demander si June Compton ne vous aurait pas remis un petit quelque chose à publier, reprit-elle.

– Oui, en effet, répondis-je.

– Tu veux bien me le donner, Ben ?

Mary lança alors un coup d'œil intimidé à Kelli, puis reporta le regard sur moi.

– C'est, comment vous dire, personnel, et je n'ai pas envie que ça paraisse dans le *Wildcat*, expliqua-t-elle.

Je ne sais pourquoi, j'hésitai. Peut-être avais-je envie, fût-ce un bref instant, de ressentir les délices d'exercer un certain pouvoir sur Mary Diehl qui, d'habitude, me snobait.

– Oh, je ne demande pas mieux que de te le passer, Mary, mais pas avant de l'avoir lu.

– Je ne préférerais pas, Ben, rétorqua-t-elle d'une voix qui tremblait un peu. C'est privé, tu comprends ?

– Je comprends, Mary. Mais en tant que rédacteur en chef du journal, je me dois de…

J'entendis la chaise de Kelli racler le sol, et vis sa silhouette passer en flèche à côté de mon bureau.

– Tiens, Mary, dit-elle en lui tendant l'article. June l'a laissé à Ben ce matin. Nous n'avons pas encore eu le temps d'y jeter un coup d'œil.

Mary le lui arracha des mains d'un geste fébrile.

– Il n'y a rien de méchant, s'empressa-t-elle d'ajouter d'une voix plus détendue, le soulagement se répandant sur son visage. Mais June met son nez partout, vous savez, et… bon, enfin, bref, merci de me l'avoir rendu.

Elle plia la feuille, la glissa dans la poche de sa jupe et ressortit dans le couloir, redevenue elle-même, vraie fille de Turtle Grove jusqu'au bout des ongles.

– *Bye*, lança-t-elle.

Puis elle disparut.

Une fois Mary partie, je voulus tirer la chose au clair.

– Cette rupture devait concerner Todd et elle. Ça doit mal se passer entre eux.

Kelli, qui avait regagné son bureau, tourna la tête dans ma direction, me considéra d'un air froid, un brin sévère, et me lança :

– Tu aurais dû le lui donner tout de suite.

– Que veux-tu dire ? demandai-je alors que je le savais fort bien.

– Tu l'as obligée à te supplier, Ben. Pourquoi as-tu fait ça ?

Je n'avais pas de réponse à lui offrir.

– Tu as raison, admis-je. J'aurais dû me contenter de le lui rendre.

Kelli me dévisageait sans ciller, la mine si grave que ses traits en paraissaient pétrifiés. Ses yeux, deux étangs noirs, ne cillaient pas mais je sentais que les idées se bousculaient dans sa tête, balançant entre souvenirs, évaluations et jugements.

L'espace d'un instant, je craignis qu'elle ne m'adresse plus jamais la parole mais, soudain, sa sévérité vola en éclats et elle me sourit.

– Ça doit être chouette, quand même, soupira-t-elle d'un air dégagé.

– Chouette ? répétai-je, désarçonné par son brusque changement d'humeur. Quoi, qu'est-ce qui doit être chouette ?

– D'aimer quelqu'un si fort. Comme Mary aime Todd, répondit Kelli avec un sourire serein. D'être au désespoir à l'idée de le perdre.

Le moment me parut très bien choisi pour aller à la pêche aux renseignements.

– Tu as déjà éprouvé un tel sentiment ?

Elle secoua la tête.

– Non, répondit-elle. Mais j'espère le connaître un jour.

J'allais ajouter autre chose, mais elle se détourna, reprenant son travail, coupant court à la discussion.

Pendant l'heure qui suivit, nous travaillâmes en silence. Puis, tout à coup, elle demanda :

– Tu l'aurais publié ?

Il s'était écoulé tant de temps que je ne savais pas de quoi elle parlait.

– Quoi ?

– Le papier de June. L'aurais-tu publié dans le *Wildcat* ?

Je me retournai pour la regarder en face.

– Je ne sais pas, peut-être, répondis-je. Mais j'espère que si je l'avais passé, je me serais déçu. C'est la chose la pire qu'on puisse faire, hein ? Se décevoir soi-même.

Je la regardai un long moment d'un air serein, puis ajoutai :

– Ou décevoir quelqu'un. Quelqu'un qu'on admire. C'est le pire, tu ne penses pas ?

Kelli secoua la tête.

– Non, le pire, c'est d'être déçu par quelqu'un qu'on aime, répliqua-t-elle avec une véhémence qui me prit de court. Ça, c'est vraiment dommage.

Elle plissa les paupières, et je vis dans son regard comme un étrange tumulte dont elle ne voulait pas, à l'évidence, révéler la cause. Elle s'empressa de détourner les yeux, et quand elle les reporta sur moi, ils étaient redevenus limpides.

– Bref, je suis contente que nous ayons donné le papier de June à Mary.

– Moi aussi, renchéris-je.

Peu après, nous fermions le bureau, puis gagnions le parking à pas lents. Kelli ne possédait pas de voiture, si bien que les jours où nous travaillions tard, je la raccompagnais chez elle à Collier. La nuit tombait quand nous nous garâmes devant sa maison et, à l'extérieur du véhicule, j'entendais siffler un vent d'automne glacial.

– Couvre-toi bien, dis-je en désignant l'écharpe écossaise qui pendillait à son cou.

Elle me lança un regard intrigué, comme étonnée que je me soucie d'elle.

– Je n'y manquerai pas, murmura-t-elle.

Puis elle se pencha vers moi et prit ma main dans la sienne.

– Merci, Ben.

C'était un petit geste d'affection, rien de plus, pourtant je n'ai pas oublié les frissons qui me parcoururent au contact de sa peau et qui, je crois, perdurèrent longtemps après qu'elle eut repris sa main. Et je sais que, de ce moment, à chaque jour qui passait, le désir que j'avais d'elle s'intensifiait, autant que l'impression troublante de ma gaucherie et de mon manque d'expérience, ma « virginité » passant dans mon esprit d'un simple état de fait regrettable et embarrassant à une

subtile accusation de manque de virilité et d'inadéquation, premières graines du dégoût de soi.

Mais c'était un sentiment que Kelli ne pouvait mesurer et donc, au fil des jours, elle continua de se comporter envers moi comme n'importe quelle jeune fille
le ferait, me touchant par moments sans réfléchir, me
jugeant sans doute aussi inoffensif que je le pensais
moi-même mais, par chacun de ses contacts, augmen-
tant ma fièvre d'un petit degré.

Sensible à cette excitation, mais incapable de la
maîtriser, je me construisis un masque derrière lequel
je me réfugiais. Je ne donnais à Kelli aucune indica-
tion qu'elle devenait pour moi plus qu'une amie. Je lui
parlais de tout et de rien, et je blaguais à l'occasion. Je
lui fournissais des tuyaux sur notre manière de nous
exprimer dans le Sud et, parfois, me moquais de son
accent du Nord. Il m'arrivait même de lui parler de telle
ou telle autre fille, feignant d'éprouver des désirs bien
plus banals et bien plus raisonnables que ceux qu'elle
commençait de m'inspirer pour de bon.

Pour cette raison, les semaines suivantes, nos conver-
sations pendant ces trajets en voiture jusque chez elle
restèrent plus ou moins routinières, composées, pour
l'essentiel, des bruits de couloir du lycée. Nous parlâmes de Luke et de Betty Ann, plaisantant sur le fait
qu'ils semblaient déjà si installés dans le couple, pareils
à de vieux mariés. Le nom de Sheila Cameron surgissait
de temps à autre, avec celui d'un professeur ici et là.

Et nous évoquions parfois des sujets qui ne concer-
naient pas le lycée de Choctaw, comme les années qui
suivraient notre obtention du diplôme, notre avenir.

– Je ne te l'ai jamais demandé, lançai-je un jour de
la fin novembre, mais qu'envisages-tu de faire après
le lycée ?

Les jours raccourcissaient. Les ombres du soir s'étendaient déjà sur nous qui marchions dans l'allée en direction du parking, et je me rappelle que malgré la densité de la brume de cette fin d'après-midi, je vis une étrange perplexité se diffuser sur les traits de Kelli.

– Je n'ai pas de projet très défini, répondit-elle.

Cette réponse m'étonna.

– Enfin, je veux dire, dans quelle fac iras-tu ? insistai-je.

Elle hocha la tête.

– Je n'en ai pas la moindre idée.

Elle réfléchit, puis posa une question de son cru.

– Tu penses que nous devons tous aller à l'université ?

– Ça me semble être la suite logique.

– De quoi ?

Je n'avais pas de réponse à lui fournir.

– De l'existence, tu veux dire ? enchaîna Kelli.

– On peut le voir ainsi. Je n'en connais pas d'autre.

– Beaucoup de gens trouvent un travail, se marient. Ils ont des enfants, s'installent dans la vie.

– Mais pas toi. Tu n'es pas faite pour ça.

– Pourquoi ?

– Parce que ça ne te rendrait pas heureuse, Kelli. Tu es si… différente.

Je me rappelle le ton emphatique, presque passionné de ma voix, et aussi que je battis aussitôt en retraite, apeuré, comme si j'avais dénudé la membrane extérieure d'un je-ne-sais-quoi infiniment tendre que, prudent, j'abritais en moi-même et me hâtai de remettre dans sa coquille.

– Tu es super intelligente, m'empressai-je d'ajouter. Il faut absolument que tu ailles en fac.

Sur son visage, la perplexité céda la place à la légèreté qui lui était plus familière.

– Oui, si je réussis à financer mes études, répondit-elle en ouvrant la portière et en se glissant dans la voiture.

Je m'installai au volant.

– Ta mère en a-t-elle les moyens ? demandai-je l'air de rien en mettant le contact.

Kelli secoua la tête.

J'hésitai un bref instant, puis ajoutai :

– Quelqu'un d'autre peut t'aider ?

J'entendais, bien sûr, un membre de sa famille et faisais allusion au père absent.

– Il n'y a personne, répondit-elle, un peu tendue.

Nous roulâmes vers Collier en silence. Kelli restait immobile, les mains sur les genoux, les yeux fixés sur la route devant nous. De temps en temps, je lui lançais un regard à la dérobée, m'efforçant de trouver quelque chose à dire pour la délivrer du malaise que je lisais sur ses traits. Mais les idées qui me venaient me semblaient vaines et rebattues, et je m'enfermai dans le mutisme.

Le soir tombait quand nous nous engageâmes dans son allée, des ombres profondes enveloppaient la vallée.

– Bon, à demain, murmurai-je.

Kelli ne bougea pas. Puis elle me regarda.

– Je n'ai pas de père, Ben, dit-elle d'une voix inflexible.

Je ne savais pas comment réagir à cette nouvelle. J'avais entendu parler de mauvais pères, de pères alcooliques, de pères absents, mais n'avais jamais entendu quiconque déclarer si crûment ne pas avoir de père du tout.

Kelli me transperça du regard.

– Tenons-nous-en là, d'accord ?

– Bien sûr, dis-je. D'accord.

Elle me fixait d'un air de défi, comme si elle s'attendait à ce que je la contredise. Puis elle dit :

– Eh bien, bonne nuit, alors.

Et elle descendit de voiture.

J'allumai les phares et, dans leurs faisceaux jaunes, je la suivis des yeux. Elle gravit d'un pas vif les marches en bois et, tout aussi vite, disparut à l'intérieur de la maison. En temps ordinaire, j'aurais démarré et me serais tout de suite engagé sur la route, mais quelque chose, quoi, je n'aurais su le dire, dans l'intensité inattendue de la fin de notre conversation s'accrochait encore à moi et je ne me résolus à la quitter qu'après l'avoir entrevue une dernière fois, tout juste une silhouette passant devant une fenêtre éclairée, mais celle de Kelli, c'était indiscutable, ses bras fins dénouant délicatement l'écharpe qu'elle portait à son cou.

Ce soir-là, je n'arrêtai pas de penser à elle pendant tout le trajet jusque chez moi, mais je ne me rappelle plus en quels termes, si bien que j'en suis réduit à supposer que j'avais commencé à considérer sa présence près de moi d'une façon non seulement sensuelle et gorgée de désir, mais aussi nébuleuse, mystérieuse, et que ce mystère aussi, c'est curieux, me séduisait. Car, comparées à Kelli, les autres filles du lycée de Choctaw me semblaient simples et transparentes, produits prévisibles du monde qui les avait engendrées. Elles parlaient avec des accents familiers de choses habituelles, leur avenir était aussi dégagé que leur passé. De toutes les filles que je connaissais, seule Kelli possédait l'attrait d'un mystère non élucidé, d'une énigme qui m'attirait vers elle aussi sûrement que le contact de sa peau.

Les semaines suivantes, elle occupa tant mes pensées que les autres commencèrent à le remarquer. Luke ne se gêna pas pour aborder le sujet.

– Toi, tu as le béguin pour Kelli Troy, me lança-t-il un après-midi pendant que nous roulions vers le Cuffy's.

Je battis en retraite derrière le déni.

– N'importe quoi !

– Tu n'arrêtes pas de parler d'elle ! C'est toujours « Kelli par-ci », « Kelli par-là ».

Il me décocha un regard plein de sous-entendus.

– Et puis tu es toujours fourré en bas, dans ce burlingue, avec elle. Soit ça, soit tu la balades en voiture.

– On bosse sur le *Wildcat* après les cours, m'empressai-je de répondre comme si je réfutais une accusation. Il n'y a plus de cars à l'heure où on termine, il faut bien que je la ramène chez elle.

Luke me foudroya du regard.

– Il le faut bien ? répéta-t-il en riant. Autrement dit, c'est une obligation ?

Je me réfugiai dans le silence.

– Tu devrais lui proposer de faire une sortie, Ben. Comme font tous les mecs quand une fille leur plaît. Ils l'emmènent quelque part. Genre, ils ont rencard. Ils ne se contentent pas de bosser ensemble à l'école puis de rentrer chacun chez soi. Ils vont au ciné ou faire du roller, un truc dans le genre.

Je gardai le silence.

– Pourquoi pas ? insista-t-il.

Je hochai la tête.

– Elle ne restera pas indéfiniment « la nouvelle ». Un autre mec finira par l'inviter à sortir et tu auras laissé passer ta chance.

Je me gardai de tourner la tête vers lui, préférant ne pas croiser son regard, voulant éviter qu'il puisse lire dans le mien, réflexe auquel j'aurais de plus en plus recours dans les années qui suivaient.

– Je ne pige pas, conclut-il. Si elle te plaît, propose-lui une sortie. C'est simple.

Je réfléchis à une réponse possible, et finis par en trouver une. Elle était un peu légère, mais je n'avais pas mieux.

– Ça ne servirait à rien, dis-je. Elle habite à Collier, et elle s'y plaît maintenant, et moi, je ne reviendrai pas après la fac... Alors, à quoi bon... comment dire... s'engager avec elle sur ce terrain-là.

Luke me considéra, effaré par un tel raisonnement.

– Donc, tu comptes reporter toute ta vie à plus tard quand tu quitteras Choctaw ? s'écria-t-il, éberlué. Tu vas te contenter de rester au point mort pendant un an et demi ?

– Je serai occupé. Ce n'est pas facile d'être admis en fac de médecine.

Le rire moqueur de Luke me piqua au vif.

– Tu sais quel est ton problème, Ben ? Pour toi, il faut que tout arrive dans un certain ordre.

Je restai coi.

Luke me regardait, l'air taquin.

– Bon, eh bien dans ce cas, ce sera peut-être moi qui lui donnerai rencard un de ces soirs, reprit-il. Tu penses qu'elle accepterait ?

Je le foudroyai du regard.

– Je croyais que c'était du sérieux entre toi et Betty Ann.

– Betty Ann est cool, répondit-il d'un air dédaigneux, mais j'aimerais bien connaître un autre style de fille. Une qui vienne du Nord, par exemple.

Je feignis l'indifférence.

– Eh bien, vas-y, propose-le-lui, répliquai-je.

Luke me lança un regard pénétrant, un de ces regards qui me traversaient toujours, et demanda :

– Tu as peur d'elle, c'est ça ?

Je me hérissai.

– Peur ? Pourquoi me ferait-elle peur ?

Luke me considéra avec une pointe de tendresse, comme s'il enseignait un précepte à un enfant. Je n'oublierai jamais ce qu'il me dit alors.

– On a toujours peur de la fille dont on tombe amoureux, Ben.

Cette affirmation me décontenança. L'idée d'être amoureux me semblait si loin de tout ce que j'avais envisagé jusqu'alors que je me trouvais dans l'incapacité de réagir. Je savais que, lorsque je raccompagnais Kelli chez elle en fin d'après-midi, j'avais envie que nous restions assis dans la voiture et de bavarder avec elle jusqu'au lever du jour, et que, lorsque je faisais une gaffe en sa présence, j'éprouvais un vif sentiment de mise en danger et de gêne, comme si j'en étais amoindri à ses yeux. Je savais aussi que lorsque j'entendais les bruissements de sa jupe sur son corps en mouvement ou lorsque son épaule effleurait la mienne quand nous nous penchions au-dessus de la petite table du bureau en sous-sol, je sentais une tension intense me transpercer de part en part, comme si mon corps recevait tout à coup une légère décharge électrique. Et surtout, toutes les autres filles me semblaient bien fades par comparaison, l'intérêt que j'avais pu leur porter auparavant s'étant dissous. Mais était-ce de l'amour ? Même si, dès le début, je savais que les élans du cœur qui me portaient vers Kelli Troy ressemblaient à de l'amour, il me paraissait toutefois inconcevable que, si jeune, on puisse se sentir pris dans l'étau d'un sentiment si ardent et rester marqué à jamais par l'empreinte qu'il laisserait en soi.

Cet après-midi-là, Luke ne reparla plus de Kelli et quand il l'évoque aujourd'hui, ce n'est pas dans le contexte des amours adolescentes. D'autres points le hantent, le taraudent, et il les décortique sans relâche, tantôt sous un angle, tantôt sous un autre mais, toujours, ils le ramènent aux nombreuses choses qui le troublent encore et lui échappent quand il pense à Kelli Troy.

Parfois, il lui arrive soudain de poser une question, comme si celle-ci venait de lui traverser l'esprit alors que, je le sais, elle s'impose à lui au terme d'une longue rumination, se dressant tel un cadavre resté sous l'eau trop longtemps.

– Pourquoi Kelli ne t'a-t-elle pas téléphoné ce jour-là, Ben ?

C'est une éblouissante journée d'été pareille à cette autre journée d'été qui, trente ans plus tôt, l'était tout autant, quand il a déposé Kelli Troy sur la route du Mont.

– Me téléphoner ? Quand ?

– L'après-midi où elle a voulu qu'on la conduise sur le mont Crève-Cœur. Tu l'emmenais partout en voiture, non ?

– Oui, c'est vrai.

– Alors, pourquoi ne t'a-t-elle pas appelé ce jour-là ? Je ne l'ai jamais compris.

J'arrête mon regard sur la sombre flèche d'un clocher dans le lointain.

– Elle a peut-être essayé de le faire.

– Oh, tu n'étais pas chez toi cet après-midi-là ?

– Non.

– Où étais-tu ?

117

Je me demande si, après tant d'années de ruses, il ne serait pas sur le point de refermer le piège.

– Parti faire un tour.

Il me regarde d'un air dubitatif.

– Pourquoi ?

– Oh, je devais réfléchir.

– À quoi ?

Je sens qu'il m'attire plus près de ce moment. Un parfum de violettes embaume l'air. Je m'échappe grâce à un mensonge.

– À rien de particulier. La pièce de théâtre, sans doute.

Il ne semble pas se satisfaire de ma réponse, mais n'a aucun moyen de la démentir. Il n'a que ses soupçons de longue date, que le souvenir qui lui reste de mon visage au moment où il se tenait devant moi, son pantalon taché de sang, s'évertuant, affolé, à m'expliquer ce qu'il avait vu sur le mont Crève-Cœur. Et pourtant, au fil de toutes ces années, il aura suffi de cela pour le faire avancer, de question en question.

– Tu savais qu'elle allait là-haut, ce jour-là ? demande-t-il.

Je secoue la tête.

Il me fixe du regard, puis détourne les yeux.

– Quelque chose la tracassait. Mais elle ne m'a pas dit quoi.

Il sombre dans le silence, puis reprend :

– Pourquoi voulait-elle donc aller là-haut, de toute façon ?

– Elle te l'a dit, non ?

– Parce qu'elle devait réfléchir. Elle ne m'en a pas dit plus.

– C'est peut-être ce qu'elle a fait.

– Mais que pouvait-il y avoir de si important pour elle sur quoi elle doive faire le point cet après-midi-là ?

– Peut-être sur son texte. Elle devait jouer la pièce le lendemain soir.

– Dans ce cas, elle en aurait emporté un exemplaire, insiste Luke en me gratifiant d'un regard éloquent. Le shérif Stone avait une autre idée. Pour lui, si elle s'est rendue là-haut, c'était pour retrouver quelqu'un.

– Pourquoi le pensait-il ?

– Parce qu'elle n'avait pas pris de dispositions pour qu'on passe la chercher plus tard. Ça a toujours intrigué le shérif. Il a voulu savoir si elle me l'avait demandé. Je lui ai répondu que je le lui avais proposé, mais qu'elle avait refusé. Et tu veux savoir comment il a réagi ? Il m'a dit : « Il y a quelque chose qui ne colle pas. Il y a quelque chose qui ne colle pas dans tout ça. »

Je ne réagis pas.

Luke dodeline de la tête.

– Pourquoi Kelli n'a-t-elle pas voulu que je revienne, Ben ? demande-t-il d'une voix douce.

– Oh, elle avait peut-être envie de rentrer à pied.

J'ai dit cela d'un ton léger pour mieux glisser cette question sous le tapis.

– Je ne crois pas. Allons, il y a plus de trois kilomètres pour regagner Choctaw. Elle n'aurait pas prévu de marcher sur une aussi grande distance, si ?

– Sans doute que non. Mais à l'époque, il y avait ce petit magasin à proximité de l'endroit où tu l'as déposée. Chez Grierson, tu te rappelles ?

– Oui, et alors ?

– Elle pouvait avoir décidé de s'y arrêter pour téléphoner à quelqu'un.

– Pour lui demander de venir la chercher, tu veux dire ?

– Oui.

– Ça ne risque pas, Ben. C'était un dimanche. Le magasin était fermé.

– Comment le sais-tu ?

– Parce que c'est là qu'il se trouvait. C'est là que je l'ai vu. Tu t'en souviens ?

Aussitôt, je réentendis ce que Luke avait dit la première fois qu'il avait décrit ce dont il avait été témoin cet après-midi-là. Dans la salle du tribunal bondée, mon père et moi nous tenions au coude à coude avec les autres. Proche de nous, Mlle Carver était assise au premier rang, l'air pétrifié, le regard braqué sur Luke qui s'avançait jusqu'au box des témoins.

Un silence s'était abattu dans la salle quand le procureur Bailey avait commencé à l'interroger.

Donc, Luke, vous avez déposé Kelli Troy sur les hauteurs du mont Crève-Cœur l'après-midi du 27 mai, c'est bien cela ?

Oui, monsieur le procureur.

Et quelle heure était-il environ, disiez-vous ?

Vers 15 h 30.

Après avoir déposé Kelli, lorsque vous êtes redescendu du Mont, vous étiez seul ?

Oui, monsieur le procureur.

Et vous êtes rentré directement à Choctaw, c'est bien ça, jeune homme ?

Oui, monsieur le procureur.

Et en chemin, pendant que vous redescendiez du Mont, auriez-vous, par hasard, aperçu quelqu'un à flanc de coteau ?

Oui, monsieur le procureur, en effet.

Et où avez-vous vu ce quelqu'un ?

Devant le magasin de Grierson.

Que faisait cette personne ?

Elle marchait sur la route de montagne.

Dans quelle direction, au juste ?

Dans la direction du mont Crève-Cœur.

À quelle distance diriez-vous que le magasin de Grierson se trouve du mont Crève-Cœur, Luke ?

À environ un kilomètre et demi, je pense.

Il faudrait à peu près une demi-heure pour parcourir cette distance, n'est-ce pas ?

À peu près, oui, monsieur le procureur.

Dites-moi, Luke, si vous revoyiez cette personne qui, ce jour-là, marchait vers le mont Crève-Cœur, la reconnaîtriez-vous ?

Oui, monsieur le procureur.

Cette personne se trouve-t-elle dans la salle d'audience aujourd'hui ?

Oui.

Auriez-vous l'obligeance de bien vouloir la désigner du doigt et dire son nom ?

D'un geste ferme et résolu, Luke avait alors tendu la main en prononçant un nom : *Lyle Gates.*

À ces mots, je me rappelle avoir jeté un coup d'œil vers Lyle assis à côté de son avocat. Il portait un costume gris trop juste pour lui, ses poignets de chemise dépassant de beaucoup des manches de sa veste, ses chaussettes blanches trop courtes sous les jambes de son pantalon. Il tenait ses mains jointes devant lui, et je me fis la remarque que les coupures et les égratignures que le shérif Stone y avait vues la première fois qu'il l'avait interrogé avaient bien cicatrisé entre son arrestation et son procès. J'observai ses épaules voûtées, sa façon de pencher la tête, comme pour parer un coup invisible. Il roulait des yeux, incapable de les arrêter sur rien en particulier, jusqu'au moment où, tout à coup, ils se portèrent sur moi et s'y fixèrent, comme si c'était lui qui m'observait à présent et non le contraire. Je détournai le regard, me concentrant sur Luke et, peu après, le braquai à nouveau sur Lyle. Il s'était renfoncé dans sa chaise à ce moment-là si bien que je ne le voyais que de profil, mais je savais néanmoins que ses yeux allaient et venaient sans cesse par à-coups rapides et nerveux.

Le procureur Bailey finissait d'interroger Luke.

Donc, lorsque vous avez vu Lyle Gates, il était à pied, c'est bien cela ?

Oui, monsieur le procureur.

Y avait-il une voiture ou un pick-up aux alentours ?

Pas que je sache.

Vous avez seulement vu Lyle Gates en train de marcher, c'est bien cela ?

Oui, monsieur le procureur.

Donc, jeune homme, je dois vous le demander encore une fois parce que tant de choses dépendent de votre réponse. Êtes-vous sûr et certain d'avoir vu l'accusé, Lyle Walter Gates, se diriger à pied vers les hauteurs du mont Crève-Cœur environ à trois heures et demie l'après-midi du 27 mai ?

Oui, monsieur le procureur.

Vous l'avez vu de vos propres yeux ?

Oui, monsieur le procureur. Je l'ai vu de mes propres yeux.

Je crois que malgré toutes les années qui ont passé depuis lors, Luke voit encore Lyle Gates de temps à autre, parfois, quand il ferme ses yeux du même bleu pâle. Mais le revoit-il tel qu'il lui est apparu ce jour-là à flanc de coteau, jeune garçon mince passant d'un pas traînant devant le magasin de Grierson, la lumière éblouissante du soleil de l'après-midi faisant scintiller ses cheveux blonds lissés en arrière ? Ou revoit-il Lyle comme il m'arrive souvent de revoir Kelli Troy, courant à perdre haleine sur une pente la mettant au supplice, son corps plongeant à travers un enchevêtrement de plantes rampantes et de bruyères en fleur ?

8

Luke n'a pas l'apanage du souvenir de Kelli Troy.

Sheila Cameron aussi l'a toujours à l'esprit et, voilà quelques années, après que le petit mémorial de pierre eut été érigé sur le mont Crève-Cœur, elle brisa le long silence dans lequel elle se murait depuis la mort de Rosie. Comme nous ne nous étions pas rendus ensemble au cimetière, je ne m'attendais pas à ce qu'elle m'aborde. Lors des discours précédant le dévoilement de la stèle, elle s'était tenue à l'écart, seule, attentive, hiératique. Au cours des années passées, j'avais souvent essayé de briser le silence de marbre dans lequel elle s'était enfermée, mais elle avait repoussé mes tentatives, oh, toujours poliment, se contentant de dire qu'elle n'était «pas très sociable». Mais ce jour-là, quelque chose desserra son emprise sur elle et, à la fin de la cérémonie, elle accéléra le pas pour me rejoindre tandis que je gravissais la côte. Malgré la chaleur ambiante, elle s'était drapée dans un long manteau et, comme toujours, dissimulait ses yeux derrière des verres fumés.

– C'est drôle comme tout resurgit, dit-elle.

– Oui.

– Je m'attendais à ce que ce soit toi qui rendes hommage à Kelli aujourd'hui.

Je secouai la tête.

– J'ai demandé à Luke de le faire. Ç'aurait été trop difficile pour moi.

– Nous avons beaucoup perdu en la perdant. Si jeune.

Elle pensait à Kelli, mais aussi à Rosie, je n'en doutais pas, et je revis le moment où, près de vingt ans plus tôt, j'avais sorti cette minuscule petite fille du ventre de Sheila et l'avais placée dans les bras de sa mère.

Nous nous arrêtâmes sur la crête, la ville étalant au-dessous de nous son dédale de rues et de venelles tortueuses, ses flèches pointées vers le vide.

Sheila se tourna vers moi.

– Tu sais, Ben, il m'arrive de penser qu'il doit y avoir une espèce de bête par-là dehors. On ne la voit pas. Mais elle nous dévore. Elle dévore notre vie.

Elle attendait ma réponse, me fixant des yeux, mais voyant que je gardais le silence, elle reporta son regard sur la vallée.

– Mais c'est partout pareil, tu ne crois pas ? demanda-t-elle d'une voix lasse.

Il me revint alors une phrase entendue bien des années plus tôt.

– Chaque lieu renferme le monde entier, dis-je, citant Kelli Troy.

Il semble étrange que, de toutes les filles qui côtoyèrent Kelli au cours de son année de lycée à Choctaw, Sheila ait été celle qui se rapprocha le plus d'une amie. Je n'aurais pas parié sur cette amitié-là. Sheila avait tout de la bourgeoise de Turtle Grove, unique héritière d'une des familles les plus anciennes et les plus fortunées de la ville. Elle évoluait depuis toujours dans un cercle d'autres filles de Turtle Grove, petit groupe qui se serrait les coudes et régnait sans partage sur le lycée de Choctaw. Forcément, elles s'invitaient entre elles à leurs soirées, faisaient partie des mêmes clubs, se chipaient leurs petits amis avant de les larguer, puis, au bout du compte, partaient ensemble pour la faculté en se trémoussant à qui mieux mieux, s'inscrivant dans la même sororité de l'université de l'Alabama à Tuscaloosa, encore que, de temps en temps, une âme rebelle partait vers le sud à Auburn. La plupart d'entre elles étaient comme la vie qu'elles menaient les avait faites, courtoises et distinguées, prenant pour acquis leurs privilèges excessifs, mais assez bien élevées pour ne pas en faire étalage devant nous. Pour autant, elles n'étaient pas enclines à se mêler aux filles de la montagne ni à celles des villages qui entouraient Choctaw, dont Collier, où vivait Kelli.

Je m'étonnai donc que Sheila me parle de Kelli ce matin-là quand elle m'eut rejoint à grands pas devant mon casier, serrant ses manuels scolaires entre ses bras.

– Salut, Ben.

Son sourire était radieux, comme toujours, lui qui, soutenu par ses yeux noisette, un peu mordorés, avait, à un moment ou à un autre, ensorcelé la majorité des garçons du lycée.

– Salut, Sheila.

Elle s'adossa contre l'enfilade de casiers, prenant une pose un brin aguichante, comme si elle cherchait à s'en faire des alliés.

– Je voulais te dire que j'ai pensé à toi la nuit dernière, lança-t-elle.

Puis, se rendant compte de l'ambiguïté de son propos, elle gloussa comme une gamine avant d'ajouter :

– Ou plutôt à Kelli et toi.

Cela ne me parut pas moins étrange que son entrée en matière.

– À Kelli et moi ? répétai-je avec un petit rire. Pourquoi donc ?

– Dans quelques semaines, j'organise une soirée pour Noël et je me disais que vous auriez peut-être envie de venir.

Je ne pus que répéter bêtement :

– Kelli et moi ?

– Eh bien, tous les deux, vous êtes amis, non ?

– Ouais.

– Ce ne sera pas une boum. Ce sera un bal. Plus formel, tu vois, un peu comme la fête de Noël du lycée, je veux tout le monde sur son trente et un.

Elle salua de la main deux ou trois filles qui passèrent à côté de nous, puis reporta son attention sur moi.

– Il se tiendra au Country Club de Turtle Grove, reprit-elle. Bref, ce que je voudrais, c'est que personne ne soit seul, tu vois. Rien que des couples.

Je secouai la tête.

– Je n'irais pas jusqu'à dire que Kelli et moi soyons un...

Sheila s'esclaffa.

– Je ne l'entendais pas dans ce sens-là, Ben. Mais venez à deux. Je veux que personne ne soit seul. Tu sais, que tout le monde ait un partenaire avec qui danser.

Elle me dévisagea, comme si elle cherchait un autre moyen de m'expliquer la chose.

– Ce que je désire, c'est que, lorsque le bal commencera, personne ne fasse tapisserie, finit-elle par ajouter.

Me tournant vers mon casier, je me mis, pour me donner contenance, à fouiller parmi les livres et les documents que j'y entassais.

– Tu en as parlé à Kelli ?

Sheila secoua la tête.

– Non, je voulais d'abord voir avec toi.

– Ah, mais Kelli viendra peut-être accompagnée, lui dis-je.

– Je ne pense pas. Je crois qu'elle fait fuir les autres garçons. Étant nouvelle, tu sais, et venant du Nord. Et puis il y a ces trucs qu'elle écrit dans le *Wildcat*. Un peu intello. Du coup, ça en intimide plus d'un, tu vois.

D'un geste vif, elle repoussa une mèche de cheveux.

– Ils finiront par lui tourner autour, c'est sûr, reprit-elle, mais pour l'instant, ils préfèrent garder leurs distances.

Je me rappelai aussitôt l'avertissement de Luke selon lequel Kelli ne serait pas toujours « nouvelle » et que, si elle m'intéressait, je devais agir vite. Il me sembla que la soirée de Noël de Sheila offrirait l'occasion idéale pour le faire.

– D'accord, dis-je. J'en parlerai à Kelli.

– Génial, s'écria Sheila d'un ton enjoué, toujours souriante, physionomie qui, à l'époque, paraissait si figée, si immuable, et correspondre si bien au produit permanent d'une nature innocente et douce, qu'il m'était tout bonnement impossible de concevoir son visage sans elle.

J'en avisai Kelli le jour même. Nous avions pris l'habitude de nous asseoir côte à côte en cours de littérature, bavardant parfois à voix basse avant qu'il ne commence, puis échangeant des coups d'œil de temps à autre pendant que Mlle Carver décrivait en termes étrangement lancinants les « tourments » de la combinaison d'amour et de haine que Heathcliff éprouvait pour Catherine Earnshaw. Par moments, Mlle Carver semblait être elle-même secouée par ces nuages noirs qui balayaient cette lande lointaine. D'une petite voix affligée, elle nous parlait de passion et de tragédie comme si celles-ci faisaient forcément partie de la tapisserie imprévisible de la vie, tel fil noué pour toujours à tel autre, chaque génération portant à nouveau son legs de pertes et de ruines.

Ce fut aussi à cette époque que Kelli et Mlle Carver avaient commencé à s'attarder dans la salle de classe après le cours, Kelli pour poser des questions ou faire des commentaires qu'elle avait préféré garder pour elle jusqu'alors, Mlle Carver pour développer un point qu'elle avait simplifié à dessein devant la classe. Parfois, je restais aussi, les écoutant toutes les deux parler de tel ou tel roman d'une manière dont moi, spécialisé en sciences, n'aurais jamais eu l'idée, mais qui, au bout du compte, me permettait de comprendre que certains livres exprimaient des points de vue non pas de front mais de façon décalée et mystérieuse car, les descriptions qui s'y trouvaient étant, par définition, métaphoriques et en partie indéfinissables, on ne pouvait pas les exprimer en poids et mesures, en actions et réactions prévisibles.

Pourtant, en cette matinée de décembre, au lieu de s'attarder à la fin du cours, Kelli sortit dans le couloir sans attendre. Elle atteignait l'escalier quand je la rejoignis.

– Kelli !

Elle s'arrêta et se retourna vers moi qui la rejoignis.

– Tu sais, Sheila Cameron m'a abordé ce matin. Elle m'a dit qu'elle organisait une soirée pour Noël dans une quinzaine de jours. Genre tenue de soirée. Ça se passera au Country Club de Turtle Grove.

Kelli me regardait d'un air inexpressif.

– C'est une sorte de bal, ajoutai-je, rendu plus nerveux par la fixité de ses yeux noirs. Réservé aux couples. Chacun doit venir accompagné, quoi.

J'hésitai une fraction de seconde, serrai les dents.

– Elle pensait que, toi et moi, on aurait peut-être envie de venir, lançai-je.

Kelli sourit.

– D'accord, répondit-elle d'un ton léger.

Elle acceptait bien trop vite, je voulais m'assurer qu'elle avait saisi le sens de ma demande.

– Je veux dire tous les deux, ajoutai-je d'un air entendu. Toi et moi.

– J'avais compris.

Elle esquissa alors un sourire, se détourna puis s'élança vers le bas des marches.

Luke fut ravi quand je lui racontai tout ça plus tard dans l'après-midi.

– C'est génial, lança-t-il tout joyeux. On pourra y aller ensemble. Toi, moi, Betty Ann et Kelli.

Et ce fut tout juste ce que nous fîmes. C'était le soir du 22 décembre et, bien qu'une froide giboulée d'hiver ait été annoncée, il faisait clair, l'air était vif, la lune brillait tellement que sa clarté ourlait le sommet des hautes montagnes dans le lointain.

Luke choisit une énorme Lincoln dernier modèle dans le parc de voitures d'occasion de son père, alla chercher d'abord Betty Ann, puis vint chez moi et, enfin, nous conduisit tous les trois jusqu'à Collier pour prendre Kelli.

– Cette caisse a de super haut-parleurs, déclara Luke avec fierté avant de débiter les autres caractéristiques du véhicule. Clim, doubles sièges inclinables en velours, espace réglable pour les jambes…

– Suffit, Luke, l'interrompit Betty Ann. Je ne compte pas l'acheter, cette poubelle.

Elle jeta un coup d'œil en arrière, vers moi.

– Et toi, Ben ?

Je secouai la tête.

Nous continuâmes de rouler vers chez Kelli et, à mesure que nous approchions de sa maison, je me sentais devenir de plus en plus nerveux. Je rajustai ma cravate, essuyai mes lunettes, vérifiai ma braguette, ma pochette de costume, le lustre de mes chaussures.

– J'ai été vraiment très étonné que Sheila m'invite, dis-je.

– Oh, je pense que ce n'est pas vraiment toi qui étais invité, Ben, rétorqua Luke en clignant de l'œil d'un air malicieux. Je crois plutôt que c'était Kelli.

Il lança un coup d'œil à Betty Ann.

– Au cas où tu ne le saurais pas, Ben n'est que la mouche du coche ce soir.

Betty Ann rejeta la tête en arrière en s'esclaffant. C'était une grosse rouquine, le genre de fille qui s'assoit toujours à l'ombre et dont la peau, l'été, vire au rose vif. Elle avait le rire facile, surtout aux blagues de Luke, dont elle partage la vie depuis près de trente ans. Elle est encore plus corpulente aujourd'hui, une obsédée des régimes au double menton bien plein et, si l'âge moyen a dérobé une grande part des reflets flamboyants de ses cheveux, de tous mes amis de jeunesse, je pense que c'est Betty Ann qui s'est construit l'existence la plus solide. Elle possède une boutique dans le tout nouveau centre commercial aux lignes épurées dont elle remplit les rayonnages en verre de ce qu'elle appelle, pour plaisanter, « les objets d'art du Sud » et, au terme de chaque journée de travail, elle rentre auprès de Luke et de leur dernier fils, les deux autres fréquentant déjà l'université.

Je l'ai revue pas plus tard que l'autre jour, dans la galerie marchande, alors que je faisais mes achats de Noël. Elle portait des vêtements de saison, jupe rouge vif et corsage, une large ceinture vert houx enroulée autour de sa taille.

– Si le Père Noël était une femme, dit-elle en virevoltant pour me faire admirer sa tenue, elle me ressemblerait comme deux gouttes d'eau.

J'étais venu acheter un cadeau pour quelques patients de l'hôpital, une habitude que j'avais prise après la mort du Dr McCoy et qu'il aurait, j'en suis certain, désapprouvée.

– Nous pourrions bien avoir un Noël blanc cette année, reprit-elle en terminant sa pirouette avant de me rejoindre.

– C'est ce qu'on dit.

– Ça fait si longtemps que ce n'est pas arrivé.

Elle s'accorda un instant de réflexion.

– Huit ou neuf ans, c'est ça ?

– Oui, répondis-je. Au moins aussi longtemps.

– Jimmy était encore tout petit, tu te rappelles ? Ton Amy aussi.

– Nous les avions emmenés faire de la luge, me remémorai-je.

Je me souvenais très bien de ce jour-là. Le versant de la montagne formait une muraille blanche et Luke nous avait tous conduits en voiture au sommet, passant devant le lycée qui avait fermé ses portes depuis peu, et, serrés les uns contre les autres, enfoncés dans la neige jusqu'aux chevilles, nous avions regardé nos enfants faire joyeusement de la luge sur la pente la plus douce du mont Crève-Cœur. Luke tenait Betty Ann par les épaules, je serrais Noreen contre moi, notre quatuor bavardant, tranquille, sous le toit squelettique et craquant de branches couvertes de givre.

Au bout d'un moment, les enfants s'étant bien dépensés, nous avions regagné la voiture, Noreen et Betty Ann marchant à quelques pas derrière Luke et moi.

– Tu sais, de monter jusque-là, dit Luke, ça m'a rappelé le soir où nous sommes tous allés à la soirée que Sheila Cameron avait organisée à Turtle Grove. Sauf, bien sûr, que c'était avec…

Il se tut, puis parla plus bas, très vite et du bout des lèvres, comme si, sans le vouloir, il avait trébuché sur une association d'idées sinistre qu'il lui tardait de laisser derrière lui.

– Enfin, c'était avec Kelli, tu le sais, dit-il.

Je lançai un coup d'œil derrière nous et ce fut tout juste si je ne la vis pas telle qu'elle aurait pu être dans la blancheur de la neige de cet après-midi-là, belle femme marchant en manteau foncé au côté de Betty Ann Duchamp, ses traits marqués par le temps, des pattes d'oie au coin des yeux, sa voix laissant filtrer un peu plus l'accent des États du Sud dans ses *o* et ses *a* alanguis, mais ses cheveux bruns lui retombant toujours aux épaules, la même écharpe écossaise nouée autour de sa gorge, mais, à présent, avec une petite fille tirant sur sa main, qui aurait tout aussi bien pu se prénommer Amy.

Luke n'ajouta rien de plus pendant que nous marchions jusqu'à la voiture. C'était un grand break, et Luke avait fixé à ses pneus les chaînes nécessaires pour nous permettre de gravir la route du Mont.

– Ça fait quinze ans qu'il attendait d'utiliser ces chaînes, plaisanta Betty Ann tandis que Luke effectuait une marche arrière pour regagner la route avant de commencer la descente sur Choctaw.

Luke s'esclaffa à cette remarque, mais je voyais bien que les vieilles questions lui revenaient, et je crois que ce fut à partir de ce moment-là, tandis que nous roulions prudemment sur les pentes neigeuses du mont Crève-Cœur, qu'il entreprit à dessein de revenir sur l'événement qui avait le plus marqué sa jeunesse, affrontant les doutes qui le tenaillaient toujours, et que la soirée à Turtle Grove lui servit de lieu d'embarquement pour son voyage dans le passé.

Kelli, prête, n'attendait plus que nous quand nous arrivâmes devant chez elle en ce soir de décembre, mais rien n'aurait pu me préparer à la vision qui m'accueillit, celle d'une jolie fille en long manteau rouge qui descendit une petite volée de marches puis fendit un pan d'obscurité pour arriver, tout essoufflée, de mon côté.

– Je pensais que vous m'aviez oubliée, dit-elle.

Je souris puis, sans savoir ce que je disais, fis une promesse que je n'ai pas négligé de tenir.

– Ça, jamais.

Turtle Grove est un quartier comme il y en a dans toutes les villes. Il s'étend en périphérie, au-delà des sirènes et des coups de sifflet d'usines. Les pelouses y sont toujours plus vertes et bien mieux entretenues qu'ailleurs. Les arbres, qui sont très hauts et très feuillus, jettent sur l'herbe des ombres d'autant plus fraîches, plus profondes. Toujours, et plus que jamais, il y a de la place pour s'étendre.

Luke et Betty Ann y résident aujourd'hui, et même si j'habite dans Choctaw, je suis inscrit à leur Country Club depuis fort longtemps, une décision à laquelle le Dr McCoy, dont je suis les patients, a beaucoup insisté que je souscrive pour des raisons professionnelles.

– Vous devrez avoir une clientèle solvable, Ben, m'avait-il déclaré d'un ton ferme, exactement comme si vous teniez une épicerie.

À l'automne, quand les premiers froids descendent sur la vallée, Luke et moi disputons parfois une partie de golf sur le parcours joliment vallonné du club. Il y a quelques années, nous sommes tombés sur Todd Jeffries, gisant face contre terre, ivre mort, faisant penser à un morse échoué sur une plage, vautré là, inconscient, sur le sable, l'entrejambe de son pantalon vert anis maculé des taches sombres de son urine. Luke a secoué la tête d'un air désespéré.

– Mon Dieu, que va-t-il advenir de lui ? a-t-il soupiré.

En tout cas, personne n'aurait pu imaginer le voir un jour ainsi quand, par cette nuit claire de décembre tant d'années plus tôt, Todd s'était avancé jusqu'à la large double porte du Country Club pour venir à notre rencontre, ouvrant tout grand les deux battants.

– Sheila me fait jouer les majordomes ce soir, plaisanta-t-il avec son habituel sourire bienveillant.

Marie Diehl était à son bras, plus belle que jamais, le regard étincelant, ses longs cheveux bruns descendant en cascade dans son dos.

– Salut, tout le monde ! lança-t-elle gaiement.

Nous répondîmes à leur accueil, puis, passant devant eux, nous entrâmes dans cette salle que Sheila et ses amies de Turtle Grove avaient transformée en palais étincelant. Partout, il y avait des ampoules multicolores : accrochées tout le long des moulures, enroulées en spirale autour des hautes colonnes en bois, pendillant des rampes de l'escalier incurvé.

Même Kelli qui, supposais-je, avait déjà dû voir beaucoup d'intérieurs luxueux, paraissait impressionnée.

– C'est très beau, murmura-t-elle comme pour elle-même.

Puis elle se tourna vers moi.

– C'est très beau, tu ne trouves pas, Ben ?

Je lui donnai mon assentiment d'un signe de tête, encore résolu à ne pas rendre justice à la bande de Turtle Grove, mais finissant par céder à contrecœur.

– Ils sont vraiment doués pour tous ces trucs-là, dis-je.

Elle s'élança en avant, m'entraînant dans son sillage, ses doigts tirant sur ma veste. Je faisais semblant de me forcer, comme si, blasé, ce genre de choses ne me fascinait plus.

Pourtant, j'étais ébloui. Ébloui par le club lui-même, le faste de sa décoration, les centaines de spots, de couronnes de houx et de poinsettias en pots qui transformaient son noble intérieur de style plantation en ce qui, à mes yeux, se rapprochait le plus du pays des merveilles. Et surtout, j'étais fasciné par les smokings et les robes du soir moulantes qui transportaient ces adolescents gauches et inexpérimentés que je croisais tous les jours dans les couloirs du lycée de Choctaw jusqu'aux graves frontières de l'âge adulte. Ils s'étaient rassemblés par petits groupes ce soir-là, ces garçons et ces filles qui bavardaient, tranquilles, en buvant du punch avec autant de retenue qu'ils mettraient plus tard à siroter du bourbon. Immobile parmi eux, je regardais la génération montante des décideurs de Choctaw faire son entrée dans le monde, ses futurs avocats, banquiers et hommes d'affaires, ses prochains maires et conseillers municipaux, les visages de ceux qui dirigeraient la chambre de commerce et guideraient à travers une période très troublée son conseil d'éducation de l'État. Il ne leur serait jamais venu à l'esprit, ainsi que je le dis à Kelli plus tard au cours de la soirée, de faire autre chose que ce pour quoi ils étaient nés : gouverner une petite ville de province avec, s'imaginaient-ils, une grâce et une sagesse princières.

Sa réaction me surprit.

— Ce n'est pas bien ? s'enquit-elle.

Elle venait de terminer de danser avec Luke sur la piste, et sa dernière pirouette avait projeté une boucle de cheveux sur son front. De sa main, elle la remit en place en me parlant, puis rejeta un peu la tête en arrière avant d'ajouter :

— Tu sembles penser que c'est mal.

— Bah, on se dit qu'avec tout leur fric, ils auraient envie de découvrir le monde, grommelai-je. Pas de s'installer ici, à Choctaw, ce qu'ils feront tous.

Son regard étincelait.

— Peut-être que le reste du monde ne les intéresse pas tant que ça ?

Je dodelinai de la tête.

— C'est parce que tu as vécu dans une grande ville, Kelli, que tu trouves ces gens formidables.

— Je ne pense pas qu'ils le soient.

— Sympas, disons. Originaux.

Elle ne me quittait pas des yeux.

— Pourquoi les détestes-tu autant, Ben ? Que t'ont-ils fait ?

— Oh, à moi, rien du tout. Mais je déteste ce qu'ils se font à eux-mêmes, ce dont ils se contentent.

Elle tourna la tête vers la piste de danse. Je devinais qu'elle me désapprouvait, mais avait décidé de ne pas me contredire.

— Regarde Luke, comme il se donne à fond, lança-t-elle au bout d'un moment.

Après une série de slows, l'orchestre avait soudain enchaîné avec un rythme rock and roll endiablé, et

Luke et Betty Ann, ainsi que tous les autres ou presque, tournoyaient comme des malades.

– Ça, c'est davantage mon truc, dit Kelli. Voilà comme on dansait à Baltimore.

Elle se tourna vers moi.

– Tu ne m'as pas encore invitée.

Je fis les yeux ronds.

– Tu ne danses donc jamais ? insista-t-elle.

Je souris, cédant aux sirènes de l'autodérision.

– Bien sûr que non ! répliquai-je comme si cette question m'offensait. Au cas où tu ne l'aurais pas remarqué, je suis trop sérieux pour ça.

Elle me prit par la main.

– Mais non, tu ne l'es pas, répondit-elle sur le ton de la plaisanterie en me tirant hors de ma chaise.

Nous dansâmes plusieurs fois par la suite, et je pense que Kelli fut surprise de voir que j'étais très doué pour exécuter la série de petits pas que Luke m'avait enseignée quelques jours plus tôt mais qui, sur cette piste de danse bondée et peu éclairée, devait paraître spontanée et improvisée.

Mais je ne fus pas le seul garçon avec qui Kelli dansa ce soir-là. Eddie Smathers l'invita sur la piste, de même que Chuck Wheelwright qui, plus tard, siégerait au Sénat de l'État, ainsi que Wilkie Billings, que, depuis lors, j'ai soigné pour plus d'une affection mais qui, désormais, semble se porter comme un charme, et aussi Randy Wilcox, qui est mort à Khe Sanh.

Et pourtant, comme disait le titre de la chanson qui termina la fête ce soir-là, Kelli garda la dernière danse pour moi.

Nous étions tous deux assez fatigués quand fut joué ce slow mélancolique, comme l'étaient tous ceux qui concluaient les bals à l'époque, et grâce auquel, pendant quelques délicieuses minutes, je tins son visage tout près du mien, sentis son souffle contre mon oreille.

En marchant vers la voiture, j'attirai Luke tout près de moi.

– Dépose-nous chez moi, Kelli et moi, chuchotai-je. Je veux la raccompagner chez elle moi-même.

– Ça a dû bien se passer, me dit Luke avec un sourire en coin.

– J'ai juste envie d'être seul avec elle, expliquai-je.

Luke fit ce que je lui avais demandé, utilisant le prétexte qu'il devait ramener Betty Ann chez elle avant le couvre-feu et donc, peu de temps après la danse de fin, Kelli et moi, assis dans ma vieille Chevy, roulions vers Collier.

Je ne lui avais jamais vu l'air aussi heureux et, juste avant qu'elle descende de voiture et se dirige vers sa porte d'entrée, je découvris pourquoi.

– Tu sais, pour la première fois, je n'ai pas l'impression d'être la nouvelle du lycée.

– J'en suis heureux.

Elle me regarda, hésita, comme si elle se demandait si elle devait m'en dire plus.

– Au début, je craignais de ne pas me plaire ici, avoua-t-elle à voix basse. Venant d'une grande ville, tu sais, et m'installant dans un trou à la campagne.

Je lui servis mon plus beau sourire caustique.

– Oh, je dirais que Choctaw a son charme.

– Ça m'a permis de découvrir quelque chose, dit-elle.

Je ne concevais pas que vivre à Choctaw pût enseigner quoi que ce fût à quiconque.

– Que, en somme, chaque lieu renferme le monde entier, poursuivit Kelli. Que tout ce qu'il y arrive, arrive partout.

Elle s'accorda un instant de réflexion, puis ajouta :

– Mais peut-être que dans une petite ville où les choses se passent plus lentement qu'ailleurs, ne les voit-on que mieux.

Soudain, Choctaw devint le lieu romantique par excellence, tel qu'il n'y en avait jamais eu, tel qu'il n'y en aurait jamais d'autre, et j'avais la certitude que seule Kelli le rendait ainsi. Je sentis un désir puissant m'envahir, m'emporter dans une chute en cascade et je compris alors que Luke avait raison quelques semaines plus tôt, que c'était cela être amoureux.

Elle prit ma main et la serra dans la sienne, geste furtif et affectueux.

– On se revoit au lycée, lança-t-elle.

Elle s'apprêta à descendre de voiture, se figea, puis ouvrit vivement sa pochette et en sortit une feuille qu'elle me tendit.

– Pour le prochain numéro, me dit-elle, si tu ne le trouves pas trop mal.

Je lui pris le papier des mains, puis la regardai parcourir la courte distance de la voiture à sa maison, à l'intérieur de laquelle elle disparut. Moi, je m'attardai dans son allée, incapable de partir. Je voulais me trouver dans la même obscurité que la sienne, ressentir les mêmes picotements du froid, entendre la même brise souffler dans les champs derrière chez elle. Seul dans la voiture, observant sa maison pendant ces quelques secondes avant de repartir, je fus en proie à la souffrance exquise due autant à sa proximité qu'à la distance qui nous séparait, et je peux dire aujourd'hui, après le passage de trois décennies, que ce fut là le tourment le plus délicieux que j'aie jamais éprouvé, l'instant privilégié et déchirant où, de toute mon existence, je me sentis le plus en vie.

Les lumières brûlaient encore dans la maison quand je finis par me décider à quitter l'allée et à rentrer chez moi. Le parcours me parut très long, comme si j'évoluais au cœur de ténèbres qui s'épaississaient peu à peu, denses mais aussi effrayantes, car je prenais conscience que Kelli était le seul être au monde pour lequel j'avais jamais éprouvé pareil sentiment, le seul être au monde que je ne pourrais pas laisser derrière moi en partant.

Arrivé chez moi, comme je l'avais déjà fait, je pris le papier qu'elle m'avait donné et le lus :

> Je suis la gardienne de revendications perdues.
> Au fil des ans, ce qui subsiste encore,
> L'écho de mots, le départ d'amis,
> Les moyens communs des fins communes.
> L'endroit qu'on est libre de choisir le temps
> Que son aujourd'hui devienne son lendemain.
> Je suis un monument aux morts,
> Un court de tennis, une promenade des amoureux,
> Une colline arrondie, un toit d'école à pignons,
> Une journée d'or, une règle d'or,
> Le lopin de terre que nos pères ont donné
> Pour des fleurs et notre tombe commune.
> Je suis une ville.

Quand j'y repense aujourd'hui, je m'étonne que ce poème ne m'ait pas alerté car il décrivait l'état d'esprit de Kelli envers Choctaw, qu'elle commençait de se sentir chez elle dans ce que j'estimais depuis toujours être un univers étriqué et aride. Pourtant, il n'en fut rien. En le lisant, je n'eus pas le sentiment que je la perdais, qu'elle « passait de l'autre côté », ni même que, sans le vouloir, elle avait été séduite par la vie dans une petite ville. Ce fut tout le contraire, en fait, si bien que, pour la première fois, je me mis à penser que partager sa vie, l'épouser, avoir des enfants et vieillir avec elle, le tout à Choctaw, que c'était cela, en réalité, l'existence que je désirais mener. Je ferais médecine comme prévu, mais ensuite je reviendrais à Choctaw, ouvrirais mon petit cabinet, deviendrais le médecin de famille aimé de tous. Je pouvais tout à fait envisager ces honneurs tranquilles, ces plaisirs et ces récompenses dans un quotidien où Kelli se tiendrait à mes côtés.

Ce doit être à partir de ce moment-là que je redoublai d'efforts pour conquérir Kelli Troy, l'épouser, vivre avec elle à Choctaw. J'ignore à quels moyens j'ai envisagé d'avoir recours pour arriver à ces fins, mais ce dont je me souviens, c'est que, au fil des mois suivants, l'idée de me marier un jour avec elle s'imposa à moi de plus en plus, qu'elle prit une dimension de véritable conspiration et que, dès lors, on pourrait presque dire qu'elle se développa en métastases jusqu'à devenir un complot à part entière.

D'ailleurs, c'est comme à un complot que je continue d'y penser depuis lors.

Il y a quelques années, quand Amy était encore enfant, j'ai acheté un petit chalet sur le versant de la montagne. Souvent, en fin d'après-midi, elle jouait dans le jardin pendant que j'étais étendu dans le hamac que j'avais accroché sous la galerie. Couché là sur le dos un soir, j'observais une araignée qui tissait sa toile, non loin de moi. Avec grâce, ses pattes longues et fines élaboraient un piège parfait et presque invisible en un embrouillamini de fil. Il me vint à l'esprit que j'avais sous les yeux une créature qui ne vivait, pour ainsi dire, que grâce au piège qu'elle tendait, que, dans la nature, une grande partie des animaux survivaient grâce à ce même principe, cruel et irréductible, et que, peut-être, à la base, il en allait de même pour l'Homme.

Je m'en ouvris à Luke la semaine suivante, un soir que nous étions ensemble pendant que nos enfants jouaient dans la cour à quelques mètres de nous. Luke laissa son regard errer sur la vallée, puis secoua la tête.

– Ça exclut le hasard, dit-il. Ça exclut le fait que, parfois, les choses se produisent par accident.

– Peut-être n'est-ce pas aussi courant que nous voulons bien le penser, rétorquai-je.

Les yeux d'un bleu délavé de Luke se fixèrent sur la crête abrupte qui virait au violacé dans les ombres du soir. Je voyais bien que quelque chose avait assombri son humeur et qu'il bataillait pour y mettre des mots.

Ignorant le tour que prenaient ses pensées, je m'efforçai de lui venir en aide par une autre remarque.

– Peut-être que le hasard ne joue pas un si grand rôle que ça dans la vie.

Son regard se porta alors sur moi, embrasé, comme si quelqu'un venait d'allumer une mèche dans sa tête.

– Dans ce cas, qu'en est-il de Kelli Troy ? demanda-t-il avec une sorte d'exigence inattendue dans la voix. Qu'en est-il de Lyle Gates ? Comment se fait-il qu'ils se soient trouvés tous les deux sur le mont Crève-Cœur ce jour-là ?

Je revis aussitôt Lyle prendre place à la barre au dernier jour du procès, le réentendis affirmer avoir vu Kelli passer à bord du pick-up de Luke, puis avoir entendu, peu après, des gémissements alors qu'il atteignait le sommet du mont Crève-Cœur, mais qu'il ne l'y avait pas suivie et ne lui avait fait aucun mal.

– Il avait des preuves pour confirmer ses dires, ajouta Luke. Déjà, sa voiture avait été saisie une semaine plus tôt, ainsi qu'il l'a déclaré à l'audience. Et c'est sans doute le destin qui a voulu qu'il gravisse le Mont à pied.

– Peut-être.

– Et si Lyle ne s'était pas trouvé là, il n'aurait pas vu Kelli ce jour-là. Et s'il ne l'avait pas aperçue, eh bien alors…

Il se tut, réfléchit un instant, puis ajouta :

– Ça m'a toujours intrigué que même le procureur Bailey ait dû admettre que Lyle n'avait rien prémédité.

Comme je ne lui répondais pas, il ajouta, d'une voix plus pressante que jamais, comme si sa mémoire était la pointe de la lame du couteau qui le faisait avancer :

– Et la tête que Lyle faisait dans le box ! Tu t'en souviens, Ben ? Tu te souviens de la tête que faisait Lyle ?

Je m'en souvenais très bien. Il paraissait tout petit, tel un gosse qui aurait enfilé un costume d'adulte, la mine dévastée, comme s'il se retrouvait soudain dans un monde dont les couleurs et les dimensions lui seraient devenues étrangères. Même sa voix paraissait douce et enfantine pendant qu'il racontait ce qu'il s'était passé ce jour-là, qu'il avait découvert Kelli gisant, face contre terre, parmi les plantes rampantes. Elle avait essayé de dire quelque chose, déclara-t-il à la Cour, répétant la même phrase encore et encore, comme une mélopée. Il s'était penché vers elle pour bien écouter, penché pour entendre ses dernières paroles : *Pas toi.*

– Cette histoire n'a toujours aucun sens pour moi, soupira Luke, revenant au présent comme depuis un point de non-retour, mais ses yeux toujours plantés dans les miens. Et pour toi, Ben ?

J'entendis très bien sa question, mais n'étais pas encore en mesure d'y répondre.

À présent, je le suis.

DEUXIÈME PARTIE

9

Dans les États du Sud, les hivers sont très rudes et, peu après la soirée de Noël organisée par Sheila Cameron, le froid se répandit dans tout Choctaw, zélé, impitoyable. La ville faisait penser à une frêle embarcation amarrée dans son port d'attache, ballottant par intermittence au gré des vagues, qui, lorsqu'elle n'est pas balancée par des coups de vent, reste immobile et en sommeil.

Comme de coutume, il était tombé des giboulées cet hiver-là et, souvent, celles-ci se transformaient en grésil, plus rarement en neige. De fines rigoles gouttaient des auvents métalliques des merceries et bijouteries qui bordaient la grand-rue, et les affiches politiques ou publicitaires agrafées aux poteaux téléphoniques, détrempées, se décollaient.

Hormis les pins, les arbres s'étaient dénudés. Les ruisseaux et les étangs, le plus souvent gelés, semblaient figés dans le même engourdissement de glace qui s'étendait sur la ville, la terre argileuse de leurs berges aussi dure dans le froid que le granite. C'était comme si les couleurs splendides et vivifiantes de l'automne et de l'été avaient été drainées du paysage pour mieux créer un monde de marrons et de gris.

Sans surprise, la vie quotidienne revêtit une fadeur assortie, la plupart des habitants se terrant chez eux ou à leur travail. Les rues et les parcs s'étaient désertifiés, les pelouses des résidences dépeuplées, le tribunal en pierre, grisâtre et gelé, se donnait un air de monumentale pierre tombale.

Début janvier, mon père prit l'habitude de porter un épais pull-over en laine, même devant une bonne flambée. Assis dans son fauteuil, les pieds bien au chaud dans de vieilles pantoufles, il lisait le journal et secouait la tête, lisait, hochait la tête, mais mentionnait rarement le sujet de l'article en question. Un jour, pourtant, il leva les yeux au terme d'une longue série de hochements de tête pour me dire que si jamais les Freedom Riders venaient à Choctaw, je ne devais pas m'approcher de l'arrêt d'autocar et, sous aucun prétexte, me joindre à «cette bande d'hurluberlus», comme il les appelait, qui se rassemblaient dans le but d'importuner les voyageurs.

– On a quand même le droit de prendre le car, dit-il en guise de conclusion, seul commentaire qu'il fit tandis que le Sud s'approchait de ce terrible été de 1962.

Quant au lycée de Choctaw, tout y demeurait figé dans le même engourdissement hivernal que le reste de la ville. La saison de football s'était achevée et, si celle du basket battait son plein, les matches réunissaient peu de public et, les vendredis, les défilés de supporters qui précédaient chacune de ces rencontres avaient cédé la place, en fin de semaine, à d'insipides réunions au cours desquelles M. Avery dressait sa liste de récriminations habituelles concernant les chewing-gums et les fumettes dans les toilettes.

Sous la pression de la monotonie hivernale, les amitiés qui avaient fleuri pendant les mois précédents s'étiolèrent. Eddie Smathers rompit avec Debbie McNair, et Sheila Cameron cassa avec Loyal Rhodes, son étudiant en fac, avec qui elle se réconcilia à peine trois mois plus tard.

Mais par-dessus tout, ce fut la séparation de Todd Jeffries et Mary Diehl qui, cet hiver-là dans les couloirs du lycée de Choctaw, délia les langues. C'était à croire qu'un idéal avait volé en éclats, rendant les couples rescapés d'autant plus vulnérables. Je revois Mary marchant, hébétée, dans les couloirs bruyants du lycée, serrant ses livres contre sa poitrine comme de petits boucliers, le visage figé en une expression de stupeur incrédule. Quant à Todd, je l'apercevais parfois qui traversait le parking du lycée, tête baissée pour se protéger du vent glacial. Toutefois, ses amis l'entouraient, protecteurs, surtout Eddie Smathers qui connaissait ses propres peines de cœur.

Luke et Betty Ann aussi traversaient une crise cet hiver-là, même s'ils n'allèrent pas jusqu'à la rupture. C'était plutôt qu'ils se plaignaient l'un de l'autre : Luke que Betty Ann se laissait parfois courtiser par les garçons, Betty Ann que Luke ne lui accordait pas assez d'attention. Pourtant, même dans leurs disputes, je m'étonnais de les voir si complices, comme si, dès le début, avait été tracée une limite qu'ils ne franchiraient jamais. Peut-être connaissaient-ils une forme d'amour de jeunesse qui, dans son immaturité même, puisait une étrange plénitude, se révélait d'autant plus établi, d'autant plus durable. Ou, sans doute, Betty Ann n'avait-elle jamais ressenti pour Luke ce que Mary Diehl éprouvait pour Todd Jeffries, jamais envisagé qu'en le perdant elle puisse tout perdre et ne subit-elle donc jamais le terrible affaiblissement auquel Mary était sujette chaque fois qu'elle faisait face à la rupture avec Todd. Car pourquoi se serait-elle tant battue pour le garder pour elle, accrochée à lui avec autant de fougue si elle n'avait cru que, sans lui, elle n'était rien ?

– Mary avait l'air d'un fantôme cet hiver-là, me confia un jour Noreen.

Elle disait vrai, pourtant ce n'était pas Mary qui occupait mes pensées alors, mais Kelli, avec peut-être, cela étant, les mêmes bouffées de terreur que Mary devait ressentir chaque fois qu'elle croyait avoir perdu Todd.

Que voulez-vous, je savais que, en une situation si volatile, tant de couples se séparant, il était inévitable que quelques mâles esseulés tentent leur chance auprès de Kelli, ce qu'ils ne manquèrent pas de faire. Eddie lui proposa une sortie un soir de la deuxième semaine de janvier, mais Kelli refusa. Huit jours plus tard, Malcolm McCoy, le fils panier percé du médecin, lui fit aussi des avances qui furent également repoussées. Quelques autres tentèrent une approche timide, avant de s'éloigner par ricochet pour ne pas essuyer le refus qui leur semblait imminent.

Pendant tout janvier et février, je les regardai arriver puis repartir et, chaque fois, je sentais déferler une vague de peur. Pour ma part, je répugnais toujours à faire des avances à Kelli, craignant non seulement qu'elle me repousse de la façon dont elle ne s'était pas gênée pour le faire avec les autres, mais aussi de devenir plus vulnérable qu'eux, ridiculisé et moqué, car l'amour non partagé est la seule tragédie dont on rit à chaudes larmes.

Je me retrouvais donc dans l'impasse, incapable d'approcher Kelli à la manière d'Eddie et des autres et, pour cette raison, obligé de trouver un autre procédé, moins frontal. Ce fut à cette époque que je me pris à m'imaginer conquérant Kelli par des moyens bizarres et fantastiques. Je la voyais atteinte d'un mal incurable, mais sauvée grâce au traitement que je découvrais in extremis. Puis, bien sûr, elle tombait amoureuse de moi. Ou alors je me voyais décrochant des prix et des bourses scolaires, devenant célèbre du jour au lendemain. Ensuite, forcément, elle me tombait dans les bras. Je me rendais compte que tous ces scénarios étaient saugrenus, voire infantiles, et pourtant ils surnageaient dans mon esprit, s'y attardant pendant des heures alors que j'étais étendu sur mon lit, les yeux fixés au plafond.

Peu à peu, mais je ne saurais dire quand ni comment, ces fantasmes extravagants convergèrent, ce fut plus fort que moi, vers l'idée que, tôt ou tard, surviendrait le «bon moment» et que, alors, j'agirais de telle façon que je gagnerais à jamais l'amour de Kelli. J'envisageais la chose en une scène d'une théâtralité électrisante. En un geste de courage sacrificiel, je pouvais, par exemple, la sauver de la noyade, la tirer hors du trajet d'une voiture lancée à vive allure ou la sortir des griffes d'une brute épaisse que je me plaisais à imaginer sous les traits de Carter Dillbeck. Après cela, les choses changeaient entre nous. Kelli me regardait différemment. Une étincelle s'était allumée, de celles qui brûlaient dans les yeux de Mary Diehl quand elle regardait Todd Jeffries. Tout ce qu'il fallait, c'était une situation qui me permettrait de me mettre en valeur, de lui prouver mon courage et que moi seul ne la décevrais jamais. Après quoi, elle serait mienne.

Longtemps, je me laissai bercer par ces fantasmes jusqu'à ce qu'une idée bien différente ne s'enracine, laquelle était beaucoup plus agressive et née, sans doute, de ma frustration de plus en plus grande de me trouver tout le temps près de Kelli, mais sans pouvoir la toucher ni même lui dire ce que j'éprouvais en réalité pour elle. Je me décidai donc à agir de manière plus directe. Au lieu d'attendre, passif, le «bon moment» pour me déclarer, j'allais me démener pour trouver des moyens d'exposer Kelli à un danger vers lequel je la ferais sciemment avancer à ses risques et périls. Puis je l'arracherais d'entre ses griffes.

Ainsi, pour reprendre une expression chère à mon père, je traquai les malheurs insolites et, sous le prétexte de les «couvrir» pour le *Wildcat*, insistai pour que Kelli et moi allions les vérifier. Elle acceptait toujours de bonne grâce et donc, à plusieurs reprises durant ces longs mois d'hiver, nous en fûmes quittes pour arpenter les squelettes encore fumants de granges et de fermes incendiées, prendre le risque de traverser des rivières et des étangs à moitié gelés et même, un soir, rester assis des heures durant dans une buse pour surveiller la maison d'un trafiquant d'alcool du coin bien connu, dans l'espoir de surprendre ses clients et faire des «révélations fabuleuses» qui ne virent jamais le jour. Chaque fois que j'entendais craquer la glace sous ses pieds, ou une planche carbonisée sous son poids, je ressentais un frisson d'excitation et de plaisir anticipé, comme si lui faire prendre des risques était devenu ma seule et unique source de plaisir.

Mais en dépit de tout cela, je ne faillis atteindre qu'une seule fois mon but de voler à la rescousse de Kelli. De la neige fondue avait balayé la région, transformant la montagne en une féerie de glace scintillante, et je décidai que nous devrions faire des photos pour le numéro suivant. Ainsi donc, dès que la route fut déblayée, nous roulâmes jusqu'à un promontoire de granite que je connaissais et d'où l'on avait une vue sur toute la vallée.

Ce fut, comme je m'y attendais, une vision époustouflante et je me rappelle que Kelli la contempla un long moment en silence, tétanisée face à ce décor étrange et si somptueux.

– Ce que c'est beau, souffla-t-elle. On dirait que tout a été transformé en cristal.

– Ça n'arrive pas tous les ans.

Elle admira le paysage, puis prit les photos pour lesquelles nous étions venus et nous repartîmes vers la voiture. Je marchais à ses côtés, nous gravissions une pente verglacée, le précipice derrière nous, avec, au-delà, une chute à pic d'au moins quarante-cinq mètres.

Soudain, plus vite qu'on ne peut l'imaginer, elle disparut. Je lançai des regards autour de moi et la vis glisser sans pouvoir rien y faire vers le bord déchiqueté de la falaise. Un garde-fou en bois y avait été érigé des années plus tôt mais, en ces instants où le temps semble s'être suspendu, il paraissait plus fragile que jamais.

À mon grand étonnement, Kelli s'esclaffait en dévissant, sa voix diminuant à mesure qu'elle se rapprochait du garde-fou à une vitesse vertigineuse. Elle le heurta, ça fit un boum étouffé, et je vis la rambarde trembler un moment, l'entendis craquer, mais elle tint bon.

Kelli riait toujours, adossée contre l'armature gémissante, et je compris qu'elle avait une foi de Yankee dans le fait que ces constructions avaient été réalisées dans le respect des règles en vigueur et étaient régulièrement vérifiées par des agents de l'État. Mais moi, en bon habitant du Sud, je savais que ce garde-fou avait été bâti par le premier péquin disponible à l'époque, sans avoir le souci d'aucune exigence particulière et n'avait sans doute pas fait l'objet d'une seule vérification depuis sa construction des années plus tôt.

– Ne bouge pas, Kelli, criai-je en m'élançant vers elle dans la pente.

Elle me regarda, intriguée.

– Quoi ?

– Ne bouge pas, répétai-je d'une voix pressante. Reste où tu es, j'arrive.

Elle rigolait toujours, et agita la main.

– Inutile que tu descendes.

Sur ce, dans la fluidité d'un seul mouvement, elle se pencha en avant, appuya les pieds contre le parapet qui tremblait toujours et, d'une poussée, se releva.

Je m'arrêtai, sidéré, et la regardai, impuissant, remonter la pente d'un air nonchalant, riant aux éclats, époussetant les manches de son manteau recouvertes de givre.

– On doit avoir à peu près la même sensation en skiant, dit-elle en me rejoignant.

– Ouais, j'imagine.

Ce fut là tout ce que je trouvai à répondre.

Nous regagnâmes ma voiture, Kelli toujours surexcitée par sa glissade sur le versant de glace, et moi, si dépité qu'elle se soit «sauvée» toute seule avant que j'aie eu le temps de la secourir.

Pendant le trajet de retour dans la vallée, Kelli parla d'un ton léger de son plongeon sur la pente gelée, mais je ne pouvais penser à rien d'autre qu'au grand danger qu'elle avait encouru. Dans ma tête, la vieille balustrade en bois volait en éclats, le corps de Kelli basculait par-dessus la falaise, tombant sur une grande distance dans l'air transparent, puis à travers un réseau craquant de branches dépouillées pour finir sur la terre glacée avec un bruit sourd, terrifiant, de fin de vie. Je la voyais morte parmi l'humus, son corps refroidissant sous le ciel glacial, ses yeux ouverts braqués sur moi, trente mètres plus bas, et je faisais de mon mieux pour qu'elle ne me voie pas trembler. Je savais que je l'avais à dessein exposée à ce danger, et les terribles conséquences que cet acte aurait pu avoir me sidéraient et me terrifiaient. Et si elle était tombée ? Et si elle était morte ? Cette pensée m'emplit d'une sensation de vide qui me donna le vertige, et je me jurai de ne jamais refaire une chose pareille – si je devais plaire à Kelli Troy, ce serait par d'autres moyens.

Peu après, quand nous arrivâmes chez elle, à Collier, Kelli s'empressa d'ouvrir la portière.

– À demain, me lança-t-elle, toute joyeuse, en descendant de voiture, et merci pour l'aventure.

Elle se détourna et se précipita vers sa maison, laissant dans la neige de petites empreintes de pas grisâtres. Après qu'elle eut refermé sa porte, le soulagement me submergea. Je l'avais ramenée saine et sauve. Encore aujourd'hui, je me rappelle la chaleur sincère de ce moment-là, le plaisir que j'éprouvais de la savoir dans ses murs, hors de danger et hors d'atteinte des bizarreries de mon imagination. Quand je repense à ce que j'ai ressenti, assis dans ma voiture, juste avant de redémarrer, observant sa maison dans le silence comme si l'on m'avait dépêché sur les lieux pour protéger Kelli de tout risque, je me vois dans l'ultime phase de ma candeur romantique, dernière fois que je verrais en l'amour une émotion purement altruiste, un éclair de lumière. Et je sais que c'était là un élan du cœur si pur et si sacrificiel que je compris de la vie quelque chose non de nouveau mais de très ancien, d'instinctif et d'inné, comme si cela nous venait de cette première créature à s'être placée entre le péril et une autre créature pour laquelle elle éprouvait un sentiment puissant et inexplicable, d'une profondeur et d'une gravité indéniables mais qui ne portait pas encore de nom.

Les semaines passèrent, qui virent d'autres ruptures. Mais des couples se formèrent. Eddie Smathers sortit avec Wanda Flynn, qu'il épousa six ans plus tard. Sheila Cameron renoua avec Loyal Rhodes, avec qui elle se maria par la suite, et dont elle divorça peu après la mort de Rosie, ses sentiments envers lui étant devenus si amers qu'elle reprit son nom de jeune fille.

À cette époque, d'autres garçons tentèrent de sympathiser avec Kelli. Lee Douglas lui proposa de sortir un soir avec lui, mais fut éconduit. Steve Whitfield fit de même, et obtint le même résultat.

Ainsi donc, pendant un moment, le temps joua en ma faveur.

Puis, fin février, Tony Lancaster, un bellâtre de terminale, par ailleurs président du Club de débats, proposa à Kelli de sortir. Et, à mon grand désespoir, elle accepta.

– Je t'avais prévenu, plaisanta Luke quand il l'apprit.

Je mis ma panique sous le boisseau.

– Kelli et moi sommes amis, rien de plus, répondis-je en insistant sur le mot, faisant comme si je ne retenais pas mon souffle dans l'attente de ce qu'il se passerait.

Rien, en l'occurrence. Ni avec Tony, ni avec les deux ou trois autres garçons avec lesquels elle passa une soirée cet hiver-là. Et donc, au bout d'un moment, je me dis de nouveau que, somme toute, je ne risquais rien.

Ce ne fut que début mars, le jour où Todd Jeffries, toujours brouillé avec Mary Diehl, se présenta soudain à la table de la cantine où Kelli et moi avions l'habitude de nous installer, que je commençai à m'inquiéter.

Il portait son blouson de football noir et or, aux couleurs du lycée, et un jean ordinaire, mais, néanmoins, il en jetait, un garçon qui, eût-il appartenu à un meilleur milieu, aurait pu devenir comédien, mannequin ou se risquer sur mille autres sentiers aventureux.

Il avait donné l'impression de ne pas oser nous aborder, et je me rappelle l'avoir vu lorgner dans notre direction depuis la file d'attente du déjeuner, son plateau en main, hésiter une fraction de seconde avant de se décider à marcher jusqu'à notre table.

– Je peux ? demanda-t-il poliment.

Je haussai les épaules, dissimulant mal mon étonnement.

– Bien sûr, répondis-je. Assieds-toi.

Il se mit à côté de moi, face à Kelli, mais je devinai qu'il était venu pour parler avec elle et non avec moi et, à ce moment-là, sans certitude, je compris que Todd y pensait depuis longtemps, préparant son complot comme j'avais ourdi le mien, attendant l'occasion rêvée. J'eus un pincement au cœur, la prémonition que Kelli m'échappait déjà et que Todd la serrerait bientôt entre ses bras, qu'il l'épouserait après avoir décroché son diplôme, qu'ils auraient des enfants, qu'ils passeraient leur vie à Turtle Grove, en figures royales locales.

– Salut, Kelli, lança Todd tout en ouvrant sa brique de lait dans laquelle il inséra une paille.

Kelli opina de la tête.

Todd ne la quittait pas des yeux.

– Une nouvelle fille vient d'arriver, dit-il. M. Avery m'a demandé de lui faire visiter le lycée ce matin.

Il lui sourit.

– C'est à toi qu'il aurait dû s'adresser, pas à moi, lança-t-il.

– Pourquoi ? enchaîna Kelli.

– Parce que tu dois en savoir plus long que moi sur les impressions que ça fait, rétorqua Todd. D'être nouvelle, je veux dire.

Son regard s'attarda sur elle un instant avant de s'abaisser vers son plateau.

– Comment s'appelle cette fille ? intervins-je, histoire de ne pas me faire oublier.

– Noreen quelque chose, ajouta Todd. Donovan. Noreen Donovan. Elle vient de Gadsden.

Je regardai Kelli. Elle observait Todd du coin de l'œil, comme si elle l'évaluait, se demandant peut-être déjà, c'était ce que j'imaginais, ce à quoi pourrait bien ressembler la vie à ses côtés.

– Elle est en deuxième année, ajouta-t-il. Elle a l'air sympa.

– Pourquoi est-elle venue habiter à Choctaw ? poursuivis-je.

– À cause des événements qui se sont produits à Gadsden. Son père ne voulait plus vivre là-bas.

Todd porta le regard sur Kelli.

– Tu sais, les manifestations que font les gens de couleur. Leurs marches.

– J'ignorais que ça bougeait à ce point à Gadsden, dis-je. La presse n'en parle pas.

– C'est censuré, d'après Noreen, me répondit Todd. Mais il paraît que ça n'arrête pas.

Kelli se pencha vers lui.

– Qu'est-ce qui n'arrête pas ? demanda-t-elle. Que font-ils au juste ?

– Ils installent des piquets de grève, surtout, rétorqua Todd. Devant le centre commercial à l'entrée de la ville. Tu es déjà allée à Gadsden ?

Kelli fit non de la tête.

– Eh bien, il y a une galerie marchande, répéta Todd. Pas loin du Merita Bread. Tu vois où c'est, hein, Ben ? Là où tu peux acheter du pain qui sort du four, pas même encore tranché.

J'ouvris tout grand les yeux.

– Bref, d'après Noreen, une manifestation y est organisée tous les soirs ou presque, poursuivit Todd en prenant le temps de bien mastiquer sa première bouchée. C'est pourquoi son père a décidé de venir s'installer ici. Pour échapper à tout ça. Ils habitaient tout à côté du centre commercial, alors je suppose qu'ils avaient peur de ce qu'il pouvait se passer.

– Mais tu viens de dire qu'il n'y a eu aucun débordement, lui rappelai-je.

– Pas encore. Mais sait-on jamais, une situation pareille, ça peut dégénérer.

Il but une gorgée de lait.

– Il se pourrait qu'on ait des ennuis ici aussi, un jour, reprit-il. Les gens de couleur ne sont pas bien traités, vous savez.

Il lança un coup d'œil à Kelli.

– Disons que si on me traitait comme eux, je manifesterais comme ils le font, ajouta-t-il.

Kelli ne souffla mot, mais continua à regarder Todd avec une intensité qui m'effraya et m'inquiéta.

Peu après, Eddie Smathers arriva, flanqua une tape dans le dos de Todd et s'assit à côté de lui. Il était devenu son grand complice à cette époque-là, et tout dans son attitude marquait le respect – il posait toujours ses questions du bout des lèvres, comme s'il ne quêtait les réponses de Todd que pour mieux les approuver.

– Tu viens au ciné ce week-end ? lança-t-il.

Todd détacha son regard de Kelli et haussa les épaules.

– On passe quoi ? demanda-t-il.

– *Ils n'ont que vingt ans*, précisa Eddie. Avec Sandra Dee et Troy Donahue. On m'a dit que c'était chaud.

Todd partit à rire.

– Chaud ? Avec Sandra Dee ? J'en doute.

Eddie joignit son rire au sien.

– Ouais, dit-il. Comment veux-tu que ce soit chaud avec Sandra Dee ?

Il fit un signe de tête dans ma direction à l'adresse de Todd et lui flanqua un coup de coude dans les côtes.

– Évidemment, Ben a un faible pour Troy Donahue, pas vrai, Ben ?

Je le regardai d'un air glacial, mais ne répondis pas. Il se passait quelque chose que je n'aurais pas cru possible encore quelques minutes plus tôt ; mon monde s'effritait. Dans mon esprit, je maudis Mary Diehl et ses lacunes, pour ne pas avoir fait ni été ce qu'elle aurait dû faire ou être afin de satisfaire Todd.

La cloche sonna, signalant la fin de l'intercours du déjeuner, et nous nous préparâmes à retourner en classe.

– À plus tard, Ben, lança Todd en se levant, imité par Eddie.

Puis il se tourna vers Kelli.

– C'était sympa de te parler, fit-il.

Et, juste avant de s'éloigner, il avança la main et lui effleura l'épaule, le bout de ses longs doigts fins disparaissant dans la masse des cheveux noirs de Kelli.

Nous allâmes tous deux déposer nos plateaux, sortîmes de la cantine, puis nous engageâmes dans le couloir en direction de la salle de classe de Mlle Carver, une nuée d'élèves arrivant de toutes parts autour de nous.

– Todd va t'inviter à sortir un de ces soirs, lançai-je du ton le plus léger possible. Je l'ai deviné à la façon dont il te parlait.

– Mais non, répondit Kelli, réfutant cette idée.

Je fis semblant de le prendre à la rigolade.

– Je te dis que oui. Il va te proposer d'aller voir avec lui *Ils n'ont que vingt ans*. Tu sais bien, c'est soi-disant un film chaud chaud chaud.

Kelli partit à rire.

– Bah, même si tu avais raison, je n'irais pas au cinéma avec lui.

Je la regardai, étonné.

– Ah bon ? Tu n'as pas envie d'aller te faire une toile avec Todd Jeffries ? Pourquoi ?

Kelli se tourna vers moi, si sérieuse que je sus qu'elle allait me révéler le fruit d'une expérience qui résonnait encore en elle comme un avertissement.

– Parce que, pour le moment, il semble être idéal, lâcha-t-elle, mais ce ne serait qu'une question de temps avant qu'il ne me déçoive.

Elle s'immobilisa devant son casier. Elle l'ouvrit et en sortit son exemplaire de *Une dame perdue* de Willa Cather, une autre de ces histoires d'amour tragiques si chères au cœur de Mlle Carver, l'avant-dernière que nous lirions cette année-là et qui deviendrait la préférée de Kelli.

– Vraiment, tu ne sortirais pas avec lui ? insistai-je d'un ton dubitatif.

Kelli me regarda, surprise par cette question.

– Pourquoi t'obstines-tu à me le demander ?

– Parce que j'ai du mal à le croire. Toutes les filles ont envie de sortir avec Todd.

– Disons que je pense qu'il vaut mieux commencer avec un garçon un peu moins génial, répondit-elle mine de rien, mais qui le devient à mesure qu'on le connaît.

Vanité du moment, je me sentis visé.

– C'est vraiment ce que tu penses ? insistai-je.

Elle acquiesça, referma son casier, s'éloigna dans le couloir.

Je marchais à côté d'elle, silencieux, aux anges. C'était comme si, dans la seconde, j'étais devenu plus grand, plus beau, avais jeté mes lunettes aux orties, m'étais fait l'égal de Todd Jeffries, étais devenu un garçon aussi extraordinaire que lui, mais que, pour ce qui me concernait, d'autres gloires restaient encore à venir.

Cet air triomphal dut s'accrocher à moi toute la journée car, après l'école, quand je retrouvai Luke au parking, il le remarqua aussitôt.

– Tu sembles, je ne sais pas… heureux, dit-il.

J'approuvai de la tête.

– Que s'est-il passé ? M. Arlington a fini par te mettre un A, c'est ça ?

– Non, répondis-je. Pas du tout.

– C'est quoi, alors ?

– Rien, Luke. Je me sens bien, voilà tout.

Il ne me crut pas.

– Il doit bien y avoir une raison, insista-t-il.

L'air malicieux, il me flanqua une bourrade.

– Allez, tu peux me le dire. C'est quoi, Ben ?

Je ne pouvais le lui expliquer au juste. Pas plus que je ne le pourrais aujourd'hui quand, me voyant réfugié dans un long silence, il tire sa vieille pipe d'entre ses lèvres et me dévisage, l'air inquiet, sentant qu'une part troublée de moi-même lui demeure inaccessible, et avec, dans le regard, cette question qui me fait froid dans le dos : *À quoi penses-tu, Ben ?*

10

Il m'arrive parfois de contempler la vitrine d'une bijouterie et, dans son écrin de velours, chaque bague devient celle que portait Kelli, ancienne et ternie ainsi qu'elle tenait à ce qu'elle le reste. Ou bien, plaçant la délicate membrane de mon stéthoscope au-dessous du sein d'une femme, je relève les yeux et c'est le regard de Kelli qui me scrute, les battements de son cœur que j'entends résonner comme des coups de tonnerre dans mon oreille. Et parfois, au terme d'une nuit d'insomnie, Noreen se pelotonne contre moi, je la serre sous mon bras, souris d'un air tranquille et fais comme si je ne pensais à aucune autre qu'elle, comme si le mont Crève-Cœur ne jetait plus son ombre sur l'existence que nous menons tous deux.

Mais Noreen n'est pas dupe, elle ne l'a jamais été. Elle sent dans mille recoins la présence de Kelli et qui, de temps à autre, se dresse devant elle. L'après-midi après l'enterrement de Todd Jeffries, par exemple, elle s'assit sur le canapé du salon et laissa son regard se perdre par-delà la fenêtre vers la sombre ligne des toits qui transpercent le ciel, tout ce que Choctaw peut offrir comme horizon.

– Tu sais, dit-elle, en un sens, je crois que Todd n'a jamais pu oublier Kelli Troy.

Je me laissai tomber dans le fauteuil en face d'elle.

– Sans doute que non, répondis-je d'une voix éteinte, faisant celui que cette question n'intéressait pas.

Elle continuait de regarder par la fenêtre, se donnant une raison de détourner les yeux.

– Et toi ? finit-elle par demander sans ambages en pivotant vers moi pour mieux attendre ma réponse.

– Ce n'était pas pareil entre Kelli et moi.

– Pareil que quoi ?

– Pareil que ce qu'il y avait entre Todd et elle.

Noreen m'observait. Quand elle reprit la parole, de la cruauté transparut dans sa voix.

– Tu veux dire qu'elle ne t'a jamais aimé.

Encore en cet instant, trente ans après le mont Crève-Cœur, j'avais du mal à admettre une vérité si insupportable. C'était comme si mon incapacité foncière à gagner l'amour de Kelli demeurait l'échec le plus cuisant de ma vie.

Noreen parut s'apercevoir de mon mal-être.

– Du moins, pas comme elle a aimé Todd, ajouta-t-elle d'une voix plus douce.

J'opinai de la tête, mais gardai le silence.

Noreen laissa errer son regard dans la pièce.

– Aux obsèques, le fils de Todd semblait rempli d'amertume, dit-elle.

– Raymond a toujours eu cet air-là.

– Il finira mal, je crois.

– C'est déjà fait.

Je revis le petit garçon qu'il fut, son œil gauche meurtri levé vers moi depuis ma table d'examen, sa mère, à mes côtés, m'implorant à voix basse sur un ton presque paniqué : *Je t'en supplie, Ben, n'en parle à personne.*

– Todd aura été un mauvais père, ajoutai-je, me souvenant du jour où je l'avais affronté au sujet de Raymond, son air embarrassé quand il avait exprimé des regrets. *Ma main a été plus rapide que moi, Ben. Je m'en veux. Je m'en veux.*

– Pourquoi traitait-il Raymond de la sorte ? demanda Noreen. Sans parler de Mary. Est-ce le fait de boire qui le poussait à faire de telles choses ?

Todd m'avait posé la même question et j'avais contemplé son visage ravagé, me remémorant l'adoration avec laquelle il dévisageait Kelli Troy, et pensé : *Non, Todd, c'est l'amour perdu.*

– Todd étant ce qu'il était, reprit Noreen, je suppose qu'on ne pouvait en demander plus à Raymond.

Ses pensées semblèrent revenir à la cérémonie, à l'air morose de Raymond avachi sur une chaise pliante à côté de la tombe de son père, obèse à un point monstrueux dans son costume noir froissé, son épouse à ses côtés, silhouette silencieuse tassée sur elle-même, et leurs deux fils amorphes, mélancoliques.

– J'imagine que Todd aurait préféré avoir un fils différent, dit-elle.

Je ne répondis pas. Mais je savais quel « fils différent » il aurait voulu. Un garçon à la peau mate, aux cheveux bruns bouclés et aux yeux brillants. Doué. Passionné. Le fils qu'il aurait pu avoir avec Kelli Troy.

Noreen hocha la tête en pensant au mystère parents et enfants, maris et femmes, au mal qu'ils se font les uns les autres.

– Je suppose qu'on ne peut jamais savoir pourquoi telle ou telle relation tourne mal, soupira-t-elle.

Elle disait vrai. Pourtant, j'aurais pu lui faire remarquer que si l'on considérait la chose sous un certain angle, en resserrant la focale, en se concentrant sur un engrenage infinitésimal au cœur d'une machine horriblement grinçante, on devrait pouvoir conclure que, en partie du moins, tout commença à cause de Noreen, ou à tout le moins que le hasard de son arrivée à Choctaw fin mars 1962 fut le gond qui permit à une porte monumentale de s'ouvrir.

Je croisai plusieurs fois Noreen dans les couloirs pendant les jours qui suivirent l'allusion faite par Todd à son arrivée, mais je n'eus jamais l'idée de l'aborder.

Contrairement à Kelli.

– Nous devrions parler à cette fille de Gadsden, déclara-t-elle un après-midi, alors que nous préparions la maquette dans notre bureau du sous-sol.

– Lui parler de quoi ?

– De tout ce qui se passe en ce moment à Gadsden. Elle en sait sans doute long là-dessus.

– Pourquoi lui en parler ?

– Pour écrire un article.

Je secouai la tête.

– Gadsden se trouve à plus de cinquante kilomètres. Ça ne relève pas de la compétence du *Wildcat*.

– Mais ce qui se passe là-bas s'étend à tout le Sud. Ça pourrait arriver ici aussi, à Choctaw.

– Je ne le pense pas.

– Pourquoi donc ?

– Parce que tout est fomenté par des éléments venant de l'extérieur. Sans compter que, à Choctaw, pour les gens de couleur, tout se passe plutôt bien.

Pour la première fois depuis que je la connaissais, Kelli parut déçue par mon attitude.

– Tu penses qu'ils sont satisfaits de l'état des choses à Choctaw ? répliqua-t-elle du tac au tac en me foudroyant du regard. Que par ici, c'est différent pour eux ?

166

– Oh, satisfaits, je n'irais pas jusque-là, répondis-je du bout des lèvres.

– Bon, alors quoi ? Ils sont satisfaits ou pas ?

Mon esprit battit la campagne pour trouver une réponse qui apaiserait l'agacement que je voyais monter en elle.

– Disons qu'ils s'en sortent mieux à Choctaw que dans d'autres endroits de la région. Mieux que dans la Black Belt, par exemple. Ou dans le Mississippi.

Kelli me transperçait du regard.

– Tu penses vraiment ce que tu dis, Ben ?

Mais sans me laisser le temps de répondre, elle bondit sur ses pieds.

– Allons faire un tour en bagnole, lança-t-elle.

– Où ça ?

– En ville, ça suffira, répondit Kelli qui franchissait déjà la porte. Je veux te montrer quelque chose.

Nous allâmes tout droit à ma voiture, Kelli accélérant le pas.

– Bon, tu peux me dire où on va ? demandai-je une fois à bord.

– Au cimetière.

– Au cimetière ?

– Le cimetière municipal.

Les rues se vidaient alors qu'il était à peine cinq heures, le crépuscule hivernal descendait déjà sur nous. Pourtant, à notre arrivée au cimetière, il faisait encore assez jour pour que nous voyions clairement ses coteaux vallonnés. Une petite route pavée serpentait parmi les pierres tombales grises et blanches, je l'empruntai en roulant au pas, le regard fixé sur l'herbe rase et brune qui, de chaque côté de nous, recouvrait les sépultures.

– Qu'est-ce que je cherche au juste ? demandai-je comme nous approchions du bout du cul-de-sac où nous allions devoir faire demi-tour.

– Tu peux t'arrêter ici.

Je mis le pied sur le frein, et la vieille Chevy s'immobilisa.

– Je laisse tourner le moteur pour que nous restions au chaud, proposai-je, m'attendant à ce que Kelli me raconte une anecdote identique à celle qu'elle m'avait relatée quelques semaines plus tôt au Lewis Creek.

– Nous descendons, décréta-t-elle.

Le temps que je la rejoigne, elle se dirigeait déjà vers l'est du cimetière. Elle marchait à pas rapides, les mains bien enfoncées dans les poches, le vent glacial plaquant son écharpe écossaise contre son épaule.

– Nous cherchons une tombe en particulier ?

– Non, répondit-elle avec brusquerie.

Elle continua d'avancer, passant devant des rangées et des rangées de noms gravés dans la pierre, existences anonymes à jamais méconnues.

Quelques centaines de mètres plus loin, nous atteignîmes la limite du cimetière, un endroit où ses carrés de gazon tondu ras disparaissaient dans un champ indistinct et non entretenu de mauvaises herbes et de bruyère.

Kelli s'immobilisa, les yeux braqués sur le lopin de terre parsemé de détritus qui s'étendait devant elle. Abandonné et d'aspect désolé, il présentait des pierres plantées à l'envers dans la terre, plates et brunâtres, qui, seules, le différenciaient d'un carré de terre couvert de buissons de ronces.

– C'est le cimetière des Noirs, dit Kelli. Tu l'avais déjà vu, hein, Ben ?

– Oui, je l'avais vu.

Ce qui était vrai. Mais seulement de loin, comme une ligne brisée de mauvaises herbes tout au fond du cimetière si bien entretenu des Blancs, et jamais de près, ni, dans le contexte de cet après-midi-là, jamais quelques minutes après avoir déclaré d'un ton si froid et avec autant d'assurance que les Noirs de Choctaw vivaient «mieux» que ceux d'ailleurs.

Kelli me défiait du regard.

– C'est injuste, un truc pareil, déclara-t-elle. Et les Noirs ne le supporteront pas indéfiniment. Pas même ici, à Choctaw. Voilà pourquoi je pense que nous devrions en parler à Noreen Donovan.

J'approuvai de la tête.

– Oui, tu dois avoir raison, dis-je, laissant errer mon regard sur le vieux cimetière des Noirs, soudain mécontent devant l'immuabilité de certaines choses.

Le lendemain après-midi, Noreen apparut au bout du couloir, grande fille au cou mince et gracile. Elle portait des vêtements de bonne facture, mais pas très à la mode, davantage choisis pour leur confort que pour leur élégance, une robe dont la coupe n'a guère changé au fil des années. À l'époque, elle avait les cheveux longs, bien au-dessous des épaules, et non pas coupés court et laqués comme aujourd'hui. Son teint était clair, sa peau presque parfaite, et ses yeux d'un bleu étincelant semblaient plus grands alors, moins voilés par des pensées inexprimées.

– Je suis Noreen Donovan, dit-elle.

– Salut, moi c'est Kelli Troy.

Noreen batailla un petit moment avec ses manuels avant de réussir à lui serrer la main.

– Salut.

– Et moi, je suis Ben Wade. C'est super que Mlle Carver t'ait transmis notre message.

Noreen s'empressa d'acquiescer, avec cette brusquerie qui semble dire « Bon, on s'y met » qu'elle n'a pas perdue en trente ans.

– Kelli et moi travaillons pour le *Wildcat*.

Ce qui me valut un autre signe de tête rapide et direct.

– Qu'est-ce que c'est ?

– Le journal du bahut, précisa Kelli.

– Oh.

– Si nous avons bien compris, tu viens de Gadsden, repris-je. C'est de ça que nous voudrions te parler.

Noreen parut perplexe.

– Vous avez envie que je vous parle de Gadsden ?

Elle pouffa de rire, comme amusée.

– Il n'y a rien à en dire.

– Bon, ce n'est pas exactement Gadsden le sujet, expliqua Kelli. C'est plutôt ce qui s'y passe.

Noreen regarda Kelli sans comprendre.

– Les manifestations, précisa Kelli.

– Oh, je ne sais rien là-dessus, déclara Noreen.

– Mais elles se déroulent près de l'endroit où tu habitais, non ? demandai-je. Au centre commercial à l'orée de la ville.

– Ouais, c'est là, affirma Noreen, mais une fois que tout ça a commencé, je ne suis plus allée faire de courses.

– Ah bon, pourquoi ? intervint Kelli, se penchant en avant, ne quittant pas Noreen des yeux.

– Parce que papa me l'a interdit. Il pensait qu'il pourrait y avoir des problèmes. Mais pour ce que j'en ai vu, les gens de couleur marchaient de long en large, c'est tout.

Elle réfléchit un moment, puis ajouta :

– Parfois, quelques Blancs arrivaient et traînaient dans les parages. Genre, rien que pour les regarder.

– Quand manifestent-ils ? poursuivit Kelli.

– Tout le temps, je dirais. Ils marchent en long et en large jusqu'à la fermeture du centre commercial.

– À quelle heure est-ce ?

– Neuf heures du soir, répondit Noreen.

Elle nous interrogea du regard.

– Vous deux, vous voulez écrire là-dessus ?

– On y réfléchit, lui dis-je.

– Pourquoi ?

– Parce que nous pensons que nous devons le faire, rétorqua Kelli sans détour.

Noreen parut satisfaite de la réponse.

– Eh bien, si vous voulez bien, j'irai là-bas avec vous, nous proposa-t-elle, mais n'en attendez pas trop.

Noreen s'était emmitouflée dans un manteau vert bouteille quand je passai la chercher le soir même. Ce n'était pas une jolie fille, mais elle avait sans conteste quelque chose d'attirant, une force de caractère qui donnait à son visage une détermination indéniable. Pour cette raison, même Luke lui lançait parfois des coups d'œil à la dérobée, et j'ai souvent pensé que s'il n'avait déjà été si engagé avec Betty Ann quand Noreen avait emménagé à Choctaw, ce serait sûrement elle qui, aujourd'hui, sortirait chaque soir se promener à son bras, couple vieillissant faisant plusieurs fois le tour du lac de Turtle Grove d'un pas indolent.

Noreen frissonna.

– Tu sais, ils ne mèneront sans doute aucune action ce soir. Il fait bien trop froid.

À notre arrivée chez elle, Kelli nous guettait à la fenêtre. Je voyais sa silhouette découpée par la lumière de la pièce, figée, regardant dans notre direction comme nous nous engagions dans son allée.

Elle s'empressa de sortir, dévalant les marches en bois, puis gagnant la voiture d'un pas bondissant. Noreen se poussa pour lui faire de la place sur la banquette avant.

– Ce qu'il fait froid ce soir, lança Kelli en se frottant les mains avec vigueur.

– Noreen pense que, du coup, ils risquent d'annuler ce qu'ils avaient prévu de faire.

– Peut-être pas, dit Noreen. On ne peut pas savoir.

Son épaule s'appuyait contre la mienne, et je fus surpris qu'elle la laisse là plutôt que de l'écarter mine de rien, comme l'auraient fait la plupart des filles.

Il n'était pas loin de dix-neuf heures, la petite route qui menait à Gadsden était peu fréquentée. Il faisait nuit depuis près d'une heure, et une épaisse couverture nuageuse l'obscurcissait. Mais de chaque côté, nous voyions les éclairages des rares villages qui constellaient la vallée entre Choctaw et Gadsden et, plus loin encore, quelques fermes isolées çà et là.

À l'approche de Gadsden, je sentis mes doigts se crisper sur le volant. Je me disais que nous roulions vers des événements instables, imprévisibles. Kelli et Noreen en avaient, elles aussi, conscience, même si ni l'une ni l'autre n'en parlait. Noreen lui faisait part de ses impressions sur Choctaw tandis que Kelli l'écoutait sans rien dire, les yeux rivés sur la ville de plus en plus proche.

Peu après vingt heures, nous atteignîmes la périphérie de Gadsden. Presque six fois plus étendue que Choctaw, c'était une « grande ville » de plus de trente mille habitants, avec d'immenses usines, une église catholique et une poignée de gens qui n'y étaient pas nés, dont certains porteurs de noms autres que celtiques ou anglo-saxons.

Le petit centre commercial se trouvait à huit cents mètres du centre-ville et, comme nous nous en approchions, Noreen se pencha en avant, scrutant des yeux la ligne plate formée par les bâtiments en brique qui, de loin, venait vers nous.

Peu de voitures se trouvaient sur le parking, garées pour la plupart devant chez Penney, l'unique grande surface de la galerie marchande, le reste se partageant entre des boutiques qui vendaient de tout, des chaussures aux articles de sport.

Le monde parut devenir silencieux tandis que nous nous rapprochions de l'enfilade de bâtiments, leur éclairage intérieur trouant à peine l'épaisse obscurité hivernale. Je contournai des véhicules garés, obliquai sur la droite, et ils furent là, juste devant moi, comme s'ils passaient à l'attaque, sortis d'on ne sait où, une file de Noirs allant et venant sur le trottoir devant chez Penney, leurs fines pancartes en carton claquant sous la brise glaciale.

Je me garai sur la première place de parking disponible et coupai le moteur. Aucun de nous ne dit mot, mais je sentais autour de nous que la tension avait, soudain, augmenté.

Je finis par me pencher en avant et tourner la tête vers Kelli.

– Bon, que fait-on ?

Kelli ne me répondit pas. Elle gardait les yeux rivés sur les manifestants qui avançaient. Je ne l'avais jamais vue aussi concentrée, tandis qu'elle s'imprégnait de chaque composante de la scène qui se déroulait devant elle, comme si elle la touchait des yeux comme du bout de ses doigts.

Mais si Kelli semblait, je ne sais pourquoi, galvanisée par ce qui se déroulait devant nous, moi, je me sentais lésé par l'absence de malaise. Il n'y avait ni discours, ni foule en délire. Le défilé consistait en un cercle monotone. Jusqu'aux manifestants qui donnaient l'impression de ne pas être à la hauteur de l'événement, leur combat amoindri par leur façon d'avancer en traînant les pieds dans le froid engourdissant, leurs pancartes rudimentaires, peintes à la main, claquant sous la brise sans merci.

– Apparemment, pas de quoi écrire un article, lâchai-je.

Kelli observait toujours les manifestants.

– Oh, que si, répondit-elle.

– Ils se contentent de tourner en rond, renchéris-je. Il ne se passe rien.

Je tendis la main vers la clé de contact, en disant :

– Nous ferions mieux de rentrer à Choctaw.

Kelli me foudroya du regard.

– Rentrer ? s'écria-t-elle d'un ton cassant.

– Nous n'avons rien à faire là, Kelli, lui dis-je. Ce n'est qu'un groupe de Noirs qui vont et viennent.

Kelli secoua la tête d'un air déterminé.

– Je descends, déclara-t-elle.

Je voulus m'y opposer mais elle avait déjà ouvert sa portière et se dirigeait à grands pas vers la tête du défilé, son écharpe écossaise flottant derrière elle.

Noreen me lança un coup d'œil.

– Tu y vas aussi ?

– Il le faut bien, répondis-je, agacé.

Kelli se trouvait à mi-chemin de la manifestation quand je la rejoignis.

– Qu'est-ce que tu mijotes ? l'interpellai-je en trottinant pour rester à sa hauteur.

– Je n'en sais rien. Aller leur parler, peut-être.

Je la saisis par le bras et la forçai à se tourner vers moi.

– Tu ne peux pas faire ça, lui dis-je.

– Ah bon, pourquoi ?

– Parce qu'il ne faut pas s'en mêler.

Elle me renvoya la balle.

– Alors, de quoi doit-on se mêler ?

Je n'avais aucune réponse à lui faire, alors elle se libéra de ma poigne et continua d'avancer vers les manifestants.

– Kelli ! Attends.

Elle ralentit en se rapprochant d'eux, puis s'arrêta avant de les atteindre, frigorifiée, tout comme moi, le parking presque désert derrière nous et rien devant, hormis la marche qui se déplaçait à pas lents.

Je tournai la tête vers la voiture. Noreen, toujours assise à l'avant, se penchait vers le pare-brise pour mieux nous suivre des yeux, et je voyais qu'elle nous regardait avec stupeur comme si nous risquions de disparaître à tout instant.

– Il doit y avoir un meneur, dit Kelli qui avait sans doute une idée en tête. C'est à lui qu'il faut parler en premier.

Elle me considéra avec froideur.

– Tu m'accompagnes ?

Encore aujourd'hui, je ne suis pas certain de la réponse que je lui aurais faite. Il se trouve que je n'eus pas le loisir d'y réfléchir.

Je vis une voiture s'engager non loin de nous sur le parking du centre commercial, le faisceau jaunâtre de ses phares balayant le trottoir obscur tel un double projecteur.

Six mois plus tard, je décrirais ce moment au procureur Bailey quand il me poserait la question dans la salle comble de tribunal du juge Thompson.

Donc, vous dites avoir vu une voiture s'engager sur le parking du centre commercial, c'est cela, Ben ?

Oui, monsieur le procureur.

Cette voiture roulait-elle vers Mlle Troy et vous ?
Oui.
Pouviez-vous voir qui la conduisait ?
Quand elle a été plus près de nous, oui.
Qui conduisait cette voiture, Ben ?
Lyle Gates.

J'avais distingué son visage avant qu'il ne se gare à quelques mètres de nous, et lorsque j'y repense aujourd'hui, je revois des traits désincarnés, blêmes, spectraux, suspendus juste au-dessus du volant vert foncé, deux yeux pour ainsi dire morts, comme deux billes bleues.

– Et merde, dis-je.

Kelli tourna le regard vers moi, puis le reporta sur les manifestants.

– Qui est-ce ?

– Lyle Gates, répondis-je d'une voix morne. Il est sans doute venu pour foutre la merde.

– Qu'est-ce qui te fait dire ça ?

– Il parle des « nègres ». Je l'ai entendu, un jour, au Cuffy's.

Mais Lyle n'était pas seul. Eddie Smathers occupait le siège passager, le mégot noir d'un cigare coincé entre ses lèvres, écarquillant les yeux de surprise en nous voyant, Kelli et moi, devant lui.

– Que vont-ils faire, à ton avis ? chuchota Kelli.

– Je ne sais pas.

Nous restâmes sur place à les regarder descendre de voiture et s'avancer vers nous.

Eddie avait les mains vides, en revanche une batte de base-ball pendait dans la droite de Lyle.

Kelli me lança un coup d'œil chargé d'appréhension et, sur le moment, je sentis ses doigts se refermer sur ma main avec un indéniable sentiment de panique.

176

À quelques mètres de nous, les manifestants continuaient de tourner en rond, transis, mais en cet instant,
ils n'occupaient plus mes pensées. Je ne voyais que
Lyle qui, soudain, paraissait colossal et effrayant, un
personnage capable de destructions inimaginables.

– Ne dis pas un mot sur ce que nous sommes venus
faire ici, dis-je, fébrile, à Kelli.

Elle en convint, très calme, en lâchant ma main, mais
je sais qu'elle avait peur et que tout chez Eddie et Lyle
augmentait cette peur. La façon qu'ils avaient de rouler
des mécaniques, la fumée dans le sillage d'Eddie, la
force physique moulée par leurs jeans et leurs blousons
en denim, la violence inouïe derrière leurs sourires
adolescents.

Je l'entendis murmurer :

– Ben ?

Je n'eus pas le loisir de répondre, car à ce moment-là
Lyle et Eddie nous rejoignaient.

– Comment ça va, vous autres ? lança ce dernier.

D'une chiquenaude, il envoya son cigare sur le parking et sourit à Kelli.

– Ce que ça schlingue ces vieux trucs. Pas vrai, Lyle ?

Lyle ne répondit pas. Il porta le regard sur Kelli, la
reluqua un moment, puis se tourna vers moi.

– Qu'est-ce que vous fichez ici ? demanda-t-il.

Je lançai à Kelli un coup d'œil rapide pour la mettre
en garde.

– Nous avions juste décidé de faire un tour.

Lyle lorgna Kelli, la fixant des yeux.

– T'es de Choctaw ?

Eddie se fendit d'un large sourire et répondit pour
elle.

– Mais non, Lyle. C'est la nouvelle dont je t'ai parlé.
Celle qui vient du Nord.

Lyle laissa échapper un ricanement trop strident.

– Ah, alors dans ce cas, je retire ce que j'ai dit.

Ce qu'il avait dit, bien entendu, était qu'il ne « sauterait pas une Yankee », remarque que je fus tenu de répéter six mois plus tard dans la salle bondée du tribunal.

Ce furent textuellement ses paroles, Ben ?

Oui, monsieur le procureur.

Et il les avait prononcées quelques semaines plus tôt, quand vous l'avez croisé sur le parking du lycée de Choctaw, c'est bien cela ?

Oui.

Donc, on pourrait dire que le soir où vous l'avez rencontré au centre commercial, que, à ce moment-là, il indiquait qu'il avait changé d'avis, qu'il désirait avoir des relations sexuelles avec Mlle Troy, c'est exact ?

C'est exact.

Pourtant Lyle s'en était tenu là et, pendant les minutes qui suivirent, notre quatuor immobile sur le parking glacial, il avait regardé Kelli presque avec tendresse, conscient de la grande distance qui les séparait.

– Salut.

Il ne lui dit que cela, d'une voix douce, respectueuse, pas du tout sur le ton que les questions du procureur Bailey laissèrent plus tard entendre aux jurés. Il n'y avait aucune menace dans sa voix. Il ne l'avait pas reluquée d'un air suggestif, et sûrement pas avec, dans le regard, cette lueur libidineuse, un brin assassine que le procureur voulait que les jurés y voient. Au lieu de cela, il l'avait regardée gentiment, poliment, comme s'il cherchait à lui montrer qu'il n'était pas un simple cul-terreux, mais un jeune homme de bonnes manières qui savait comment devoir se comporter devant une jeune fille.

– Salut, répondit Kelli, un peu sèche.

Soudain, les manifestants entonnèrent un vieux cantique d'une voix basse et égale, en frappant des mains au gré des paroles.

Eddie pouffa de rire.

– Ils se prennent pour Ray Charles, dit-il.

Lyle fit la sourde oreille. Il n'avait d'yeux que pour Kelli.

– Je m'appelle Lyle. Lyle Gates.

Kelli hocha la tête.

– Kelli Troy.

– Tu es vraiment du Nord, comme le dit Eddie ?

– Oui.

– D'où ?

– De Baltimore.

Lyle sourit.

– Baltimore, tu dis ?

Il éleva la batte et la projeta vers Kelli, ce qui la fit tressaillir.

– Regarde, dit Lyle. Tu vois ce qui est écrit sur le haut du manche ? « Baltimore Orioles ».

Il s'esclaffa.

– Je l'ai achetée hier pour ma gosse, reprit-il, et elle s'est fissurée au premier coup.

Il laissa retomber la batte loin d'elle, contre son flanc.

– Alors, je la rapporte pour qu'on me l'échange.

Les voix des manifestants bourdonnaient toujours derrière nous et, du coin de l'œil, je les voyais comme une tache floue qui oscillait devant la vitrine éclairée de la grande surface.

Lyle semblait ne pas y prêter attention. Il restait concentré sur Kelli.

– T'as déjà assisté à un match des Orioles ? lui demanda-t-il.

Elle fit non de la tête.

– Bah, les filles n'aiment pas trop le base-ball, remarqua-t-il d'une voix posée.

Là-dessus, il frissonna.

– Je parie que, venant du Nord, tu es plus habituée au froid que nous le sommes, nous autres.

– Peut-être un peu, répondit Kelli.

Lyle la regarda encore un moment, gêné. Pour la première fois, il parut remarquer la présence des manifestants, fixant ses yeux sur eux un bref instant avant de les reporter sur Kelli.

– Tu dois penser qu'on a d'étranges manières de faire par ici, dit-il.

Il attendit qu'elle lui réponde. Comme elle n'en faisait rien, il haussa les épaules.

– Bon, faut que j'aille échanger cette batte et trouver un autre truc pour ma gamine.

Et il s'écarta, faisant signe à Eddie de le suivre et tous deux s'éloignèrent de nous, fendirent le cercle des protestataires puis pénétrèrent dans la grande surface.

Kelli et moi ne bougeâmes pas d'un pouce.

– Je pense que, pour l'heure, nous ferions mieux d'oublier d'interviewer les manifestants, lui dis-je. On le fera une autre fois, quand Lyle ne sera pas dans les parages.

Kelli lança un coup d'œil vers le magasin. À l'intérieur, on voyait Lyle avancer à pas lents entre les rayons, choisissant des vêtements pour sa fille. Le regard de Kelli s'attarda sur lui, puis se reporta sur moi.

– Il portait cette batte, c'était juste pour…

– Oui, j'ai compris, m'empressai-je de lui répondre. Mais les types tels que lui, on ne sait jamais de quoi ils sont capables. Alors, autant revenir une autre fois.

Malgré sa détermination à s'entretenir avec les manifestants, Kelli ne fit pas d'objections. Elle acquiesça et marcha sans rien dire de plus à mes côtés, jusqu'à la voiture.

Mais quelques minutes plus tard, tandis que nous reprenions la route de Choctaw, elle paraissait mal à l'aise.

– Nous sommes venus pour des prunes, murmura-t-elle.

– Que voulais-tu qu'on fasse ? rétorqua Noreen.

– Je ne sais pas. Mais peut-être aurait-on appris quelque chose.

Peu après, je déposai Kelli chez elle, ramenai Noreen à sa maison de Choctaw, puis rentrai chez moi.

Et c'est tout, pour reprendre l'expression que j'adressai six mois plus tard à l'assistance présente dans la salle du tribunal du juge Thompson. Le procureur Bailey se tenait tout près du box des témoins. Il éloigna de son visage ses lunettes à monture d'acier et plissa les yeux dans ma direction.

Donc, à votre connaissance, c'était la première fois que Mlle Troy rencontrait Lyle Gates, c'est bien cela, Ben ?

Oui, en effet.

Et quand leur deuxième rencontre a-t-elle eu lieu ?

Je sentis le tranchant glacial de sa question comme jamais depuis que j'avais pris place dans le box des témoins. Aussitôt, je me rappelai le sentiment de victoire qui m'avait submergé cet après-midi-là tandis que mes genoux se dérobaient sous moi et que je tombais sur le sol. Mais surtout, il me restait le souvenir du contact des bras de Kelli s'enroulant autour de moi et, sur cette étreinte, la conviction que, enfin, je touchais au but : elle était mienne.

11

Trois semaines après cette virée à Gadsden, mon père prit rendez-vous pour moi avec le Dr Walter McCoy, le médecin le plus ancien et le plus respecté de Choctaw. Ce n'était pas un homme très jovial et, à n'en pas douter, l'une des principales raisons qui l'avaient poussé à s'engager dans cette voie était l'argent à gagner. Cela étant, c'était un professionnel reconnu et il compensait en compétence la gentillesse qui lui faisait défaut.

Ce jour-là, il me reçut avec beaucoup de cérémonie et, sans doute aussi, un certain scepticisme.

– Alors comme ça, ton père me dit que tu veux faire médecine, se lança-t-il.

Il se laissa tomber dans le vieux fauteuil pivotant derrière son bureau et rajusta sa blouse sur sa bedaine, jouant, du bout des doigts, avec ses boutons blancs en plastique.

– C'est le cas de beaucoup de jeunes gens de nos jours. Sans doute parce qu'ils regardent trop de feuilletons à la télé.

J'éprouvai aussitôt le besoin de me démarquer de ceux pour qui le Dr McCoy considérait à l'évidence que leur dévouement à une carrière médicale relevait du simple caprice.

– Je ne la regarde pas beaucoup, déclarai-je.

– Trop occupé à étudier, sans doute ?

J'en convins.

– Bien, reprit-il. Tu devras t'y habituer si tu veux devenir médecin.

– Oui, monsieur, répondis-je d'un ton révérencieux.

Le Dr McCoy parut me prendre au sérieux, au point même de penser que je finirais par réussir.

– Une fois que tu auras obtenu ton diplôme, où envisages-tu de t'établir ? s'enquit-il.

Mes pensées se tournèrent aussitôt vers Kelli, vers l'avenir que j'imaginais déjà pour nous.

– Ici même, à Choctaw.

Le Dr McCoy me considéra avec une gravité non dénuée d'ironie.

– Ah, alors, tu vas me faire de la concurrence, hein ?

Je ne savais pas ce que pourrait être la bonne réponse à une question pareille. Je répondis :

– Je suppose.

Mais je ne fis jamais concurrence au Dr McCoy. Des années plus tard, quand j'eus terminé mon cursus médical et revins à Choctaw, il demanda à me rencontrer.

– Je me fais vieux, docteur Wade, me dit-il, et mon fils ne s'est jamais intéressé à la médecine, aussi dois-je envisager de céder, un jour, ma clientèle à quelqu'un.

Je voyais la déception que lui causait la vie gâchée de son fils, mais ne dis mot.

– J'aimerais que mon cabinet continue d'exister après ma mort, me confia le Dr McCoy avec un léger sourire. Qu'il me survive, j'entends. Que quelqu'un le reprenne.

Il avait décidé que ce « quelqu'un » serait moi et, peu après, je devins son associé, m'installant dans le cabinet qu'il avait ouvert à tout juste quelques centaines de mètres du palais de justice du comté de Choctaw, cette même bâtisse grise où Lyle Gates avait été jugé plus de dix ans plus tôt.

De la fenêtre de ce cabinet, j'aperçois le vieux tribunal dans sa majesté de granite, mais je regarde rarement dans cette direction. Au fil des années, je me suis plutôt concentré sur l'avenir, sur le fait d'être un bon médecin et d'asseoir ma réputation autant sur ma compassion et ma générosité que sur mes compétences et mon expertise. C'est un but que j'ai atteint, et lorsque je mourrai, je sais que cette ville se souviendra de moi avec affection, parlera de moi en termes élogieux, voire accrochera un portrait de moi dans le hall d'entrée aux lignes épurées du nouvel hôpital. Au-dessous, une plaque rappellera ma grandeur d'âme, mon altruisme, ma contribution au bien-être de ma communauté. J'ai souvent imaginé cette inscription, et aussi la silhouette féminine, debout, face à elle. Elle a une cinquantaine d'années, mais se tient toujours très droite, est restée mince et arbore des cheveux bruns bouclés. Elle a noué les bras autour de son buste, comme si elle serrait quelque chose, et je sais que cette femme fantomatique est Kelli Troy et que, en son for intérieur, elle passe en revue la liste de mes réussites, que j'ai été le premier médecin à faire bâtir une clinique dans le quartier noir de Choctaw, le premier à créer un centre médical sur la montagne, le premier à faire des visites hebdomadaires à la prison du comté. Puis, quand elle a terminé de lire, elle se retourne vers moi. Et je vois que sa beauté d'autrefois est demeurée la même, que ce qu'elle a perdu et ce qu'elle a souffert n'a fait que souligner sa grâce. L'espace d'un instant, elle me dévisage en silence. Une terrible sentence se forge dans ses yeux. Puis, enfin, elle prend la parole, et ce qu'elle déclare me stupéfie et me dévaste car c'est dit d'une voix qui, en trente ans, n'a pas pris une ride ni rien perdu de la passion farouche que j'y percevais il y a si longtemps : *Ah, Ben, je suis si fière de toi.*

Mais elle n'a pas toujours été fière de moi, ni d'elle-même d'ailleurs.

Dans les jours qui suivirent notre virée à Gadsden, Kelli, je n'aurais su dire pourquoi, se montra plus distante. Elle se replia sur elle-même, s'enfermant dans de longs silences que je n'osais interrompre. Nous continuions de travailler ensemble sur le *Wildcat* comme toujours, mais je sentais qu'elle s'y investissait moins qu'avant. Son rythme de travail ralentissait, et elle ne suggéra aucune idée nouvelle pour le numéro suivant. Quand je me risquais à en proposer une ou deux, elle les approuvait d'un signe de tête mais sans rien ajouter. C'était comme si elle avait décidé de n'exister qu'en périphérie, faisant la maquette ou coupant, comme en pilotage automatique, l'article d'un autre plutôt que de se consacrer à l'un des siens.

Sa réserve perdurait en dehors du local du journal du lycée. En classe, elle s'asseyait, comme entre deux eaux, vaguement reliée, mais indifférente, à ce qu'il se passait. Les petits débats qui, parfois, s'embrasaient pendant le cours d'histoire de M. Arlington tourbillonnaient autour d'elle tels des zéphyrs autour d'un gros rocher, incapables de l'emporter. Cette apathie la suivait dans le couloir de cours en cours puis, à la sonnerie de fin de journée, soit elle me rejoignait dans le sous-sol soit elle partait à pied, repliée sur elle-même, jusqu'à son car, prenait sa place à l'avant et attendait d'être ramenée chez elle.

Aujourd'hui, quand je repense à Kelli en ces derniers jours d'hiver, je la revois emmitouflée dans son trouble intérieur dont la profondeur la réduisait au silence, adolescente obligée tout à coup d'affronter une chose qu'elle n'aimait pas, mais à laquelle elle ne pouvait se soustraire.

Tout le monde semblait avoir une théorie sur ce qui n'allait pas chez elle. Sheila Cameron me demanda si, par hasard, Kelli n'avait pas certains « problèmes féminins » et alla même jusqu'à suggérer qu'elle aille consulter le Dr McCoy.

– Les filles sont comme ça quand ça leur arrive, tu sais, chuchota-t-elle sur le ton de la confidence.

Luke aussi avait sa théorie.

– À mon avis, ça a fini par la rattraper.

– Quoi ?

– Le mal du pays, répondit-il comme si cela tombait sous le sens.

Nous étions au Cuffy's, bien sûr, et, dehors, la pluie froide de l'hiver cognait au carreau. Luke prit une cuillerée de son Frito Pie, puis ajouta :

– Elle le combat sans doute depuis longtemps.

– Mais elle semblait se plaire à Choctaw, protestai-je. Tu te rappelles comment elle était à la soirée de Noël de Sheila ?

– Elle a pu s'y amuser, mais elle pense peut-être toujours à sa vie dans le Nord, à tous ceux qu'elle a laissés derrière elle.

Plus tard ce soir-là, assis au coin du feu, pendant que mon père, dans son pull en laine miteux, lisait le journal devant moi, je pensai à ces gens « mystérieux » que Kelli avait laissés à Baltimore. Peut-être y avait-il un petit ami qui en pinçait toujours pour elle, un copain inconsolable, un parent. Ce fut alors que me revint la fougue soudaine avec laquelle elle m'avait avoué ne pas avoir de père. Mais tout le monde a un père, me dis-je avec emphase. Le mal-être de Kelli devait avoir un rapport avec lui.

Dès le lendemain, je fis part de ma théorie à Luke.

– C'est sans doute lié à son père, dis-je. Si ça se trouve, il est venu, il lui a écrit, va savoir.

– Qui est-ce ?

– Je ne sais pas.

J'hésitais à en dire plus, notamment à répéter la déclaration bizarre que Kelli avait faite au sujet de son père.

– Bah, si ça se trouve, il est mort.

– Oui, si ça se trouve.

Luke secoua la tête.

– Si tu veux mon avis, elle a le mal du pays, je te l'ai déjà dit, lâcha-t-il en me flanquant une bourrade amicale. T'inquiète, Ben, ça lui passera comme ça lui est venu.

Mais il n'en fut rien. Et, de jour en jour, je sentis que le repli de Kelli sur elle-même assombrissait l'atmosphère, ténèbres douloureuses m'engloutissant comme elles l'engloutissaient, me dérobant l'éclat de son regard, étouffant cette part d'elle-même où brûlait une inexplicable énergie.

– Ne devrais-tu pas tout bonnement le lui demander ? finit par me suggérer Luke.

– Sheila a essayé, mais Kelli n'a pas voulu en dire plus.

– Bah, il faut bien qu'elle en parle à quelqu'un, dit Luke d'un ton sans appel.

Il me vint alors à l'esprit qu'il existait au moins une autre personne que je pouvais consulter. De temps en temps durant ces derniers jours, j'avais aperçu Kelli papotant avec Noreen, toutes deux marchant côte à côte dans le couloir ou descendant l'escalier vers le car que devait prendre Kelli. Dans ces moments-là, celle-ci me paraissait un peu plus enjouée. Une fois, j'avais même aperçu chez elle l'ombre de son sourire.

Ce fut au terme d'une journée de cours, un vendredi, que j'avisai Noreen alors qu'elle marchait dans l'allée vers l'endroit où sa mère avait pour habitude de venir la chercher. J'avais remarqué que, souvent, cette dernière n'était pas là quand sa fille atteignait le lieu du rendez-vous et que Noreen devait attendre un moment à côté des piliers en brique à l'extrémité du trottoir, s'adossant parfois d'un air pensif à l'un d'eux, furieuse, exaspérée.

Il faisait très froid ce jour-là et elle semblait frigorifiée quand je m'approchai d'elle. Elle avait les joues rouges et plissait les paupières si fort que c'était à peine si je distinguais la couleur de ses yeux.

Elle répondit à mon salut, sans enthousiasme, lançant des coups d'œil courroucés dans la rue.

– Ce qu'il caille.

– Tu attends ta mère ?

– Comme toujours. Elle se pointe toujours en retard.

– Je peux te raccompagner chez toi si tu veux.

Elle me dévisagea, surprise par ma proposition. Puis elle dit :

– Autant que j'attende ma mère.

Je souris.

– Pourquoi ce ne serait pas elle qui t'attendrait ?

C'était bien répondu, et Noreen parut apprécier la vengeance que je lui suggérais d'exercer.

– D'accord, allons-y, dit-elle tout à coup d'un air soulagé. Ça lui apprendra à arriver en retard par un temps pareil !

En chemin vers chez Noreen, nous bavardâmes de tout et de rien jusqu'au moment où je finis par prendre mon courage à deux mains et évoquer Kelli Troy.

– Kelli est bizarre depuis quelque temps, lançai-je l'air de rien.

Noreen garda le silence.

– À ton avis, quel est le problème?

J'attendis encore quelques instants, puis ajoutai:

– Elle m'adresse à peine la parole.

Une soudaine prise de conscience se fit jour dans le regard de Noreen.

– C'est pour ça que tu m'as proposé de me raccompagner, hein? Tu voulais juste que je te raconte des trucs sur Kelli.

Je lui décochai un regard éperdu, mais ne la contredis pas. J'avais voulu me servir d'elle et elle était bien trop intelligente pour ne pas le deviner. Il était inutile de prétendre le contraire.

– Tu aurais dû venir me trouver et me dire ce que tu avais sur le cœur, déclara Noreen d'une voix toujours aussi cassante. Si tu veux que nous parlions de Kelli, parlons de Kelli. Je ne suis pas aussi bête que tu le penses, Ben. Je sais très bien que tu es amoureux d'elle.

Espérait-elle que je le nie? Comme je n'en fis rien, je vis une déception étrange glisser, fugace, dans son regard, puis disparaître.

– Que veux-tu savoir sur Kelli? demanda-t-elle d'une voix lasse, comme si elle acceptait de jouer un rôle à contrecœur.

– Je la trouve étrange, voilà tout, répondis-je d'une petite voix, et je me demandais si tu avais ton idée sur ce qui la tracasse.

Noreen secoua la tête.

– Non, pas du tout, répondit-elle. Nos échanges ne vont pas jusque-là. Nous ne sommes pas amies intimes.

– Mais je vous vois parler toutes les deux, parfois.

– Parler, c'est vite dit. Ce n'est pas ce que tu crois. Rien de sérieux. Juste des bricoles.

– D'accord, soupirai-je sans enthousiasme. Je voulais juste te poser la question.

Nous roulâmes un moment en silence ; puis, comme nous approchions de chez Noreen, je sentis sa main effleurer la mienne.

– Ben, je ne voulais pas me fâcher contre toi tout à l'heure, murmura-t-elle. Je sais ce que tu traverses. Je sais combien c'est dur à supporter.

Je laissai tomber les derniers oripeaux de mon déguisement.

– Oui, ça l'est ! dis-je en ce qui me frappa comme étant un terrible aveu qui me mettait à nu.

Elle eut un sourire amer, entendu, empreint d'acceptation et je vis la femme qu'elle deviendrait bientôt et pour toujours.

– Je ne sais pas quoi faire, soupirai-je.

Elle hocha la tête, puis prononça les paroles les plus sombres et les plus tragiques qu'il m'ait été donné d'entendre.

– Aimer quelqu'un n'oblige pas cette personne à vous aimer en retour, dit-elle.

Elle ne le dit que cette fois-là et, au cours de toutes les années qui ont suivi depuis, ne le répéta pas.

Mais elle a dit d'autres choses qui, souvent, renfermaient pareille noirceur. Voilà quelques années, alors que nous assistions à un congrès médical à Atlanta, nous sommes allés voir un film étranger, de ceux qui ne sortent jamais en salle à Choctaw. C'était sur la vie de Camille Claudel, cette femme qui avait aimé Rodin à la folie, une passion qui l'avait poussée sans ménagement dans le vide terrifiant de la démence.

De retour à notre hôtel, Noreen et moi nous couchâmes, mes bras passés autour de ses épaules, sa tête posée contre mon torse.

– Tout le monde mérite d'être aimé comme Rodin l'a été, dis-je sans réfléchir, espérant ne faire rien de plus que d'initier une conversation avant que nous nous endormions.

– Non, répondit-elle d'un ton ferme. Tout le monde voudrait être aimé de cette façon, mais tout le monde ne le mérite pas.

Sur l'instant, je crus voir des larmes briller dans ses yeux et sentis alors tout le poids du mont Crève-Cœur qu'elle avait pris sur ses épaules, ces longues années où elle avait vécu dans l'ombre d'un amour qu'elle ne recevrait jamais de moi, mais, elle le savait, que j'avais donné autrefois – et de manière mystérieuse réservais encore – à une autre. Elle avait eu l'élégance de s'en passer, mais alors que mon épouse était allongée, silencieuse, contre moi ce soir-là, je savais que ses peines de cœur ne l'avaient jamais quittée, qu'il n'y avait pas eu un seul jour au cours de ces trente dernières années où elle n'ait ressenti leur douleur aiguë et persistante.

Mais tandis que nous nous engagions dans l'allée de chez Noreen en cet après-midi si froid, aucun de nous deux n'aurait pu savoir qu'en parlant de Kelli Troy, nous parlions de notre destin à la fois commun et différent.

Une fois arrêtés, Noreen ne descendit pas de voiture. Elle donnait l'impression de réfléchir à la décision qu'elle devait prendre.

– Si tu veux, je peux essayer de parler à Kelli, finit-elle par dire.

– Non, ce n'est pas la peine. Si elle préfère tout garder pour elle, il vaut mieux la laisser faire comme bon lui semble.

Noreen attarda son regard sur moi.

– Tu es un mec sympa, Ben.

Ses paroles suivantes parurent exiger d'elle de faire un effort surhumain.

– Je t'aime bien.

Pour toute réponse, je lui adressai un signe de tête rapide et un peu sec.

– Merci, Noreen. Merci pour tout.

Une ombre glissa sur son visage. Elle donna l'impression de venir de se faire congédier, se tourna, ouvrit la portière et descendit du pick-up. Un vent glacial soufflait de la montagne et, quand elle atteignit sa porte d'entrée, elle remontait son col pour s'en protéger.

Par la suite, je ne parlai à personne du changement de comportement de Kelli. Et lorsque le sujet fut de nouveau abordé huit jours plus tard, ce fut par Mlle Carver. C'était un matin, fin mars, et la même vague de froid déferlait toujours des montagnes sur Choctaw. Je descendis de voiture, me hâtai vers l'entrée du lycée et, comme j'atteignais le haut des marches, j'entendis quelqu'un m'appeler. Je me retournai et vis Mlle Carver venir vers moi, son gros cartable marron se balançant de tout son poids au bout de sa main gantée.

– Ben, tu aurais une minute ?

Je répondis par l'affirmative, et la suivis à l'intérieur. Elle monta d'un pas vif l'escalier jusqu'à sa salle de classe, posa son cartable au pied de son bureau et me regarda dans les yeux.

– Kelli travaille toujours avec toi sur le *Wildcat* ? demanda-t-elle en ôtant ses gants.

– Oui.

– As-tu remarqué un changement d'attitude chez elle ces derniers temps ?

Cela me gênait d'en discuter avec un professeur, et je lui en dis très peu.

– Elle semble s'être repliée sur elle-même.

J'en restai là.

– T'a-t-elle dit si elle avait des ennuis ?

– Non.

Aujourd'hui, quand je pense à ce matin-là, je suis frappé de constater combien la petite enquête de Mlle Carver était naïve, inquisitrice mais pas accusatrice, et, en cela, si différente des questions qu'elle me poserait trois mois plus tard, d'une voix crispée, circonspecte, très sceptique, celle d'une femme qui reconnaissait un menteur quand elle en voyait un.

– Donc, tu ne sais pas du tout ce qui tracasse Kelli ?

Je me sentis gêné par la réponse que je lui adressai.

– Non, elle ne m'a parlé de rien.

Mlle Carver hocha la tête, sans doute déçue par mon manque d'informations.

– Bon, en tout cas, si jamais tu apprends ce qui la trouble, j'espère que tu me le diras.

Elle me transperça du regard.

– Une fille comme Kelli peut avoir des problèmes à son âge.

C'était là un terme auquel j'aurais pu donner bien des sens, mais je connaissais suffisamment Mlle Carver pour savoir à quel genre de «problèmes» elle faisait allusion. Ce n'était pas à une grossesse et encore moins à ceux qui minent la jeunesse actuelle, la drogue, la violence et les maladies graves dont elle peut devenir la proie. Dans le monde de Mlle Carver, les dangers ne pouvaient venir que de nos penchants romantiques, si bien que par «problèmes», elle entendait que Kelli comptait peut-être désormais au nombre de ces filles perdues dont nous avions tous lu le destin dans son cours cette année-là, passionnée et douée, mûre pour cette destruction si particulière tapie à l'orée de l'amour.

Mais tout en devinant ce que Mlle Carver sous-entendait par «problèmes», je fis comme si je n'avais pas compris.

– Oh, je ne pense pas qu'elle ait des problèmes, dis-je.

Mlle Carver me considéra en silence. Un regard inquisiteur, évaluateur, comme si, déjà à l'époque, elle tentait de pénétrer les multiples niveaux de ma duplicité. Cette expression ne la quitta jamais par la suite. Elle nimbait toujours son regard la dernière fois que je la rencontrai. Son visage accusait la vieillesse, jauni et ridé, et je voyais ses doigts qui pinçaient les rayons en acier de son fauteuil roulant comme les cordes d'une harpe. Son expression révélait une profonde méfiance tandis qu'elle me scrutait à travers les verres épais de ses lunettes et, quand elle finit par prendre la parole, ce fut d'une voix chargée de terribles soupçons : *Vous n'êtes pas le Dr Winn*.

Trente ans plus tôt, elle se montrait moins tranchante quand elle exprimait les doutes que lui inspirait mon personnage.

– Tu ne manquerais pas de me prévenir si tu pensais que Kelli avait besoin de quelque chose, hein ?

– Non, bien sûr, lui assurai-je.

Mlle Carver ne se départit pas de son regard dubitatif.

– Je compte sur toi, dit-elle.

Je me précipitai hors de la pièce, comme pour échapper à un étau qu'on resserrait sur moi. Je m'étais senti tenu sur le gril par les questions de Mlle Carver, par mes réponses gauches donnant à penser que Kelli et moi n'étions que de simples collaborateurs pour le *Wildcat* et que rien d'important, encore moins l'idée d'intimité, ne se jouait jamais entre nous. Un bref instant, j'en voulus même à Kelli, me sentant insulté par le fait qu'elle ne me faisait pas assez confiance pour se laisser aller à des confidences. Mon seul réconfort résidait dans ma certitude qu'elle ne s'était confiée à personne d'autre.

Ce en quoi je me trompais, et quand je découvris auprès de qui elle s'était ouverte, cela m'étonna.

Ce fut dans la salle du tribunal du juge Thompson, là et pas ailleurs, que j'en fus avisé et, assis, immobile, à côté de mon père ce jour-là, je m'efforçai de dominer la terreur indicible qui me submergea au moment de cette découverte, le sentiment que les méprises s'étaient enchaînées les unes aux autres, érigeant une tour sombre qui se dresserait au-dessus de Choctaw à jamais.

Et donc, Kelli Troy est venue vous parler de ce problème, c'est exact ? demanda le procureur Bailey à son témoin.

Ce fut d'une voix plus posée que je ne m'y attendais que la réponse résonna dans la salle d'audience.

Oui, en effet.

Et elle a fait cela sur le mode de la confidence, diriez-vous ?

C'est sûr. Elle m'a fait jurer de n'en parler à personne.

D'accord, maintenant, voulez-vous bien expliquer à la Cour les circonstances dans lesquelles a eu lieu cette conversation ?

Eh bien, Kelli est venue me voir après les cours un après-midi. Elle m'a dit : « Eddie, je pourrais te parler une minute ? »

Ainsi donc, c'était à Eddie Smathers, lui et personne d'autre, que Kelli s'était adressée dans l'état d'appréhension et de doute qui la tenaillait dans les journées suivant sa première rencontre avec Lyle Gates. Et c'était Eddie Smathers qui, seul, connaissait la raison de ce repli sur soi qui avait tant inquiété Mlle Carver. Elle avait cru y voir le mauvais présage d'un amour impossible, mais ce n'était rien de la sorte, ainsi que la déposition d'Eddie Smathers, ce jour-là, en attesta.

Que vous a dit Mlle Troy, Eddie ?

Elle m'a parlé du soir où nous nous étions tous rencontrés devant le petit centre commercial de Gadsden.

C'était ce fameux soir dont Ben Wade a déjà parlé aux jurés, c'est exact ?

Oui, monsieur le procureur.

Et que vous a dit Mlle Troy au sujet de cette soirée ?

Elle m'a dit que ça lui avait fait peur.

Peur ? Comment cela ?

Eh bien, au début, je pensais qu'elle voulait parler de la manière dont les négr... les gens de couleur... la manière dont ils manifestaient là-bas. Je pensais que ça lui avait peut-être fait un peu peur, quoi.

Mais ce n'est pas ce qui avait fait peur à Mlle Troy, n'est-ce pas ?

Non, monsieur le procureur.

Qu'est-ce qui lui avait fait peur, Eddie ?

Lyle. Du moins, c'est ce que m'a dit Kelli.

Que vous a-t-elle dit exactement ?

Elle m'a dit qu'elle était venue à Gadsden pour voir ce que les gens de couleur faisaient, mais que, lorsque Lyle s'est pointé, elle a eu peur d'aller leur parler.

A-t-elle dit autre chose ?

Oui. Qu'elle s'était déçue d'avoir eu la trouille de Lyle et qu'elle ne reculerait jamais plus à cause d'une chose pareille.

Pourquoi, selon vous, vous a-t-elle raconté tout cela ?

Eh bien, je pensais que, peut-être, c'était sa façon de faire passer un message à Lyle.

Lui avez-vous transmis ce message ?

Non, monsieur le procureur. Je ne fais pas partie de ses proches.

Le procureur Bailey avait posé quelques questions supplémentaires, insignifiantes pour la plupart, avant de laisser Eddie entre les mains de maître Wylie, l'avocat chargé de la défense de Lyle.

Monsieur, pouvez-vous nous dire combien de temps après cette rencontre à Gadsden vous avez eu cette conversation avec Mlle Troy ?

Oh, dans les trois semaines.

Mlle Troy vous a-t-elle dit si elle avait eu des nouvelles de Lyle Gates depuis ce jour ?

Non, pas du tout.

Ou si elle l'avait vu ?

Non.

Monsieur, quelque chose vous a-t-il paru étrange dans la manière dont Lyle Gates se comportait envers Mlle Troy ce soir-là, à Gadsden ?

Non, maître.

En fait, il se montrait plutôt amical avec elle, non ?

Je dirais que oui.

Lyle Gates vous a-t-il jamais indiqué éprouver de l'antipathie vis-à-vis de Mlle Troy ?

Non.

L'aurait-il menacée en votre présence ?

Non.

En ce cas, à votre avis, monsieur, pourquoi est-il assis ici, accusé de lui avoir fait subir des choses aussi atroces ?

Eddie donna la seule réponse qu'il pouvait faire. *Je ne sais pas.*

Et jamais il ne le sut.

C'est pourquoi aujourd'hui encore, quand je le croise dans Choctaw, concluant une affaire dans la rue ou serrant les mains avec force sourires à la congrégation de fidèles devant la première église baptiste, Eddie semble être le seul à avoir chuté dans le cercle de ce qu'il s'est passé sur le mont Crève-Cœur sans en avoir jamais ressenti de contrecoup cruel. Quand nous nous rencontrons, il me sourit d'un air radieux, comme un gosse, me demande des nouvelles d'Amy et de Noreen, puis me serre la main et s'éloigne d'un pas léger, heureux, insouciant, pas du tout entaché par la corruption morale qui lui tourna brièvement autour. C'est à croire que ses insuffisances notoires lui servent de carapace, le protègent contre les coups tranchants d'un crime dans lequel, fût-ce à son insu, il joua un rôle de premier plan.

Il m'est arrivé d'imaginer que je mettais Eddie face à tout ce qu'il ignore. J'ai rejoué à l'infini cette scène dans ma tête. Nous nous rencontrons par hasard. Il s'arrête pour bavarder avec moi ainsi qu'il le fait toujours. Il me parle de sport, du temps qu'il fait, du mauvais état de la route de montagne. Il finit par n'avoir plus rien à dire, s'apprête à partir, m'empoigne la main.

Je serre alors la sienne mais, tout à coup, la retiens, et cela le gêne. Par réflexe, il essaie de se dégager, l'air perplexe, comme effrayé par la force de mon geste. Mais je ne le lâche pas. Je le tire vers moi. Mes doigts se referment comme un collet autour de son poignet, le rapprochant encore et encore jusqu'à ce que son oreille soit contre mes lèvres. Alors, sans desserrer mon étreinte, je chuchote : « Tu ne t'es jamais demandé pourquoi ? »

Je suis sûr que non.

Contrairement à d'autres.

Je les entends poser cette question à l'infini. Parfois, elle me parvient du fond de la tombe, comme avec mon père et Shirley Troy, et même le shérif Stone. D'autres fois, elle me parvient des vivants, muette, mais avec une force inouïe comme celle où, voilà des années, Raymond Jeffries, allongé sur le drap blanc de ma table d'auscultation, leva pour la première fois vers moi ses petits yeux meurtris, me lançant un regard implorant. Je l'ai entendue murmurée derrière les verres fumés des lunettes de Sheila Cameron, et aussi par la petite pierre grise qui marque la tombe de sa fille Rosie.

Il m'est arrivé de me lever du lit, sortir sous ma galerie, laisser errer mon regard sur les lumières de Choctaw et n'entendre rien qu'un chœur de questions funèbres posées à voix basse. *Pourquoi mon mari ne m'a-t-il jamais aimée ? Pourquoi mon père me détes-tait-il ? Pourquoi a-t-il fallu que ma fille meure ?*

Je reste silencieux, soumis à ces chuchotements confus et mélancoliques. Et sachant que, à moins que je ne leur dise, ils ne le sauront jamais.

TROISIÈME PARTIE

12

Un soir de printemps, environ un mois avant la mort de Mlle Troy, Luke et moi étions chez lui à Turtle Grove, assis dans son jardin. Il tapota sa pipe sur le bras de son fauteuil, toussota et dit :

– Pour nos pères, le plus important, c'était l'ordre.

Les années précédentes, il avait étudié l'histoire américaine, et surtout les puritains pour qui il avait développé un intérêt particulier empreint d'une certaine tendresse. Il avait même pris l'habitude de faire référence à eux en les appelant « nos pères » sur un ton des plus respectueux. Sa bibliothèque était remplie de volumes détaillant les combats physiques qu'ils avaient menés pour forger un monde viable dans la nature sauvage du Massachusetts, mais c'était leur allégeance à un idéal moral qui l'intriguait le plus et à laquelle il se référait sans cesse.

Ce soir-là, je secouai la tête à cette remarque car je pensais à tout autre chose : au vieil homme que j'avais ausculté dans la journée. Un tracteur lui avait roulé dessus, broyant sa jambe gauche, et je ne revenais toujours pas du courage dont il avait fait preuve pour endurer des soins très douloureux.

– Sais-tu pourquoi l'ordre était si important pour eux, Ben ? reprit Luke.

Je lui fis signe que non, l'écoutant d'une oreille distraite.

– Parce que nos pères pensaient que lorsque certains faisaient le mal ou, pour reprendre leur terminologie, «semaient le désordre», ça ne se terminait pas avec eux. Pas même avec ceux à qui ils avaient porté tort en agissant.

Il remit la pipe dans sa bouche.

– Ça continuait tout bonnement à travers le temps.

Bien sûr, Luke ne pouvait s'en douter, mais sa remarque me fit l'effet d'avoir reçu un coup de massue.

– Mais alors, *ça* s'arrête quand ? m'enquis-je en lui lançant un regard appuyé.

Luke haussa les épaules face à l'intolérable vérité édictée par nos pères.

– Jamais, répondit-il. Ça ne s'arrête jamais.

Je tournai la tête et portai le regard sur une maison située quelques rues plus loin. C'était là qu'habitait autrefois Sheila Cameron, et j'apercevais l'imposante façade blanche, la vaste pelouse verte qui l'entourait et, pour finir, le petit trottoir qui bordait la rue joliment pavée. Je revis Rosie jeter un coup d'œil sur sa gauche, écarquillant les yeux en ce qui avait dû être pour elle un instant de terreur et d'irréalité suprêmes tandis que le véhicule fonçait sur elle à travers le rideau de pluie.

– Donc, un acte est à lui seul comme un ruisseau, pourrait-on dire, poursuivit Luke. Il jaillit de la terre et dès lors, qu'on le veuille ou non, coule à jamais.

J'avais toujours l'esprit tourné vers le corps désarticulé de Rosie, la sensation que j'avais eue quand je l'avais soulevé du brancard.

– Quand je l'ai tenue dans mes bras, dis-je, elle m'a fait l'effet d'être un fagot de bois.

– Pardon ? reprit Luke sur le qui-vive. Quand tu as tenu qui dans tes bras ?

Je me tournai vers lui, incapable de répondre.

– Qu'y a-t-il, Ben ?

Luke paraissait secoué, comme si je l'avais amené au bord d'une révélation terrible, et je me rendis compte qu'il croyait que je parlais de Kelli, que c'était son corps qui m'aurait fait l'effet d'être un fagot de bois, ce que je n'aurais pu savoir à moins que…

– Rosie Cameron, m'empressai-je de répondre.

Luke reprit des couleurs.

– Oh, murmura-t-il.

Je fis un signe de tête vers l'endroit où cela s'était passé.

– C'est moi qui l'ai mise au monde, tu sais. Je l'ai déposée dans les bras de Sheila.

Je me rappelai l'immense satisfaction que j'avais ressentie en lui tendant sa fille qui venait de naître, comme elle rayonnait de bonheur en la calant contre son sein, si différente de la silhouette rigide au visage caché derrière des verres fumés qu'elle est devenue depuis. Son mari, Loyal, debout au pied du lit, souriait, radieux, à son épouse et à leur bébé. Puis Sheila lui tendit leur enfant et il la prit avec délicatesse dans ses bras sous son regard attendri. Il sembla alors qu'ils atteignaient le comble d'un bonheur si simple et si complet qu'il paraissait acquis pour l'éternité.

Luke secoua la tête.

– Un terrible accident, dit-il. Et puis, tout ce qu'il s'est passé par la suite…

Il mordilla un moment l'embout de sa pipe, puis répéta :

– Un terrible accident.

J'en savais plus long que lui, cela va de soi. Je savais où ce ruisseau noir dont Luke venait de parler prenait sa source, le ruisseau dont les eaux empoisonnées bouillonnent sous l'impulsion d'un instant, puis continuent de couler à travers les générations.

– Nous devons faire attention, murmurai-je.

Luke me transperça du regard.

– Faire attention à quoi, Ben ?

Je lui fis la seule réponse qu'il m'était possible de lui faire.

– À tout.

Et je pensai à Kelli Troy dont, me disais-je, l'intuition lui avait permis de comprendre si tôt le sens de ce ruisseau de torts sans fin que «nos pères» avaient mieux vu que nous-mêmes. Sinon pourquoi aurait-elle pris tant de risques pour faire le nécessaire ?

Le nécessaire, en l'occurrence, était d'agir malgré sa peur. Mais ça, je ne le sus que lorsqu'elle-même se résolut à m'en parler.

Nous étions début avril et, à mon arrivée, je la trouvai assise dans le bureau du *Wildcat*. Elle achevait de lire *Une dame perdue* de Willa Cather et elle ne leva les yeux qu'après avoir refermé le livre.

– Qu'en penses-tu ? demandai-je d'un ton sec en prenant place à mon bureau.

Kelli était si renfermée depuis quelques semaines que je m'attendais juste à recevoir une réponse brève et péremptoire.

– C'est très beau, répondit-elle d'une voix moins distante que je ne m'y attendais. Et toi, qu'en as-tu pensé ?

C'était la première vraie question qu'elle me posait depuis le soir où nous nous étions rendus à Gadsden. J'interrompis ce que je faisais et me tournai vers elle, incapable de continuer à garder mes sentiments pour moi.

– Ça t'intéresse vraiment, ce que je pense ? rétorquai-je sans détour.

Elle ne parut pas surprise par ma question, pas plus que par le ton agressif, accusateur sur lequel je l'avais posée.

– Je n'ai pas été très sympa avec toi ces derniers temps, je le sais, admit-elle.

Dans l'éclairage étrangement intime de ce petit bureau du sous-sol, ses yeux très sombres prirent une couleur de terre fertile. Aussitôt, je m'en rends compte aujourd'hui, mon espoir de l'épouser un jour se raviva avec force. Mais aussi, et sans crier gare, j'eus la vision fugace et intense de la conduire au sommet du mont Crève-Cœur, de l'étendre sur une couverture rouge sombre... et de tout le reste.

– Je te prie d'excuser la façon dont je me suis comportée, Ben, murmura Kelli.

Je l'entendis à peine. Car je me trouvais sur le mont Crève-Cœur, subjugué, Choctaw étendu au-dessous de moi et Kelli sous moi, me regardant dans les yeux tandis que ses doigts jouaient dans mes cheveux. Un bref instant hallucinatoire, je possédai tout ce dont je rêvais et chaque aspect en était si réel et incarné que cela tint davantage du souvenir que du fantasme.

– Je ne suis pas dans mon assiette en ce moment, dit-elle. Je suppose que beaucoup l'auront remarqué.

La vision se brisa et je fus de nouveau dans notre local du sous-sol si banal, Kelli assise à quelques mètres de moi, ses doigts bien loin de mes cheveux, repliés à la place autour d'un petit livre de poche.

– Oui, je te le confirme. Mlle Carver pensait que tu avais des ennuis.

– J'en avais.

Je fus surpris par cet aveu soudain. Le lui faire approfondir me parut être un bon moyen de gagner sa confiance, enfin.

– Ah bon ? la relançai-je.

– L'autre soir, à Gadsden, m'a bouleversée.

– Comment ça ?

– Ça m'a fait peur, Ben. Ce jeune garçon qui accompagnait Eddie.

– Lyle Gates. Ce n'est plus vraiment un jeune garçon.

– On le dirait pourtant, et ce que tu m'as raconté sur lui, ça m'a fait peur… Et depuis, j'ai appris d'autres choses. Qu'il avait tabassé un élève au cours d'un match et s'était fait renvoyer du lycée. Qu'il avait essayé de kidnapper sa fille. Qu'il était armé à cette occasion.

Elle me regardait avec intensité.

– Est-ce que tout cela est vrai, Ben ?

– Sans doute que oui, mais ça n'a aucune importance. Il ne te connaît pas, et ignore ce que tu faisais à Gadsden l'autre soir.

Elle avança sa chaise et se pencha vers moi, sans cesser de me fixer des yeux.

– Ça, je le sais, dit-elle, mais il m'a tout de même fait craindre d'agir comme j'en avais l'intention ce soir-là.

– C'est donc ce qui te tracassait ? Lyle Gates ?

– Pas lui, mais l'opinion que j'ai eue de moi-même à cause de lui.

– C'est-à-dire ?

– Celle d'être lâche.

Sur ces mots, comme je l'avais déjà vue faire maintes fois, elle plongea la main dans sa besace puis me tendit une feuille de papier pliée.

– Or, je ne veux pas être lâche. Je ne veux pas passer ma vie à me décevoir moi-même et surtout les autres, à avoir peur.

Je m'apprêtai à mettre le document de côté pour le lire chez moi, ainsi que je le faisais toujours, mais Kelli ne l'entendit pas de cette oreille.

– Ça t'ennuierait de le lire maintenant ?

– Je croyais que tu préférais ne pas être là quand je découvrais tes textes.

Son visage exprimait un calme indicible, presque figé, mais je devinais qu'elle exerçait un grand contrôle sur elle-même pour qu'il en soit ainsi.

– Pas cette fois.

Elle n'en dit pas davantage et, ces quelques paroles, elle les prononça posément, sans divulguer tout ce qui était en jeu.

Il ne s'agissait que de deux pages, rédigées de son écriture très serrée, mais à l'intérieur de ce petit cadre, elle saisissait beaucoup de choses qui m'avaient échappé. Elle avait vu les pancartes rigides qui oscillaient dans le froid, les visages sombres au-dessous d'elles, fermés et déterminés, les fenêtres éclairées, en toile de fond, qui repoussaient les manifestants encore plus dans l'ombre. Elle avait remarqué les vêtements miteux qui, ce soir-là, les protégeaient si mal du froid et, surtout, combien le fait qu'ils ne soient pas appropriés évoquait ce qu'elle appelait « la vie de seconde main contre laquelle ils résistaient ».

Son évocation me prit à la gorge. Le vocabulaire, simple et direct, ne relevait pas vraiment de son style habituel mais elle y recourait pour mieux parler de ce qui, pour elle, était le grand problème de notre jeunesse :

> « Nous sommes jeunes aujourd'hui, nous faisons tous nos études au lycée de Choctaw, et justement parce que nous sommes jeunes, on n'attend pas de nous que nous pensions grand-chose de ce qui se passe dans les États du Sud. Mais l'autre soir, à Gadsden, j'ai vu des gens de notre âge qui pensaient à leur vie et voulaient qu'elle change. Ils avaient décidé que la jeunesse était

209

au-dessus de leurs moyens et dans leurs regards, on voyait une maturité qu'il n'y a pas dans les nôtres. Ils ont le même âge que nous, mais leur passé, ce qu'ils ont enduré, les oblige à jeter leur jeunesse aux orties plus tôt qu'ils ne le devraient. C'est pourquoi, ils faisaient plus vieux et plus sérieux que nous. C'est ça qui les rend beaux. »

Je me revois lever les yeux sur Kelli après avoir lu cette dernière phrase. Elle était assise, les mains sur les genoux, le regard fixe, le visage paisible.

– Tu le publieras, Ben ?

J'hésitai.

– Tu sais que ça pourrait te créer des problèmes, hein ?

– Oui.

Je m'attendais à ce qu'elle dise autre chose car je voyais une étrange agitation dans ses yeux, mais elle resta silencieuse.

– Tu es certaine d'y être préparée ? Car cela ne viendra pas forcément de types comme Lyle Gates. Ça peut venir d'autres gens, de ceux que tu penses être tes amis.

Elle me répondit par une question qui la taraudait sans doute depuis longtemps.

– Pourquoi n'as-tu jamais rien écrit sur ce que nous avons vu à Gadsden, Ben ?

– J'attendais sans doute que nous le fassions ensemble.

– Tu avais peur ?

Comme si je recevais un coup, je pris conscience que sa première question relevait davantage d'une accusation. C'était un défi de vivre à la hauteur de ses aspirations, de regarder la vie en face, avec courage, voire, de temps à autre, héroïsme.

– Peut-être, reconnus-je, en la dévorant des yeux, buvant son audace, la faisant mienne. Mais plus maintenant.

Elle parut soulagée. Et, sur le coup, j'éprouvai sans doute ce que tous les hommes ressentent au stade de leur vie où ils rêvent de conquérir un cœur inexpugnable – le besoin d'être bon, juste, serviable, dévoué et courageux, digne de confiance et aux ordres, toujours prêt à partir terrasser les dragons. En vérité, c'est peut-être le seul trait de l'amour courtois que nous soyons capables de prendre, un moment, aussi fugace soit-il, où la chevalerie ne relève pas de la fiction du temps jadis, mais de la pleine force et de la passion structurante de notre vie.

– Nous n'aurons plus jamais peur, promis-je à Kelli Troy.

Malgré la grandiloquence adolescente de mon assurance, elle sembla en être sincèrement touchée.

– Je tâcherai de m'en souvenir, murmura-t-elle.

Un étau se desserra en moi et je sentis que je luttais contre moi-même pour retenir mes larmes, tant j'éprouvais le besoin de la servir, de me hisser au niveau de la première occasion qui se présenterait, d'incarner un personnage pareil à ceux des vieux films ou des chansons de geste. Et donc, pour une fois, je dis ce que j'avais sur le cœur sur le ton le plus fanfaron et le plus déterminé que je pus rassembler sur l'instant.

– Je ne laisserai jamais personne te faire du mal, Kelli.

Elle ne répondit pas, se contenta de me regarder en silence pendant quelques secondes comme si elle s'efforçait d'aboutir à une conclusion me concernant. Puis elle plongea de nouveau la main dans sa besace dont elle tira une boîte mince qu'elle avait enveloppée dans du papier cadeau rouge vif.

– Je n'ai pas été très sympa avec toi ces derniers temps, Ben. Alors, je tenais à t'offrir un petit cadeau dans l'espoir que tu me pardonnes et, peut-être, pour te dire que je m'en veux.

Je lui pris le paquet des mains.

– Dois-je l'ouvrir maintenant ?

– Comme tu le sens.

D'après la forme, je pensais qu'il s'agissait d'une cravate mais, quand je l'ouvris et, avec précaution, en retirai le papier de soie blanc dans lequel c'était enveloppé, je compris que Kelli m'avait acheté une chose bien plus personnelle, bien plus importante.

– Un stéthoscope, dis-je.

Kelli me sourit.

– Je voulais te trouver un truc vraiment personnel, dit-elle. Un truc sympa.

Elle le désigna d'un signe approbateur de la tête.

– C'est un vrai, ajouta-t-elle, visiblement fière de son choix, mais je suppose que tu le vois.

– Oui, je le vois.

J'accrochai les tubes flexibles autour de mon cou et fis courir mon doigt le long du caoutchouc qui menait au pavillon.

– C'est extra, Kelli.

– Essayons-le, suggéra-t-elle.

Il semblait que le bonheur faisait vibrer sa voix. Elle saisit le pavillon et l'appliqua contre son cœur.

– Tu l'entends ? demanda-t-elle.

Je plaçai les embouts dans mes oreilles et écoutai. J'entendis les battements réguliers et sourds, doux et cadencés, et, soudain, je sentis tout mon corps se caler sur ce rythme délicat, exaltant. Je me trouvais plus près que jamais de son intimité et, en un sens, je suppose, plus près que je ne le serais jamais dans les années à venir.

Je sentis mon pouls s'accélérer. Mes doigts se resserrèrent autour du tube noir du stéthoscope et, pour la première fois, j'eus la sensation que mes ardeurs physiques étaient distinctes de moi, créature piégée sous ma peau, confinée, explosive, à peine sous mon contrôle.

J'écartai l'instrument de sa poitrine et me détournai.

– Votre cœur est robuste, lançai-je d'une voix indifférente, m'appliquant à singer le ton d'un médecin, imbu de science et de professionnalisme, m'efforçant au mieux de dissimuler le trouble qui me submergeait et dans les remous duquel je dérivais toujours.

– Robuste, répétai-je en reposant le stéthoscope.

Robuste, oui, son cœur l'était, et farouche, et inépuisable. Mais une autre part d'elle-même se montrait plus vulnérable aux attaques.

Ce fut bien des années plus tard que je compris quelle était cette part. Le Dr McCoy était mort depuis plusieurs semaines et, en passant en revue les dossiers médicaux qu'il avait rangés dans des boîtes et mis de côté au moment de sa retraite, je tombai sur un des plus anciens, les références effacées avec les années mais toujours lisibles : TROY, ELIZABETH KELLI.

Sur le coup, je fus incapable de l'ouvrir. Puis je me ressaisis et l'emportai dans la pièce contiguë. J'en sortis des radiographies que je plaquai contre le négatoscope. Là, en vagues formes noires et grises, je distinguai la boîte arrondie qui enchâssait son cerveau, la colonne vertébrale noueuse qui la soutenait, les cavernes osseuses du fond desquelles avaient brillé ses yeux, le cartilage qui avait donné à son nez sa forme distinctive. Je vis aussi ce qu'elle avait subi : le flux sombre de l'hémorragie, le paysage lunaire dessiné par les lésions, fractures et contusions crâniennes, un long éclat d'os cassé enfoncé, aiguille blanche, dans les replis grisâtres de son cerveau. Je restais fasciné par l'inventaire inexorable que ces radios donnaient de sa destruction et, durant quelques instants vertigineux, je revécus tous ces jours déchirants, les uns après les autres, toutes ces étapes déchirantes, les unes après les autres, jusqu'à la dernière où j'entendis Kelli murmurer dans un souffle : *Pas toi*.

13

Nous l'imaginons tapi derrière une porte.

Nous le discernons dans l'éclat d'une lame ou le canon bleu acier d'un pistolet. C'est censé nous surprendre à la sortie d'un virage en épingle à cheveux ou surgir de la nuit gagnée par le brouillard et, souvent, nous le projetons en silhouette qui rôde dans l'ombre, menaçante, s'avançant vers nous du fond de la ruelle, nous observant de ses petits yeux malicieux.

C'est ainsi que le procureur Bailey se le figurait et il s'efforça de convaincre les jurés de l'envisager eux aussi de la sorte, chacun d'eux le voyant encore et encore tandis qu'ils étaient assis dans la salle de délibération du tribunal de Choctaw pour décider du sort de Lyle Gates, se remémorant les dernières paroles que le procureur leur avait adressées : *Seule la haine peut pousser quelqu'un à commettre un tel acte.*

Mais il ne s'en était pas tenu là et, assis dans la salle en ce dernier jour d'audience, chacun de ses mots tomba sur moi de tout son poids atroce.

– Vous devez voir ce que Kelli Troy a vu cet après-midi-là, lança-t-il aux jurés de cette voix haut perchée et retentissante à laquelle il avait eu si souvent recours durant le procès. Vous devez voir quelque chose jaillir des buissons et s'élancer vers vous. Vous devez voir un homme, plus grand et plus costaud que vous ne l'êtes. Vous devez ressentir la haine terrible qu'il éprouve contre vous et le mal qu'il est venu vous faire. Vous devez voir tout cela dans ses yeux.

Il ménagea un silence, puis reprit, d'une voix plus douce, plus familière dont il usait avec tout autant d'efficacité.

– Et, mesdames et messieurs les jurés, bien que nous soyons en automne aujourd'hui et qu'une pluie froide s'abatte sur le mont Crève-Cœur, vous devez vous imaginer combien tout était beau en cet après-midi lumineux et chaud voilà cinq mois. Vous devez vous dire ce que Kelli Troy a dû se dire : « Je ne reverrai plus jamais pareille beauté, n'entendrai plus jamais les oiseaux chanter, ne sentirai plus jamais la chaleur du soleil sur ma peau. » Vous, jurés qui avez été choisis pour rendre la justice dans cette affaire, vous tous, chacune et chacun d'entre vous, devez faire tout cela avant de pouvoir comprendre ce qui est arrivé à cette jeune fille par cette belle journée baignée de soleil. Vous devez voir ce qu'elle a vu, ressentir ce qu'elle a ressenti et comprendre ce qu'elle a perdu et ne verra, ne ressentira, ne possédera plus jamais.

Je ne doute pas qu'ils aient été persuadés de le faire, que, pendant qu'ils conjecturaient sur ce qu'il s'était passé sur le mont Crève-Cœur, ces douze hommes et femmes virent Kelli tourner les yeux vers l'origine d'un bruit inattendu, les écarquiller en regardant Lyle Gates surgir, la mine patibulaire, de la végétation épaisse comme une jungle tout autour d'elle, avec, dans le regard, les lueurs de la haine que le procureur leur avait déjà décrite en ces termes :

« brutale, vindicative et aussi, bien sûr, n'en doutez pas, lubrique ».

Mais le danger, même mortel, ne se présente pas toujours sous la forme que le procureur Bailey s'efforçait de lui donner aux yeux des jurés en ce dernier jour du procès de Lyle Gates. Ce n'est pas forcément une silhouette à l'affût aux yeux pleins de rage injectés de sang, ni un quidam froid et malveillant, attendant patient, tapi dans l'ombre. Ce peut être quelqu'un d'autre, quelqu'un qui vous séduit gentiment, vous enveloppe de sa chaleur, de sa tendresse, vous attire en douceur vers votre destruction.

Il y a quelques années, c'est ce que j'ai dit à Noreen alors que nous étions attablés autour du petit déjeuner, lisant le journal par un dimanche matin sous un ciel clair.

– C'est de ceux qui nous aiment que nous devons nous méfier, lâchai-je mine de rien en faisant allusion à un article que je venais de lire à propos d'un père qui avait empoisonné ses deux fils.

Mais Noreen avait redressé la tête, me fixant d'un regard assassin.

– De quoi parles-tu, au juste ?

La tension qui s'était soudain répandue sur ses traits me déconcerta.

– D'un homme dans le journal. Il a tué ses deux fils pour qu'ils aillent au paradis.

Elle hocha la tête. Mais ses yeux restaient fixés sur les miens, emplis d'une affreuse concentration.

– Qu'y a-t-il, Noreen ?

Elle hésita un bref instant, l'agitation grandissant en elle en dépit de ses efforts pour la contenir.

– Rien, finit-elle par répondre, détournant le regard qu'elle reporta sur le journal.

Rien, disait-elle, mais je n'étais pas dupe. Je voyais bien, à son expression, qu'elle n'en pensait pas moins, et je savais qu'elle entendait la réflexion que je venais de faire dans le contexte de la soirée d'antan. Et, dans ma tête, je la revis telle qu'elle m'apparaissait alors, silhouette immobile dans l'obscurité humide de l'été, l'odeur poudreuse des violettes accrochée à sa robe, sa voix douce et, je ne saurais dire pourquoi, réconfortante tandis qu'elle me chuchotait d'un air entendu : *Bon, que fait-on maintenant ?*

Le papier de Kelli sur ce qu'on appelait alors le « problème racial » fut envoyé au bureau de M. Avery le lendemain de ma lecture. À l'époque, les responsables du lycée devaient valider ce que les élèves écrivaient et je me rappelle m'être dit qu'il y avait de fortes chances que M. Avery refuse que l'article de Kelli paraisse dans le *Wildcat*. Pourtant, il donna son aval et alla même jusqu'à nous le rendre, à Kelli et moi, en mains propres.

– Nous ne pouvons pas nous contenter de tourner le dos à nos problèmes, ici, dans le Sud, nous dit-il du seuil de notre bureau en sous-sol.

Puis il nous salua de la tête avec cette courtoisie exagérée, anachronique, qui s'accrochait encore aux derniers hommes tels que lui et s'éloigna.

– Je suppose qu'il correspond à ce que vous appelez par ici un « gentleman », dit Kelli une fois qu'il eut disparu au bout du couloir.

– Absolument.

Peu après, nous partîmes et je me rappelle que, comme nous sortions ensemble du bâtiment, je sentis les premiers adoucissements de ce long hiver, les signes précurseurs du printemps.

Kelli déboutonna son manteau, dénoua la longue écharpe qu'elle portait à son cou, et la coinça sous son bras.

– On croirait qu'il fait chaud, dit-elle.

Je levai les yeux. Le ciel était bleu clair, le soleil éclatant.

– Et si nous allions nous promener avant que je te dépose chez toi ? lançai-je.

– Où ça ?

– Nous pourrions faire un tour à pied. Puis revenir à la voiture.

Kelli me décocha le sourire que je lui voyais rarement depuis notre virée à Gadsden.

Nous descendîmes les marches, puis nous engageâmes sur le trottoir qui menait presque tout droit au centre-ville.

– Tu crois que tout le monde partagera l'opinion de M. Avery ? demanda-t-elle au bout d'un moment.

– La plupart des gens, oui, je crois.

– La seule chose qui m'inquiète, c'est que ceux qui n'aiment pas l'article puissent dire que je ne suis qu'une « agitatrice extérieure » de plus.

Je ris.

– Encore une Yankee qui veut nous expliquer comment on doit traiter nos nègres.

– Tout juste.

– Bah, sans doute que certains le diront, Kelli, mais s'ils ne pouvaient pas le faire, ils trouveraient autre chose, répondis-je en haussant les épaules. Tu sais, il y a beaucoup de gens bien à Choctaw. C'est plutôt une bonne ville.

Elle me regarda, ne cachant pas sa surprise.

– Moi qui croyais que tu détestais Choctaw.

– Moins qu'avant.

– Pourquoi ça ?

Je n'osais le lui dire, alors je lui mentis.

– Peut-être que je suis un peu plus mûr que je ne l'étais il y a encore quelques mois.

– Mais veux-tu toujours en partir quand tu auras décroché ton diplôme ?

– Oui, mais peut-être pas pour toujours. Juste un moment, le temps d'aller à l'université.

– Et puis tu reviendras ?

– Oui.

Elle paraissait contente et je voulus croire qu'elle éprouvait autant de plaisir que moi à la perspective que nous puissions rester ensemble toute la vie, que, pas à pas, petit à petit, j'accédais à cette grandeur qu'elle désirait tant.

Nous poursuivîmes en direction du centre-ville, atteignîmes le parc. L'herbe était toujours brune, les arbres dénudés, mais le regain se pressentait, la terre se préparait à saluer le printemps.

– Tu veux t'asseoir ? suggérai-je.

– D'accord.

Kelli me suivit jusqu'au petit banc situé au bord du court de tennis désert. C'était là qu'elle se trouvait la première fois que je l'avais vue. Comme le veulent les amours précoces, j'avais sacralisé ce lieu.

Mon contentement fut tel que j'éprouvai le besoin de libérer une part des sentiments qui grandissaient en moi depuis si longtemps.

– Je t'ai déjà vue ici.

– Ah oui ? Quand ça ?

– C'était juste avant la rentrée scolaire. Tu lisais.

Soudain, ça lui revint.

– Tu jouais au tennis. Toi et… c'était Luke, non ?

– Oui, c'était lui.

Ce souvenir parut l'amuser.

– Comme c'est étrange qu'il ait existé un temps où je ne te connaissais pas.

Je savourai ces paroles tout autant que s'il s'agissait d'une déclaration d'amour.

– Oui, c'est vrai, répondis-je avant d'ajouter, du bout des lèvres : Surtout maintenant que nous sommes si… proches.

Elle acquiesça, mais ne dit pas un mot, aussi m'empressai-je de changer de conversation, privilégiant un sujet moins chargé de possibles déceptions.

– Sur quoi as-tu envie d'écrire dans le prochain numéro ?

Kelli répondit si vite que je fus convaincu qu'elle y pensait depuis longtemps.

– L'Histoire, répondit-elle en s'animant comme si, quelque part, un pistolet de starter avait donné un signal de départ et qu'elle se fut élancée. Je voudrais découvrir à quoi ressemblait Choctaw à différentes époques.

Une énergie invisible l'animait.

– J'ai commencé à faire des recherches, reprit-elle avec un débit plus rapide. Savais-tu qu'il existait autre-fois un marché aux esclaves ici ?

Je la considérai d'un air dubitatif.

– C'est vrai, renchérit Kelli. C'était le seul dans cette partie de l'État.

– Un marché aux esclaves ? Ici, à Choctaw ?

– Les plus importants d'entre eux se trouvaient plus au sud, là où il y avait les plantations de coton mais, autrefois, le nord de l'Alabama disposait du sien, et il se tenait ici, à Choctaw.

J'avais toujours du mal à le croire.

– Mais il y avait peu d'esclaves si haut dans le Nord. Pas de véritables plantations. C'était trop montagneux pour ça. Les fermes étaient petites.

– Raison pour laquelle ce marché ne se tenait pas toute l'année, répondit Kelli qui paraissait très satisfaite d'en savoir si long sur le sujet. Il se tenait du début de l'été jusqu'à l'automne.

– Comment le sais-tu ?

– Je l'ai lu. La bibliothèque municipale dispose de tout un rayonnage sur la région. Je pourrais te le montrer un de ces jours.

Elle paraissait surexcitée et, mue par son enthousiasme, s'empressa de vouloir sceller un accord.

– Ce samedi, ça te dirait ? proposa-t-elle, presque gamine, comme s'il s'agissait de relever un défi.

– D'accord.

Elle sourit, je ne l'avais jamais vue si radieuse, si joyeuse, si lumineuse.

– Génial, Ben. Passe me chercher vers dix heures.

Ainsi donc, le surlendemain, je me garai devant chez Kelli.

Elle sortit aussitôt de la maison mais, cette fois, sa mère lui emboîtait le pas.

– Ravie de te revoir, Ben, dit Mlle Troy en s'avançant vers ma voiture.

Elle portait un long manteau en laine, ses cheveux s'étaient un peu argentés pendant ce long hiver. Toutefois, ils n'avaient pas encore atteint ce gris scintillant qu'ils prendraient les dernières années de son existence et qui, je l'imagine souvent, aurait aussi couronné la tête de Kelli, lui conférant dans son grand âge la beauté époustouflante d'une vie bien remplie.

– Comment va ton père ? me demanda-t-elle.

– Bien.

– Donne-lui le bonjour de ma part.

– Je n'y manquerai pas.

Kelli arrivait à ma hauteur, emmitouflée dans son manteau, comme toujours, et portant sa vieille écharpe écossaise encore une fois bien serrée autour de son cou. Pourtant, à mes yeux, elle paraissait bien différente de celle que j'avais vue l'avant-veille ; tant elle semblait déterminée, audacieuse, inflexible. Une force invisible la nimbait, rendant son regard électrique, donnant un éclat surnaturel à son sourire. Disparus les doutes qui avaient assombri les semaines passées, et la fille qui en émergeait dégageait une vitalité intense et magnifique.

À l'époque, la bibliothèque de Choctaw se trouvait dans le sous-sol de la mairie, espace sombre et exigu placé sous le contrôle d'une des matrones de la ville. Mme Phillips travaillait bénévolement, infatigable promotrice de la culture locale qui, ainsi que j'allais le découvrir ce matin-là, s'était prise d'une grande affection pour Kelli Troy.

– Oh, bien le bonjour à toi, Kelli, lança-t-elle gaiement alors que nous franchissions la porte.

– B'jour, mademoiselle.

Le regard de Mme Phillips se figea sur moi.

– Serais-tu un grand lecteur, toi aussi ?

– Je veux croire que oui.

– Kelli dévore les livres, me confia-t-elle sur un ton élogieux avant de se tourner vers elle pour lui dire : J'ai trouvé l'ouvrage que tu cherchais.

Sur ces mots, elle s'éloigna à grands pas vers le fond de la bibliothèque. Kelli et moi la suivîmes, nous faufilant dans ce labyrinthe de rayonnages métalliques surchargés de volumes anciens et poussiéreux.

– Asseyez-vous là, indiqua Mme Phillips en nous montrant d'un signe de tête une petite table et des chaises en bois. Je vais vous le chercher.

Nous obtempérâmes tandis qu'elle disparaissait derrière une cloison de livres.

– Elle m'aide beaucoup, chuchota Kelli. Elle connaît tous les ouvrages qui sont ici.

Elle balaya du regard les étagères qui nous faisaient face.

– Tous ceux-là sont dédiés à Choctaw, me dit-elle.

Mes yeux glissèrent le long de la rangée de volumes, surpris qu'il y en ait autant.

– La plupart ont été écrits par des gens de la région, m'apprit Kelli. Ils les publiaient à compte d'auteur.

– Pourquoi ?

– Parce qu'ils voulaient laisser une trace, je suppose. Faire acte de mémoire.

Elle fut interrompue par le retour de Mme Phillips qui reparut derrière nous et déposa un gros volume sur la table.

– C'est la première référence à cela que j'ai pu trouver, dit-elle.

Elle fit glisser son index sur les lignes d'un long paragraphe, puis l'arrêta vers la fin.

– Voilà, c'est ici. C'est ça, la première référence.

Je me penchai vers l'avant et jetai un coup d'œil aux mots au-dessous desquels s'était posé le doigt de Mme Phillips.

– Le mont Crève-Cœur, lus-je.

Kelli me transperça du regard.

– T'es-tu déjà interrogé sur la raison pour laquelle on lui avait donné ce nom ? demanda-t-elle.

– Je n'y ai jamais réfléchi.

Kelli souleva le livre. D'une voix suave, mais chargée d'une dévotion étrange, presque passionnelle, comme si elle devait à chaque vie qu'elle avait sous les yeux une part de la sienne, elle lut à voix haute :

« Nous y sommes montés à pied ensemble depuis l'endroit où nous avions dressé le camp. Il y avait beaucoup de chevaux, de chariots, et des hommes travaillaient tout autour. C'était bruyant à cause de toutes ces activités, et il y avait plein de poussière à cause des fouilles. Nous sommes donc partis en direction de la montagne pour échapper à tout cela. Maman avait mis du maïs grillé dans un sac et papa a proposé de nous installer au frais. Nous nous sommes alors dirigés vers l'ancien marché aux esclaves où nous avons trouvé un coin d'ombre à proximité de la montagne et c'est là que nous nous sommes arrêtés pour manger. À la fin, papa a joué du ukulélé que l'oncle Newt lui avait offert, et ma sœur Doris et moi avons dansé dans l'herbe. Comme nous en terminions, un vieux nègre qui passait par là a applaudi et nous a dit bonjour. Nous l'avons salué en retour et maman lui a proposé un épi de maïs que nous avions en reste, mais le vieux nègre a dit : "Non, merci" et il a continué à marcher en direction du mont Crève-Cœur. »

Quand elle eut terminé, Kelli leva les yeux vers moi. Son regard était très doux mais très intense, et je voyais bien que ce court paragraphe l'avait émue d'une certaine façon.

– 7 avril 1886, dit-elle d'une voix posée. À l'époque, les gens du coin l'appelaient déjà le mont Crève-Cœur.

– Peut-être a-t-il toujours porté ce nom.

– Mais pourquoi ? Je veux dire, c'est un nom si bizarre.

– Il doit provenir d'une ancienne légende. Plein d'endroits du coin ont la leur. Indiennes, pour la plupart. On en a une pour les Noccalula Falls, à Gadsden, et aussi pour la montagne Monte Sano, à Huntsville.

– De quoi parlent-elles ?

– D'amour. Ce sont des sortes de versions indiennes de Roméo et Juliette.

Je souris d'un air moqueur.

– Qui, en général, racontent des « amours maudits », comme dirait Mlle Carver.

Elle m'observait avec une étrange concentration.

– Tu crois que la légende du mont Crève-Cœur parle d'un amour impossible ?

– Sans doute, répondis-je.

Mais tel n'était pas le cas, ainsi qu'elle ne tarderait pas à le découvrir. Même si, après elle, le mont Crève-Cœur aurait sa propre légende que, trente ans plus tard, les habitants de Choctaw frapperaient de l'indubitable et incontestable sceau de l'Histoire, réduisant Kelli dans leur souvenir à la seule forme qu'elle pouvait prendre : un bloc de pierre grise et froide.

Celui-ci fut érigé au cours de l'été 1993, alors que certains événements tumultueux du mouvement des droits civiques approchaient de leur trentième anniversaire. Quelques mois plus tôt, Rayford Winters, l'un des deux conseillers municipaux noirs de Choctaw, avait proposé que la ville commémore ce qu'il appelait « le martyre de Kelli Troy ». La municipalité avait réagi avec beaucoup d'enthousiasme et, peu de temps après, un petit monument fut érigé au sommet du mont Crève-Cœur. On y lisait, tout simplement : « À LA MÉMOIRE DE KELLI TROY, MARTYRE DES DROITS CIVIQUES, 27 MAI 1962 ».

Une cérémonie se déroula lors du dévoilement de la stèle et l'on me demanda de faire un discours, mais j'en fus incapable et en confiai la tâche à Luke Duchamp.

C'était une splendide journée d'été, assez semblable à cette autre journée voilà trente ans passés, ce qui, j'en suis sûr, n'aura pas échappé à Luke. Campé devant la foule regroupée sur le versant de la colline, d'une voix vieillie, fatiguée, mais pouvant encore charrier son fardeau de souvenirs, il déclara :

– Ce jour-là, j'ai conduit Kelli en voiture en haut du Mont, et l'y ai déposée…

Il laissa sa phrase en suspens, et je le vis baisser les yeux, le temps de se ressaisir, puis relever la tête et poursuivre :

– C'était une belle fille, mais ce n'était pas son seul atout. Elle était intelligente, mais elle n'avait pas que ça pour elle.

Son regard se porta vers l'endroit où je me trouvais, les mains bien enfoncées dans les poches de mon pantalon, doigts repliés, poings serrés.

– Certains parmi nous se souviennent de ses atouts, de sa vivacité, de tout ce qu'elle aurait voulu faire dans la vie.

Il détourna les yeux, les abaissa sur son texte.

– Nos pères pensaient qu'une vie vécue noblement pouvait inciter mille personnes à mener une noble vie.

Il s'interrompit de nouveau, je regardai autour de moi et vis Betty Ann et Noreen, debout côte à côte, les bras nus dans leurs robes d'été pastel. Ma fille se tenait juste devant Noreen et Kip, le dernier-né de Betty Ann, tout contre elle. Les deux femmes écoutaient avec attention les propos de Luke, encore qu'elles pouvaient difficilement mesurer la portée de ce qu'il disait. Derrière elles, Sheila Cameron se tenait seule, devant Shirley Troy en robe bleu foncé, mains croisées, qui observait Luke tandis qu'il poursuivait :

– Kelli Troy a donné envie à ceux qui l'ont connue de vivre avec autant de noblesse et de courage qu'elle, c'est la raison pour laquelle Choctaw a décidé de lui rendre cet hommage et de perpétuer son souvenir.

Il évoqua les efforts récents déployés par la ville afin de collecter des fonds destinés à la construction du monument bâti en son honneur, et remercia diverses personnes pour leur aide. Il précisa que nombreux étaient ceux qui, dans cette foule rassemblée devant lui, avaient connu Kelli Troy. Il se garda d'évoquer les fantômes rassemblés à leurs côtés à flanc de coteau. Todd Jeffries. Le shérif Stone. Le procureur Bailey. Mary Diehl. Tous morts, tous protégés contre les conséquences que la vérité aurait pu projeter sur eux.

Pour conclure, Luke en revint à Kelli.

– Elle nous a fait prendre conscience que nous connaissions des problèmes raciaux à Choctaw, que nous en avions toujours connu. Ne serait-ce que pour cela, et même s'il ne lui était rien arrivé du tout, ici, sur le mont Crève-Cœur, nous n'oublierons jamais Kelli Troy.

Il s'écarta d'un pas et Eddie Smathers s'exprima brièvement, avant de céder la parole à Rayford Winters qui décrivit Kelli comme une sorte de sainte locale. Rayford continua de s'exprimer, mais je ne l'écoutais plus, fouillant du regard les bois d'un vert profond comme Kelli avait dû le faire ce jour-là, voilà tant d'étés. Je la voyais en robe blanche à bretelles, ses longs bras bruns repoussant les branches basses tandis qu'elle s'enfonçait dans la forêt de plus en plus épaisse. À un moment donné, elle avait dû entendre le gravier crisser sous les pneus du vieux pick-up quand Luke avait redémarré, mais avait-elle regardé en arrière ? Mystère. Tout ce que je sais, c'est qu'elle avait continué à descendre la pente, chaussée de sandales d'été, sa robe blanche s'accrochant sans doute de temps à autre à des broussailles ou à des ronces, ses yeux scrutant intensément la fine ligne verte de la forêt, s'avançant non pas vers le martyre, contrairement à ce que Rayford Winters aurait voulu nous faire croire à tous quand il parla du mont Crève-Cœur ce jour-là, mais vers le cœur – ainsi que j'en suis venu à le penser – du maelström de la vie.

14

Encore quelques semaines avant le drame, je m'imaginais que Kelli s'avançait vers un avenir radieux. Je ne l'avais jamais vue aussi sûre d'elle, aussi maîtresse de sa vie, que durant ses derniers jours.

Ce fut alors qu'elle se démena pour découvrir l'origine du mont Crève-Cœur, passant de plus en plus de temps à la bibliothèque municipale, se plongeant dans de vieux ouvrages et des tas de lettres, en remontant la trace pas à pas sous le regard bienveillant de Mme Phillips.

Ce fut aussi durant cette période que parut son article sur la manifestation des droits civiques à Gadsden, et je nous revois tous deux regardant, tendus, ce numéro-là être distribué à nos camarades de classe.

C'était un sujet costaud pour le Choctaw de l'époque, et même Luke, sans doute un des rares « gauchistes » de la ville, l'accueillit avec une résignation glaciale.

– Bah, me dit-il, il fallait bien que quelqu'un le dise tôt ou tard.

Mais d'autres lycéens furent loin d'être aussi réceptifs et, les jours suivants, Kelli en prit plein la figure. En général, les arguments fusaient pendant le cours de M. Arlington qui ne cherchait pas à calmer le jeu. Il n'avait pas apprécié l'article de Kelli et ne s'en cachait pas, l'accusant de développer une fausse analyse de la situation sociale dans le Sud, de ce qu'il appelait sa « longue et mutuellement bénéfique tradition de séparation raciale ».

Au début, Kelli écoutait sans faire de vagues mais, au fil des jours, M. Arlington enfonçant le clou, ne se gênant pas pour encourager les élèves qui partageaient son point de vue à se joindre à lui, elle commença à se crisper, puis à riposter.

– Les Blancs utilisent les Noirs pour accomplir les travaux que les Blancs répugnent à faire, lâcha-t-elle un jour avec ferveur, si tendue et si hors d'elle que M. Arlington recula d'un pas, comme s'il craignait qu'elle ne se lève et le gifle.

Eddie Smathers la fixait des yeux, sidéré.

– À t'entendre, on croirait qu'ils sont toujours esclaves, Kelli.

Elle le regarda froidement.

– C'est le cas, non ?

Quelques élèves gémirent pour protester devant une telle hérésie, mais Kelli ne se laissa pas intimider.

– Quand on n'a ni le droit de vote ni celui d'envoyer ses enfants dans une bonne école, n'est-on pas un esclave ? s'écria-t-elle, le regard enflammé. Que penseriez-vous si, étant adultes, vous deviez appeler tout le monde, même les enfants, « mademoiselle » ou « monsieur » ?

Les élèves la dévisageaient, muets, abasourdis.

– Avez-vous déjà rencontré un policier noir à Choctaw ?

Les paroles de Kelli fusaient comme des tirs à balles réelles, résonnants, assourdissants.

– Ils n'ont même pas le droit de distribuer le courrier par ici.

Elle les mesurait du regard.

– Ils en sont réduits à accepter les boulots les plus modestes en ville. Ceux que les Blancs refusent.

Elle s'interrompit, les mettant au défi de la contredire.

– C'est ça, l'esclavage, et vous le savez tous.

Il s'ensuivit de nombreuses discussions auxquelles je pris part, toujours pour soutenir Kelli. Au point que, au fil des jours suivants, alors que la bataille des idées culminait pendant les cours de M. Arlington, je m'affichai comme défenseur de la cause noire au même titre que Kelli.

C'est un rôle que j'en vins à apprécier. J'irais même jusqu'à dire que je m'en enorgueillissais tandis que le printemps s'installait, persuadé que tout ce que je disais à l'époque, toutes les idées que je défendais venaient du plus profond de moi. Je percevais de l'hostilité chez plusieurs camarades de classe, voire même chez certains enseignants, mais refusais de me laisser intimider. En fait, cela m'encourageait, me donnait le sentiment que j'étais le compagnon d'armes de Kelli, que nous livrions tous deux un combat épique contre les forces des ténèbres.

Mais s'il s'exprimait une farouche hostilité contre l'article rédigé par Kelli, les soutiens ne manquaient pas. Ils venaient surtout des autres filles. Sheila Cameron se fit un devoir de marcher bras dessus bras dessous avec elle dans le couloir, d'un air provocateur. Betty Ann écrivit une « lettre ouverte » cinglante à l'attention des autres étudiantes qu'elle ne se gêna pas pour épingler au tableau d'affichage dans le hall du lycée. Noreen ainsi que plusieurs autres filles souhaitèrent bonne chance à Kelli. Même la toute timide Edith Sparks prit position, mais d'une manière originale, en préparant pour Kelli une dizaine de cookies au sucre en remerciement de «ce que tu as dit sur les gens de couleur».

Quant aux garçons, la plupart d'entre eux ne participèrent pas à la mêlée, rejetant l'article de Kelli au rang de ces sottises que seule une fille peut commettre, surtout une Yankee, préférant se consacrer aux affaires qui étaient plus importantes à leurs yeux, comme le sport, le sexe et les voitures de course. Seul l'un d'eux vint féliciter Kelli.

Nous sortions, elle et moi, du cours de littérature de Mlle Carver quand il nous rejoignit et je me rappelle que, tandis qu'il s'avançait vers nous, je sentis Kelli se crisper.

C'était, bien entendu, Todd Jeffries, qui n'était pas seul mais flanqué de Mary Diehl, avec qui il s'était réconcilié depuis peu, accrochée à son bras.

Todd me regarda à peine, préférant réserver toute son attention à Kelli.

– Je tenais à te dire que j'ai trouvé ton article formidable.

Mary sourit poliment.

– Moi aussi, Kelli, renchérit-elle. C'est génial que tu l'aies écrit. Nous sommes tous fiers de toi.

Elle leva sur Todd un regard empreint de vénération.

– Ne sommes-nous pas tous fiers d'elle, Todd?

Il semblait penser à autre chose, dévorant Kelli des yeux.

– Très fiers, dit-il.

– T'en a-t-on déjà parlé? reprit Mary d'un ton très enjoué, pour autant que je m'en souvienne, malgré le sérieux de sa question. En mauvais termes, j'entends?

– Je crois que certains ne l'ont pas apprécié, répondit Kelli, mais personne ne m'en a réellement dit du mal.

Mary continuait de la regarder avec un grand sourire.

– Oh, la majorité des gens de Choctaw sont sympas, lui assura-t-elle.

Sa voix exhalait ce charme sirupeux que les filles de la haute société affectaient souvent à l'époque, et la vie se serait-elle déroulée ainsi que Mary l'espérait qu'elle aurait sans doute, en mûrissant, acquis cette douceur innocente dont, désormais, se piquent tant d'anciennes filles de Turtle Grove, une réalité pour les unes, un masque pour les autres. Comme elles, elle se serait battue pour préserver sa beauté, battue pour emplir sa maisonnée de chaleur humaine et d'amour de bon aloi, battue pour plaire, et plaire, et plaire et, au final, peut-être même y serait-elle parvenue. Ce qui est sûr, c'est que, dès le tout début, elle avait envie de plaire à Todd, de devenir son épouse et la mère de son enfant, et elle devint l'une et l'autre, mais dans des conditions bien différentes de ce qu'elle devait imaginer ce jour-là, dans ce couloir, tandis qu'elle s'accrochait avec tant de ferveur à son bras.

– Todd est d'accord avec toi, dit-elle à Kelli. Il pense que les gens de couleur sont maltraités, ici, dans le Sud.

Je vis Kelli décocher un regard à Todd, puis reporter ses yeux sur Mary.

– Oui, c'est vrai, répondit-elle.

– Il pense qu'il faut absolument faire quelque chose pour eux, ajouta Mary.

– Moi aussi, dit Kelli.

Mary resserra son étreinte sur le bras de Todd.

– En tout cas, sache que si on te cherche des noises, Todd te protégera, n'est-ce pas, Todd ?

Ce fut le plus sérieusement du monde que celui-ci répondit :

– Oui. Tu peux compter sur moi.

Il sourit.

– Tu peux vraiment compter sur moi.

Le regard de Kelli se porta sur lui, mais avec lenteur, comme si elle craignait, j'en vins à le découvrir par la suite, que son expression ne la trahisse.

– Merci, Todd.

Elle n'en dit pas davantage.

Todd et Mary s'éloignèrent alors et je remarquai que Kelli le suivit des yeux un moment avant de les tourner vers moi.

– C'était sympa de la part de Todd, dit-elle.

J'éprouvai une pointe de jalousie, mais la chassai au plus profond de moi afin que Kelli ne puisse s'en rendre compte.

– Ouais, très, lui répondis-je.

Nous descendîmes l'escalier côte à côte et, ce faisant, je sentis de nouveau cette vieille peur et ce vide me submerger peu à peu, teintés de mélancolie à la perspective de la perdre. Mais j'avais déjà éprouvé ces sentiments et, en un sens, je suppose que je m'y habituais. Ainsi, je pensais que ça me passerait, comme toujours, et à la fin de la journée, alors que je raccompagnais Kelli chez elle en voiture, tous deux parlant avec fougue du prochain numéro du *Wildcat*, je me laissai de nouveau aller à me sentir en sûreté.

Deux semaines après sa parution, la polémique soulevée par l'article de Kelli s'était peu à peu éteinte.

Et donc, de façon générale, on pouvait dire que les réactions au lycée de Choctaw, encore que très vives parfois, n'étaient ni trop dures ni trop menaçantes, fait que le procureur Bailey ne manqua pas de mentionner lors du procès de Lyle Gates quelques mois plus tard, ses questions permettant d'éclaircir le point que, même si des débats s'étaient échauffés entre Kelli et d'autres lycéens, la seule réaction ouvertement hostile à son article s'était produite à l'extérieur du lycée, sans doute chez un membre dérangé de cette populace douteuse que nous craignions tous plus ou moins à l'époque, les petits fermiers brutaux et les ouvriers d'usine endurcis qui, sous l'effet d'une lubie alcoolisée, avaient tué et estropié dans d'autres villes à d'autres époques.

Dites-moi, Ben, après la parution de cet article, avez-vous vu quiconque au lycée de Choctaw qui se soit montré réellement haineux vis-à-vis de Kelli Troy ?

Non.

Personne ne lui a jeté quoi que ce soit au visage, ou ne l'a traitée de tous les noms ?

Non, monsieur le procureur.

Mais néanmoins, vous aviez un peu peur pour elle, c'est exact ?

Oui.

Pourquoi cela, Ben ?

À cause de l'appel téléphonique.

Appel qu'elle reçut le surlendemain de sa conversation avec Todd et Mary dans le couloir. Cette intrusion soudaine et dérangeante dut rappeler à Kelli qu'il existait, à l'extérieur de notre lycée, un monde qui ne se gênerait pas pour empiéter sur sa vie.

Elle m'en parla le lendemain matin et, même si cela ne semblait pas l'inquiéter outre-mesure, elle se sentait tout de même un peu agacée. Elle avait reçu cet appel aux alentours de vingt et une heures et entendu une voix éraillée et furieuse demander si c'était bien elle « la salope yankee » qui avait écrit sur « ces négros de manifestants de Gadsden ». Elle s'était efforcée de répondre avec calme, me raconta-t-elle, en prenant à chaque fois soin d'appeler cet homme « monsieur ». Ils avaient continué sur ce registre pendant cinq minutes, selon Kelli, la voix de son interlocuteur devenant de plus en plus pâteuse, celle d'un homme hébété par l'alcool, tandis que la sienne restait crispée et angoissée, mais dûment contrôlée.

Dans la salle d'audience, le procureur Bailey me demanda si Kelli avait eu une idée de l'identité de la personne qui lui avait téléphoné ce soir-là. Je lui répondis la vérité, qu'elle ne voyait pas du tout qui cela pouvait être. De là, il entra dans d'autres considérations, plus terre à terre :

Cet appel vous a-t-il inquiété, Ben ?

Oui, monsieur le procureur, en effet.

J'entends par là que vous êtes devenu un peu plus inquiet pour la sécurité de Kelli après qu'elle vous eut parlé de ce coup de fil, n'est-ce pas ?

Oui, absolument.

Et donc, par la suite, vous avez éprouvé le besoin de rester assez proche d'elle, je suppose.

Oui, c'est vrai.

Parce que votre objectif premier, à ce stade, était de la protéger, c'est exact ?

Si le procureur Bailey remarqua que je n'avais pas vraiment répondu à sa question, il n'en montra rien et s'empressa de passer à la suivante.

Et donc, vous étiez avec elle au Cuffy's le soir du 7 avril, n'est-ce pas, Ben ?

Oui.

Il faisait chaud ce soir-là pour la première fois de la saison. Le ciel était clair, on aurait dit que les étoiles s'y étaient toutes donné rendez-vous, foule mouvante de lumières. Kelli et moi finissions de relire les épreuves d'articles à paraître dans le prochain numéro du *Wildcat*, et cédions à la fatigue. Mais nous étions surexcités aussi, voire un peu euphoriques, d'autant plus, peut-être, à cause du coup de fil menaçant qu'elle avait reçu la semaine précédente. D'une certaine façon, il nous motivait tous deux à faire davantage d'efforts. En tout cas, il est certain qu'il me donna la sensation d'être, d'une certaine manière, un rédacteur en chef menant une croisade locale. Quant à Kelli, ces événements semblèrent approfondir son implication dans Choctaw, augmenter son désir d'explorer ses aspects les plus cachés, de mettre au jour les secrets de son passé.

C'étaient les origines du mont Crève-Cœur qui l'accaparaient à présent, et ce fut de cela que nous parlâmes pendant que nous roulions vers le Cuffy's en cette soirée étouffante, sous le ciel constellé d'étoiles.

– J'ai découvert d'autres preuves, commença-t-elle.

– Des preuves de quoi ?

– Qu'il s'est passé une chose étrange là-haut. Une chose que les Noirs ne pouvaient oublier.

– Comment ça, ne pouvaient oublier ?

– Eh bien, ils organisaient un genre de commémoration. La presse locale l'appelait la « fête nègre ». Elle avait toujours lieu le 17 avril et je pense qu'elle était liée à l'ancien marché aux esclaves.

– Qu'est-ce qui te fait croire ça ?

– D'une part, c'est là qu'il se trouvait. Juste au pied du mont Crève-Cœur. Et d'autre part, le 17 avril, jour où les Noirs célébraient toujours leur commémoration, est la date de sa fermeture.

– Bon, peut-être, oui. Ils fêtaient le fait qu'il ait été supprimé.

Elle secoua la tête.

– Non, dit-elle tandis que la bizarrerie de ce qu'elle avait découvert se lisait déjà sur ses traits. Ce n'était pas du tout une fête. C'était une course.

– Une course ?

– Enfin, pas vraiment une course, plutôt la commémoration des courses qui se tenaient, autrefois, sur le Mont.

Kelli attrapa sa besace, l'ouvrit, en sortit une feuille de papier.

– J'ai recopié cet extrait des mémoires d'une femme qui a assisté à la première cérémonie, celle qui s'est tenue le 17 avril 1875.

Elle alluma le plafonnier de la voiture, déplia la feuille et lut le texte qu'elle y avait écrit :

> «Les Blancs formaient deux colonnes face à face, séparées par une distance d'environ quatre mètres cinquante, qui s'étendaient sur le flanc de la colline, du pied du Mont jusqu'en haut où se trouve la route de montagne. Plusieurs Nègres se tenaient en groupe au bas du Mont. Ils restaient tranquilles, parlant entre eux à voix basse, mais ne créaient aucun tumulte. Puis un coup de feu retentissait au pied du Mont et les jeunes Nègres se mettaient à gravir la pente en courant. Et lorsque le premier d'entre eux atteignait le sommet, il rompait un ruban rouge en passant. C'était lui le gagnant, et on lui donnait un petit ballot de tissu en guise de prix.»

Elle parlait à mi-voix.

– Ça n'a rien d'une célébration, hein ?

– Non.

– Et j'ai aussi trouvé l'extrait de cette lettre dans un des cartons que Mme Phillips conserve à la bibliothèque.

> «Et vous souvenez-vous, Sarah Ann, de ce que disait Père, "Aucune importance, mon enfant", quand nous voulions savoir quelque chose qu'il ne voulait pas nous

dire ? Je ris à gorge déployée quand j'y repense, que je le revois la mine perplexe et la mâchoire tombante quand il essayait d'éviter quelque chose. Il disait "Aucune importance, mon enfant" pour tout ce qui concernait les hommes et les femmes, ou ce qui arrivait à une personne après la mort, et même lorsque je lui ai demandé pourquoi les gens de couleur organisaient régulièrement cette course jusqu'au sommet du mont Crève-Cœur. »

Kelli leva vers moi un regard ombrageux et attentif.

– Qu'est-ce qui a bien pu se passer là-haut qu'un père ne voudrait pas raconter à sa fille ?

– Un lynchage, peut-être ? suggérai-je. Ou un meurtre, qui sait ? Ou alors, un viol ?

Je me rappelle très bien que le mot « viol » jeta soudain sur les traits de Kelli un voile de tristesse, de terreur, qui me renvoya à son poème sur une ruelle obscure et effrayante. La réponse s'imposa d'elle-même. Elle avait été violée. Ça s'était passé dans cette petite rue sombre sur laquelle elle avait écrit des mois plus tôt.

Sur le moment, je vis tout comme si j'y étais : sa silhouette solitaire marchant entre deux murets en brique, une ombre derrière elle accélérant le pas. Je voyais le visage de Kelli se renfermer, ses yeux envahis par la panique. L'inconnu gagnait peu à peu du terrain puis lui tombait dessus. Je voyais ses grosses paluches empoigner sa robe, lui arracher ses vêtements. Elle se débattait sous lui, le griffant au visage, mais ça ne servait à rien, alors elle finissait par renoncer et restait étalée sur le dos et le laissait en terminer tout en priant qu'il ne la tue pas après coup. C'était une scène sortie d'un vieux mélodrame, bien entendu, mais, malgré tout, j'éprouvais, c'est curieux, la certitude que ça s'était passé exactement comme ça et, plus j'y songeais, plus ça me semblait expliquer certains aspects du comportement de Kelli, sa répugnance à parler de sa vie dans le Nord, son manque d'intérêt pour la gent masculine de manière générale, voire la distance physique qu'elle maintenait envers moi. C'était absurde, bien sûr, et, ainsi que l'avenir le démontrerait, totalement faux. Néanmoins, je n'en démordais pas tandis que nous roulions en direction du Cuffy's ce soir-là, repassant encore et encore la scène dans ma tête, sans me dire un seul instant que, en la recréant, je ne faisais peut-être que projeter mon désir inconscient de la posséder physiquement, même si, tout bien considéré, c'était contrainte et forcée.

Rien de tout cela ne fut révélé au procès, bien entendu, et quand vint mon tour de m'asseoir dans le box des témoins pour décrire ce qu'il s'était passé plus tard ce soir-là, c'était tout juste si je me rappelais avoir imaginé pareille « solution » à l'énigme de Kelli Troy. De toute façon, le procureur Bailey ne s'y serait pas intéressé. Il traquait quelque chose de bien plus menaçant que les rêveries fiévreuses d'un adolescent au sujet du passé mystérieux de sa camarade de classe, et j'entends encore sa voix se durcir tandis qu'il s'avançait vers le cœur de ses préoccupations :

Donc, Kelli et vous êtes arrivés au Cuffy's vers six heures du soir, c'est exact ?

Oui, monsieur le procureur.

Et vous êtes entrés et vous vous êtes assis ?

Oui, c'est ça.

Tandis que je déposais ce jour-là, et malgré tous les bruits dans le public, les gens qui m'observaient, le regard curieusement vide de Mlle Carver, la tête baissée de Shirley Troy, je voyais la scène se dérouler sous mes yeux exactement comme ça s'était passé quelques mois plus tôt.

Nous avions pris place dans un box tout au fond de la salle. Kelli me parlait toujours du mont Crève-Cœur, envisageant diverses façons d'en apprendre davantage sur ce sujet. Mme Phillips l'avait mise en contact avec un dénommé Taylor Prewett qui, disait-elle, collectionnait plein de documents sur le passé de Choctaw.

– Je lui ai déjà téléphoné, s'écria-t-elle avec enthousiasme. Il a été super sympa. Il m'a proposé de m'en parler demain matin.

Elle ménagea une pause, puis ajouta :

– Mme Phillips pense qu'il connaît peut-être le fin mot de l'histoire.

– C'est génial.

Nous commandâmes tous deux un Coca que nous buvions à petites gorgées quand un groupe d'ouvriers de la voirie entra, marchant à pas lents, chiens fatigués au terme d'une longue journée. L'un d'eux était Lyle Gates.

Il ne s'avisa pas tout de suite de notre présence. Il baissait la tête, la visière de sa casquette de base-ball bordeaux dissimulant son visage. Il s'assit avec ses compagnons et, d'où nous nous trouvions, Kelli et moi, nous les entendions parler à voix basse, échanger des vannes, pouffer de rire.

Kelli était assise face à moi, dos à l'entrée du snack où, de sa place, Lyle ne pouvait la reconnaître. Il ne voyait que ses cheveux noirs et lustrés qui lui retombaient sur les épaules, et lorsqu'il lança enfin un coup d'œil dans notre direction, je pense qu'il eut l'intuition que la fille en compagnie de laquelle je me trouvais cet après-midi-là n'était autre que celle qu'il avait croisée à Gadsden par une soirée glaciale quelque temps plus tôt.

Quoi qu'il en soit, Lyle m'adressa d'abord un signe de tête, puis se leva et vint vers moi sans se hâter de la démarche chaloupée, toujours un peu adolescente, qu'il affectait. Je revois encore son ombre s'étendre sur le corps de Kelli tandis qu'il se rapprochait de notre table, puis l'esquiver, comme s'il craignait de l'approcher de trop près.

– Alors, comment va ? lança-t-il en s'arrêtant à notre table.

Il s'adressait à nous deux, mais son regard restait scotché sur Kelli.

Ce fut moi qui lui répondis.

– Très bien. Et toi, Lyle ?

Il dévorait Kelli des yeux.

– Je me souviens de toi, je t'ai vue à Gadsden, dit-il.

Kelli esquissa un sourire.

– Salut, fit-elle.

– Kelli Troy, c'est ça ? De Baltimore.

Kelli opina du chef.

Il sourit, toujours un peu comme un gosse mais d'un air emprunté, voire un brin intimidé autant par cette beauté qui lui faisait face que par l'intelligence qu'il devait percevoir chez elle. Un moment, il parut ne plus savoir quoi dire si bien que, je le pense aujourd'hui, il lâcha sans réfléchir une vanne dans laquelle, à l'époque, il ne voyait qu'une bonne repartie de cul-terreux.

– Ah, je parie que c'est parce que t'as écrit ce papier sur les négros.

Il était toujours hilare en le disant, mais le visage de Kelli se figea.

L'espace d'un instant, ils se dévisagèrent, le regard de Kelli empreint d'un mépris glacé, celui de Lyle d'une étrange perplexité, comme s'il essayait de comprendre pourquoi elle le toisait d'un air plein de reproches, depuis ce qu'il devait considérer comme étant le summum de la beauté, de l'intelligence, de la vaste étendue d'un bel avenir. Elle le fixait des yeux et voyait, il n'en doutait pas, un petit bouseux insignifiant qui n'était pas allé à l'université, n'avait même pas terminé ses années de lycée, avait perdu sa fille et sa femme, fini en prison et qui en était quitte pour travailler avec une bande d'ouvriers couverts de poussière, bêtas, sans avenir et traités avec mépris.

Tout cela, je le sais aujourd'hui, avait dû traverser l'esprit de Lyle Gates, même si je me gardai de le dire au procureur Bailey et aux douze jurés qui m'écoutaient de l'autre côté de la petite balustrade en bois qui les séparait du reste d'entre nous. Je m'en tins le plus possible aux faits.

Donc, Lyle Gates savait que Kelli Troy était celle qui avait écrit un article sur les « négros » et il le lui a dit, c'est cela ?

Oui, monsieur le procureur.

Et comment Mlle Troy a-t-elle réagi ?

Je crois que ça l'a choquée.

Qu'a-t-elle fait ?

Elle l'a tout juste fixé des yeux quelques instants, puis elle s'est levée.

Elle quitta sa place en un mouvement gracieux, pivota sur elle-même et se dirigea vers la sortie. Moi, je restai assis, aussi interloqué par ce que Lyle venait de dire que par la réaction impulsive et intransigeante de Kelli. Je m'étais attendu à ce qu'elle argumente un peu, voire se défende, toujours aussi calme et aussi respectueuse qu'elle avait su le rester envers son correspondant téléphonique anonyme qui l'avait traitée de salope yankee. Pourtant, elle avait réagi autrement en faisant une chose que tout homme du Sud de l'époque considérait comme une démonstration brutale de mépris.

Lyle braqua le regard sur moi, l'air ahuri, aussi ébahi que si elle s'était levée et l'avait giflé.

– C'est quoi ce délire ? fulmina-t-il.

Je bondis sur mes pieds.

– Laisse tomber, Lyle, m'empressai-je de dire avant de lui passer devant et d'emboîter le pas à Kelli vers la porte.

– Laisse tomber toi-même, répliqua-t-il, mais tout bas, pas même en colère, simple réflexion qu'il balançait pour avoir le dernier mot.

Je voyais que les ouvriers s'étaient retournés vers Lyle qui restait, bras ballants, à côté de la table vide. Il devait aussi sentir leurs regards braqués sur lui, fixes, interrogateurs, éprouver le besoin de trouver un autre moyen de s'affirmer, en légitime défense contre le rejet arrogant d'une jeune fille. Si bien qu'il se remit à crier :

– Casse-toi, hé, baiseuse de négros !

Il l'avait balancé d'une façon presque comique, terminant sa phrase par un petit rire sarcastique.

C'était l'insulte habituelle de l'époque, mais il n'empêche que l'entendre jetée au visage de Kelli ralluma soudain en moi la flamme qui s'éteignait. C'était ma chance, celle dont je rêvais depuis si longtemps, ce « moment opportun » où je pourrais lever l'épée et tuer le dragon fulminant de rage.

Je me retournai vers Lyle en un mouvement lent, meurtrier, et sentis monter en moi le même courage tremblant que celui qui m'avait animé deux ans plus tôt quand je m'étais opposé à Carter Dillbeck sur le terrain de softball. Sauf que cette fois, le jeu en valait la chandelle. L'occasion se présentait pour moi de faire mes preuves une fois pour toutes.

– Tu l'as traitée de quoi ? criai-je.

Il parut hésiter à le répéter, mais avec le regard des autres hommes braqué sur lui, il n'avait d'autre choix que de le faire.

– Je l'ai traitée de baiseuse de négros.

Tel un écolier piqué au vif, je lançai :

– Retire ce que tu as dit.

Lyle ricana.

– Vous, au lycée de Choctaw, vous vous croyez trop supérieurs aux autres.

– Retire ce que tu as dit !

– On m'a foutu dehors de cette école à la con et voilà qu'on va s'arranger pour y accepter des négros.

Les conséquences capitales de la déségrégation n'auraient pu m'être plus indifférentes qu'en cet instant-là. Mon esprit s'obstinait à se fixer sur une autre question.

– Retire ce que tu as dit sur Kelli.

Je voulus ajouter autre chose, mais sentis qu'une main se posait sur mon bras.

– Partons, Ben, murmura Kelli.

Elle plissait ses yeux foncés, j'y lisais la peur que la situation devienne incontrôlable.

Je ne répondis pas.

Elle me tira de nouveau par le bras, plus fort cette fois.

– Allez, viens, Ben. Partons.

Je lui lançai un coup d'œil, puis reportai mon regard sur Lyle. Il ne s'avança pas vers moi, ne dit rien d'autre ni à Kelli ni à moi, et je pense qu'il n'avait pas l'intention de le faire. Il m'aurait laissé partir. Il n'aurait pas envenimé les choses. C'était moi qui le devais, mais pour des raisons qui lui échappaient.

Ainsi donc, en un mouvement de corps outré, sacrificiel, tout à coup, sans aucune provocation réelle de sa part, je m'élançai avec violence sur Lyle Gates.

Il écarquilla les yeux, incrédule, en me voyant lui foncer dessus. Il recula d'un pas, brandit le poing, mais ne porta pas de coup, et je frappai le premier.

Ce crochet ne fit que lui effleurer le côté du visage, et Lyle y réagit, d'instinct, par un direct rapide que je reçus dans la poitrine. Je cognai de nouveau, le ratai, trébuchai vers l'avant. Je sentis son poing s'abattre sur le côté droit de ma tête, puis sur mon œil gauche et, pour finir, sur ma mâchoire, des coups retenus, étrangement prudents, j'en ai pris conscience depuis, destinés à me décourager.

N'empêche, ils s'étaient succédé très vite, m'aveuglant, et même si je n'étais pas grièvement blessé, je n'en titubai pas moins, hébété, désorienté, jusqu'à ce que je m'affale contre l'une des tables, puis m'écroule par terre, ma tête allant se poser à quelques centimètres de la pointe d'une des chaussures de sécurité couvertes de poussière de Lyle.

Je tentai de me relever, m'attendant à ce qu'il me décoche un uppercut en pleine figure, mais la chaussure recula et fut bientôt rejointe par d'autres tout aussi poussiéreuses tandis que les ouvriers se pressaient autour de lui, le tiraient par la manche pour l'éloigner de moi et, pour finir, lui faire franchir la porte.

Je me redressai un peu, pressant mes paumes contre le sol dallé du Cuffy's. Un mince filet de sang s'accrochait à ma bouche, et je sentais une douleur lancinante se diffuser dans ma joue. Malgré cela, je n'étais pas du tout sonné et aurais pu me remettre debout sans la moindre difficulté. Mais soudain, je sentis Kelli à mes côtés, ses bras s'enrouler autour de moi et me laissai retomber par terre, dans les bercements de cette étreinte.

– Ça va, Ben ? souffla-t-elle.

J'acquiesçai de la tête.

Ses bras se serrèrent plus fort autour de moi.

– Je suis désolée de t'avoir entraîné là-dedans, murmura-t-elle.

Je secouai la tête, groggy.

– Je vais très bien, dis-je en espérant qu'elle ne me croirait pas et, peut-être, m'attirerait encore plus contre elle.

Ce qu'elle fit, sans doute. Ainsi, pendant quelques délicieux instants, je restai couché, silencieux, dans les bras de Kelli Troy, respirant avec peine alors que la tête me tournait, embrasé par la certitude d'avoir réussi, de façon inattendue et miraculeuse, à la faire mienne.

15

Le lendemain matin, le visage couvert d'ecchymoses et un œil au beurre noir, je m'éveillai en proie à une joie indicible. Longtemps, je restai au lit, revivant l'acte d'héroïsme grâce auquel j'avais fini dans les bras de Kelli. Je le repassais en boucle dans mon esprit depuis l'entrée de Lyle au Cuffy's jusqu'à ce que les autres ouvriers le poussent vers la sortie, et chaque instant en constituait un joyau étincelant.

Au petit déjeuner, je pris place, très fier, en face de mon père et bien qu'il ait toujours rejeté toute forme de violence, il ne désapprouvait pas ce que j'avais fait.

– Ce garçon n'aurait pas dû s'adresser en ces termes à Kelli, me dit-il, et ma foi, tu n'avais guère d'autre choix que de lui tenir tête.

Il me gratifia d'un sourire d'homme à homme, puis reporta son attention sur son journal.

Je sortis dans la cour. Les premières pousses commençaient à poindre dans le minuscule jardin floral planté par mon père en bordure de l'allée, et leur détermination à endurer un long hiver d'isolement avant de s'ouvrir soudain à la vie me parut emblématique de ma propre situation vis-à-vis de Kelli. J'avais attendu et enduré. À présent, sonnait l'heure de la victoire.

J'en étais toujours à me repaître de la possibilité d'une telle gloire quand le téléphone sonna dans la maison. Je courus à l'intérieur pour décrocher.

– Salut, Ben.

C'était Kelli.

– Salut.

– Comment te sens-tu ?

– Bien.

– C'est vrai ?

– Ouais, répliquai-je, prenant en vrai héros mes blessures à la légère. Et toi, comment vas-tu ?

– Très bien, mais ce n'est pas moi qu'on a frappé.

– Mon père m'a appliqué des glaçons sur l'œil, mais c'est toujours enflé. À part ça, tout baigne.

– Je suis navrée, Ben. Je ne voulais pas…

– Non, non, m'empressai-je de dire. Ce n'est rien. Lundi, ça ne se verra plus.

Il s'ensuivit un bref silence, puis Kelli déclara :

– Bon, enfin bref, je voulais te dire que, ce matin, j'étais allée rendre visite à M. Prewett.

– Qui ça ?

– L'homme dont je t'ai parlé hier pendant que nous allions au Cuffy's. Celui qui est censé en savoir long sur Choctaw.

– Ah ouais. Je m'en souviens maintenant.

– Eh bien, Mme Phillips avait raison, il en sait long.

– C'est génial.

– En fait, j'ai découvert l'origine du nom du mont Crève-Cœur.

– Ah bon ?

– Alors, je me disais qu'on pourrait y monter en voiture cet après-midi. Ça me serait plus facile de te l'expliquer sur place et en te montrant certaines choses.

– D'accord. Quand veux-tu que je passe te chercher ?

– Tu pourrais déjeuner avec ma mère et moi, ensuite on irait sur le Mont.

– D'accord.

– Alors, vers midi ?

Ayant compris que Kelli ne voulait pas m'en dire davantage au sujet de ses découvertes, je ne la pressai pas de questions.

– Bon, alors, à tout à l'heure.

– Midi, répéta Kelli. C'est d'accord.

Je lui dis au revoir, puis ressortis dans le jardin. L'air matinal apaisait mon visage meurtri, je m'avachis dans un vieux transat, fermai les paupières et m'abandonnai à la chaleur du soleil. Quand je rouvris les yeux, ils regardaient la montagne et, au bout d'un moment, finirent par se tourner vers la gauche et s'arrêter sur le mont Crève-Cœur. Les arbres se paraient déjà de vert, mais je voyais tout de même à travers eux, à leur pied, la terre sombre du sol de la forêt, riche humus qui bientôt nourrirait la luxuriance sauvage de la végétation de l'été. Un bref instant, mon esprit s'attarda sur le nom que portait ce mont, tout juste comme Kelli l'avait fait au cours des semaines écoulées, mais bientôt, je dérivai dans un autre monde que celui de l'enquête et m'imaginai tout là-haut, couché sur le dos dans la terre tiède et imprégnée de soleil, Kelli sur moi, les boucles de ses cheveux de jais retombant, comme une toile de tente, autour de mon visage. Je savais que nous étions nus, que nous faisions l'amour, mais n'ayant jamais vécu cette expérience, je l'imaginais, non sous la forme d'un moment d'extase, mais sous celle d'un intense plaisir des sens, alors je la caressais et elle me caressait de toutes les manières et à tous les endroits possibles. Il n'y avait ni explorations séparées ni concentration de ma part sur telle ou telle partie de son corps. Je la sentais tout entière en même temps, plénitude sans limites, inaccessible, tout entière dans chaque part de son être, ses doigts dans ses lèvres, son pouls dans son souffle, toute la vie dans chaque caresse de la vie.

Une part de moi-même se laissait encore porter par les tourbillons de ce courant sensuel à mon arrivée chez Kelli quelques heures plus tard. Quand j'y songe aujourd'hui, je me vois dans une sorte d'ivresse et il arrive même que, malgré tout ce qu'il s'est passé depuis, je ne puisse y songer sans que l'ombre d'un sourire ne fasse frémir mes lèvres. Car, en un sens, rien n'est plus comique que les amours de jeunesse. Mais ce sourire a tôt fait de se dissiper dans cette vérité plus sombre que rien, surtout, n'est plus grave et plus sérieux.

En tout cas, grave et sérieux, je l'étais quand je retrouvai Kelli ce jour-là et, pendant tout le déjeuner qui suivit, j'eus la sensation qu'une série de petites explosions intérieures se déclenchaient. C'était comme si les coups de Lyle avaient délogé je ne sais quoi en moi, une partie vitale qui, depuis toujours, se repliait sur elle-même et qui, désormais, tempêtait dans tous les azimuts, cognant contre ma paroi intérieure.

Pourtant, malgré ma profonde agitation, je présentai une façade qui n'aurait pu paraître plus calme. Je plaisantai au sujet de mes «blessures de guerre», ainsi que je les appelais, et rejetai l'idée d'avoir fait quelque chose d'exceptionnel en me battant avec Lyle Gates. Sans oublier, au passage, d'assurer, très sûr de moi, à la mère de Kelli que Lyle ne chercherait plus à s'attirer des ennuis, qu'elle ne devait pas craindre qu'il vienne frapper à sa porte.

– Dans le fond, Lyle est un bon garçon, dis-je, magnanime. Il n'embêtera plus Kelli.

Aussi bien Kelli que sa mère paraissaient rassurées à la fin du déjeuner. Mlle Troy alla même jusqu'à me remercier de ce que j'avais fait pour sa fille.

Après le repas, Kelli jeta un gilet peu épais sur ses épaules, et je vis qu'elle avait glissé un petit Instamatic noir dans l'une de ses poches.

– Je vais prendre des photos sur le Mont, expliqua-t-elle en se dirigeant vers la porte.

Il était alors près de deux heures de l'après-midi, mais la chaleur était encore déraisonnable, ainsi qu'elle le resterait dès lors. Mlle Troy nous suivit dehors, bras nus pour la première fois depuis des mois.

– Donne le bonjour à ton père de ma part, me dit-elle.

– Je n'y manquerai pas.

Elle sourit.

– Quel homme bon, ton père.

Trente ans plus tard, elle me dirait la même chose, debout à côté de moi dans le cimetière de la ville par une journée de printemps presque aussi chaude que celle-là, mais les bras sous les manches d'une robe noire unie. Venue de Collier pour assister aux obsèques de mon père, elle était plus âgée et paraissait plus lasse que jamais.

– Quel homme bon, ton père, me dit-elle d'une voix posée à la fin de l'office.

Elle prit ma main, la serra fort et ce faisant, une idée parut lui traverser l'esprit. Elle me transperça du regard, et dit :

– Ben, je voulais te demander, pourrais-je venir te parler d'ici peu ?

– Bien sûr, mademoiselle.

Trois semaines plus tard, elle apparaîtrait dans mon cabinet non loin du tribunal et me poserait une deuxième question qui, aussi anodine et inoffensive qu'elle soit, me secouerait jusqu'à la moelle.

Mais trente ans plus tôt, en montant à bord de ma Chevrolet grise de poussière, il ne me serait jamais venu à l'esprit que Shirley Troy se trouverait un jour en position de me demander une chose qui me ferait froid dans le dos. Je ne voyais en elle que la mère de Kelli, une femme qui avait bien fait son travail, et élevé sa fille dans des circonstances difficiles tout en restant très digne. Qu'elle puisse plus tard me hanter par sa gentillesse, ou me faire vivre l'instant le plus éprouvant de toute mon existence, rien de tout cela ne m'eût semblé possible tandis qu'elle se tenait à côté de ma voiture ce matin-là, voilà si longtemps.

– Bon, à plus tard tous les deux ! nous cria-t-elle au moment où nous démarrions.

Il faisait tout juste assez chaud pour que nous laissions les vitres baissées en roulant jusqu'à Choctaw et, jetant un coup d'œil à Kelli, je remarquai qu'elle n'avait pas enfilé son gilet, qui était resté drapé mollement autour de ses épaules.

– Tu dois penser que nous sommes déjà en été, dis-je.

Elle opina de la tête.

– Tu envisages d'avoir des enfants, Ben ? demanda-t-elle de but en blanc.

– Je l'espère, répondis-je, sans suggérer le moins du monde que je souhaitais surtout que ce soit également les siens.

– Pour ma mère, il n'existe pas d'amour équivalent à celui que les parents éprouvent pour leurs enfants. Elle dit que c'est différent de celui que l'on ressent pour ses père et mère ou pour son conjoint.

– En quel sens ?

– Selon elle, il serait plus fort.

– Dis donc, tu discutes de tout avec ta mère, hein ?

Kelli acquiesça.

– Et toi ? Tu parles avec ton père ?

– Pas vraiment.

Elle me dévisagea un moment.

– Avec qui parles-tu, Ben ?

Je la regardai avec plus de sincérité que jamais, et prononçai la dernière vérité qu'elle entendrait de ma bouche.

– Avec toi. Seulement toi.

Je me rappellerai toujours le sourire qui illumina alors son visage, sa douceur, sa simplicité. Ce fut un moment de grâce, le dernier que nous partagerions, l'instant où je crus vraiment qu'elle m'aimait.

Peu après, nous arrivions au sommet du mont Crève-Cœur. Kelli descendit de voiture, sortit l'appareil photo d'une des poches de son gilet qu'elle plia avec soin sur la banquette arrière.

Elle portait une robe blanche à bretelles, celle-là même qu'elle porterait quelques mois plus tard, ce que le shérif Stone ne manqua pas de souligner quand il eut sous les yeux la photographie que je pris d'elle ce jour-là et qu'il punaisa au mur de son bureau. À ce moment-là, il avait relevé les traces de pneus au pied du Mont et savait donc que quelqu'un d'autre que Lyle Gates se trouvait sur la crête ce jour-là, et je me rappelle encore l'accusation qui sous-tendait la remarque qu'il fit en examinant cette photo. *Même robe, même endroit.* Puis il m'avait dévisagé d'un air très sérieux et posé la première d'une série de questions qui ne laissaient rien présager de bon : *Tu l'emmenais souvent tout là-haut, Ben ?*

Je ne l'avais jamais «emmenée tout là-haut», ainsi que je le lui expliquai ce jour-là, m'empressant d'ajouter que c'était toujours elle qui m'y entraînait.

C'était la stricte vérité, bien entendu. Et pourtant, quand je repense à cet après-midi-là, à la chaleur hors de saison et au vaste éventail de fleurs printanières en bouton tout autour de nous, je sais bien que par «l'emmener tout là-haut», le shérif Stone insinuait quels étaient mes sentiments réels envers Kelli Troy, qu'ils se situaient bien au-delà de la simple «amitié» que je lui avais dépeinte, l'air de rien, dans ce bureau en sous-sol cet après-midi-là, et en laquelle, j'en suis sûr, il ne crut pas un seul instant.

Ainsi, je sais aujourd'hui que, tandis que Kelli s'éloignait de moi, se frayant un chemin à flanc du Mont parmi une myriade de jeunes feuilles qui semblaient tourbillonner autour d'elle comme des flocons de neige vert tendre, elle entrait sans le savoir sur la scène où allait se jouer une pièce dont j'avais déjà écrit les répliques, la fable préfabriquée, en vase clos, d'un amour non pas maudit, mais triomphant. Lui emboîtant le pas, les yeux fixés, emplis de désir, sur le balancement de ses hanches tandis que son corps se glissait sans effort entre les branches qui l'accrochaient au passage, je la regardais descendre dans la noirceur de mon fantasme.

Arrivée à mi-pente, elle s'arrêta et se retourna vers moi.

– Ça commençait là, tout en bas, dit-elle en montrant du doigt l'endroit où la déclivité s'accentuait soudain en piqué vers le bas de la montagne. La course, j'entends.

– Ils gravissaient ce versant en courant ? m'étonnai-je.

– Oui. Du bas à l'endroit où nous nous tenons.

Je lançai un coup d'œil vers le bas.

– C'est très abrupt.

– Très, renchérit Kelli. À ton avis, quelle distance y a-t-il d'ici jusque là-bas ?

– Tu veux dire, jusqu'au chemin ? demandai-je, parlant de celui de l'ancienne mine qui contournait le pied de la montagne et le long duquel le shérif Stone ne tarderait pas à repérer des traces de pneus récentes.

– Oui.

– C'est difficile à dire. À peu près cinq cents mètres.

– C'est la distance sur laquelle ils couraient à l'époque. Cinq cents mètres, de la route, là-bas, à ici.

Je m'adossai contre un arbre pour mieux l'observer.

– Qui « ils » ?

Elle parut ne pas croire elle-même en la réponse qu'elle me fit.

– Les pères, murmura-t-elle.

Alors, Kelli me raconta ce qui serait la dernière révélation qu'elle me ferait de sa vie, l'histoire du mont Crève-Cœur.

– La première course eut lieu le 4 juillet 1844, commença-t-elle. Elle était organisée par le marché aux esclaves. Ça faisait partie de la publicité, pourrait-on dire.

– La publicité pour quoi ?

– Pour promouvoir le marché. Il n'avait ouvert qu'un mois plus tôt, et les propriétaires voulaient attirer un maximum de gens à Choctaw pour les enchères.

Et donc, ils eurent l'idée d'une course qui, espéraient-ils, démontrerait l'endurance physique des jeunes hommes noirs qu'ils comptaient mettre en vente plus tard dans l'après-midi.

– Seulement ils devaient leur donner une bonne raison de venir, poursuivit Kelli. Ils ne pouvaient pas se contenter de les faire grimper jusqu'au sommet du Mont. Ce n'est pas ça qui aurait donné envie d'acheter par la suite.

Je souris, croyant avoir deviné la réponse.

– Donc, ils offraient au gagnant sa liberté ?

Kelli secoua la tête, une ombre passa sur son visage.

– Ils voulaient les vendre, n'oublie pas.

Elle se détourna et s'éloigna, marchant d'un pas vif jusqu'à la crête.

– Les Blancs s'alignaient sur deux rangs face à face à quatre ou cinq mètres d'écart entre le pied du Mont et son sommet. On regroupait les Noirs en bas. Ils portaient des chaînes aux pieds, rien autour des poignets. Autrement dit, ils pouvaient s'agripper les uns aux autres, ou à la terre s'ils ne tenaient plus debout.

Elle sourit à l'ironie de ce qu'elle s'apprêtait à dire.

– Un orchestre amusait la galerie et, juste avant le début de la course, un pasteur du coin disait une prière.

Je voyais la scène au travers de ses paroles : le vert luxuriant du versant, la foule de spectateurs amassée au pied du Mont, les deux rangées de Blancs qui filaient en dents de scie vers le sommet, et parmi tous ces sons et ces couleurs de fête, un petit groupe d'esclaves, serrés les uns contre les autres dans la chaleur accablante, se parlant à voix basse ou, peut-être, silencieux, le regard dirigé vers le sommet de ce mont inconcevable et le ruban rouge qui flottait sous la brise, barrant, au loin, la ligne d'arrivée.

– La course avait toujours lieu à midi, poursuivit Kelli, et commençait toujours par le coup de feu que le propriétaire du marché tirait avec son pistolet de duel.

Au bruit de cette détonation, la foule se mettait à rugir, et les esclaves commençaient leur longue bataille à l'assaut du versant de la colline, avançant par à-coups, chevilles entravées par de courtes longueurs de chaînes cliquetantes, mais sinon libres de se démener, de s'empoigner et de tomber les uns sur les autres.

Les cents premiers mètres, les hommes couraient vite, chacun bien décidé à prendre de l'avance. Mais au bout de quelques minutes, la chaleur et la pente cruelle prenaient le dessus sur leur volonté et le mouvement ralentissait, de sorte que lorsqu'ils atteignaient la mi-hauteur du Mont, la course se réduisait à une compétition titubante, les hommes bataillant envers et contre tout, tandis qu'ils progressaient péniblement sur la montée qui les mettait au supplice.

– De chaque côté, les Blancs hurlaient des encouragements, me dit Kelli à voix basse. Certains prenaient même des paris.

Au fil des minutes, ce grand enchevêtrement de bras et de jambes noirs poursuivait sa douloureuse ascension du versant le plus raide du mont. Certains hommes tombaient, vaincus par la chaleur et l'épuisement, et restaient étendus, silencieux, inanimés dans l'herbe. Mais la plupart d'entre eux continuaient d'avancer, parfois à quatre pattes, leurs chaînes mordant à présent la chair de leurs chevilles tandis qu'ils s'aidaient de leurs mains pour ramper vers le ruban écarlate qui, flottant au gré du vent, les attendait au sommet.

Plus ils approchaient de la ligne d'arrivée, plus la bataille devenait violente et sans merci, au point que leur progression vers le sommet s'arrêtait presque tandis qu'ils se concentraient pour empêcher les autres d'avancer, empoignant les jambes de celui qui les précédait ou donnant des coups de pied à celui qui les suivait.

Les rugissements des spectateurs cédaient alors la place à une sorte de torpeur étrange que scandaient des murmures devant la pure férocité de cette lutte, et les vingt derniers mètres de ce combat mortel étaient parcourus dans un silence total, à part les gémissements des esclaves qui résonnaient en contrepoint de la scène.

Puis, enfin, ça se terminait.

– Un Noir franchissait le ruban, raconta Kelli, et c'était lui le gagnant.

Elle ménagea une pause, avant d'ajouter :

– Et le gagnant remportait le prix.

– Quel prix ?

– La liberté. Le marchand la lui garantissait.

Je la regardai, intrigué.

– Mais je croyais que tu avais dit que…

– Pas la liberté pour lui-même, s'empressa d'ajouter Kelli.

Elle semblait presque incapable de me le dire.

– Mais pour son dernier-né.

Je pris un air étonné.

– Tu en es certaine ?

Kelli braquait toujours le regard sur la pente abrupte du Mont. Je ne le lui avais jamais vu animé par autant de colère.

– Le marchand avait passé un accord avec une société abolitionniste du Nord qui récupérait l'enfant. Mais il n'obtint que deux ou trois fois l'autorisation d'organiser cette course, car la législation de l'État la rendait illégale. Elle la taxait de « manifestation méprisable et contre nature ».

– C'était le cas.

– Il a même été question d'arrêter le marchand d'esclaves, mais comme il avait pris les dispositions nécessaires pour faire sortir l'enfant d'Alabama avant de lui rendre la liberté, il n'avait pas vraiment transgressé la loi.

C'était un récit éprouvant et je gardai le silence avec, se télescopant dans ma tête, les images qu'il y avait convoquées : cette course effrénée d'une dizaine d'hommes se démenant sur cette pente assassine, redoublant d'efforts et se bagarrant, s'agrippant à la terre et les uns aux autres à mains nues, avec sans doute présente à leur esprit la récompense terrible qui les attendait au bout de ce calvaire.

– C'est pourquoi on lui donna le nom de mont Crève-Cœur, ajouta Kelli. Puis, après la guerre de Sécession, les Noirs s'y sont réunis une fois par an.

– Sauf qu'ils remettaient au vainqueur un ballot de tissu symbolisant son enfant.

Kelli opina de la tête.

– Ils le lui rendaient, dit-elle.

Je regardai en bas du Mont, scandalisé au plus profond de moi par ce qui s'était passé là, le démon cruel qui avait conçu cela, les foules qui y avaient assisté, les atmosphères contradictoires de cette fête et des souffrances qui avaient dû balayer cet endroit en ces lointains jours d'été. Une grande résolution me saisit alors, naïve sans doute, mais si sincère, un besoin de redresser ce tort ancien, de réparer son injustice qui durait encore, de projeter Choctaw dans l'avenir. Je repensai à l'ancien cimetière des Nègres, d'une pauvreté sans nom, laissé à l'abandon, ainsi qu'aux manifestants défilant, transis, qui m'avaient paru si pitoyables ce fameux soir à Gadsden, mais qui, à présent, me semblaient appartenir à un grand renouveau, obstiné et uni, un pouvoir de transformation. Et en cet instant, aussi bref fût-il, je crois avoir touché du doigt la paroi extérieure de cette noble éthique dont Kelli m'avait parlé quelques mois plus tôt, et être devenu, pour la première fois de ma vie, plus grand que nature.

– Nous raconterons cette histoire dans le *Wildcat*, décrétai-je. Pour que tout le monde, à Choctaw, sache ce qui s'est passé ici.

Kelli marcha jusqu'au sommet du Mont où elle s'arrêta, face à la vallée.

Je faillis reprendre la parole, mais la crispation de son visage me retint.

Elle continua de regarder la vallée un moment encore, puis elle se retourna vers moi. Je sus que, dans sa vie, elle ne serait jamais plus belle, que ses cheveux emmêlés ne seraient jamais plus aussi magnifiques, son teint plus mat, plus radieux, la profondeur morale dans son regard plus dense et plus exaltante.

Elle avait posé l'appareil photo sur une pierre tout près de nous. Cédant à une impulsion, je me penchai et m'en emparai.

– Tu vas faire des photos ? demandai-je.

Elle secoua la tête en silence.

– Moi, j'aimerais en prendre une, insistai-je. Ça t'ennuie ?

– Non, répondit-elle tandis que j'ajustais mon œil au viseur, faisais le point et prenais la photo de Kelli qui, la dernière fois que je l'ai vue, se trouvait dans la grosse paluche du shérif Stone.

Ensuite, nous nous attardâmes encore sur le Mont. Kelli restait d'une humeur plutôt sombre. Elle m'exposa le plan qu'elle donnerait à son article pour le dernier numéro du journal, de ce qu'elle espérait accomplir par là. Elle parla aussi de Lyle Gates, allant même jusqu'à présenter ses excuses pour la façon dont elle s'était comportée au Cuffy's.

– J'aurais mieux fait de lui parler, dit-elle, mais quand il a prononcé le mot « négros », ça m'a fait sortir de mes gonds.

– Oublie ce qui s'est passé avec Lyle, répondis-je même si, à l'évidence, c'était la dernière chose que je voulais qu'elle oublie, étant donné que cela m'avait offert une occasion en or de jouer au héros, ce dont je voulais qu'elle se souvienne à jamais.

Vers quatre heures de l'après-midi, le temps se refroidit et nous décidâmes de repartir.

– Tu dois rentrer chez toi tout de suite ? demandai-je tandis que nous redescendions sur Choctaw. Sinon, on pourrait aller chez moi et nous asseoir sous la galerie ?

Kelli sourit.

– Non, rien ne m'oblige à rentrer tout de suite.

Ainsi donc, ce fut chez moi que nous nous rendîmes. Je nous préparai des sandwiches que nous mangeâmes dans la cuisine, puis nous sortîmes sous la galerie et nous installâmes sur la balancelle.

Kelli avait drapé son gilet autour de ses épaules, comme une cape.

– C'est joli ici, murmura-t-elle en se penchant en arrière. Tu t'y assois souvent ?

– En été, oui.

– Avec ton père ?

– Surtout seul.

Quand elle leva la main pour repousser une mèche rebelle, sa bague brilla sous l'éclairage de la galerie.

– C'est joli, lui dis-je.

– C'était l'alliance de mon grand-père.

Je souris.

– Un bijou de famille.

– Ma grand-mère me l'a offerte en me disant que je devais la porter jusqu'à ce que je me «donne».

Elle rit à cette tournure de phrase si désuète.

– Elle devait vouloir dire à mon mari. Alors, je suppose que c'est ce que je ferai.

– Pourquoi ne l'a-t-elle pas offerte à ta mère ?

Ma question parut assombrir son humeur.

– Elle devait penser que ma mère n'en aurait pas l'utilité. Cela dit, je ne suis pas certaine que moi-même je l'aurai, ajouta-t-elle sur un éclat de rire cristallin.

– Bien sûr que si, Kelli.

– Peut-être bien, murmura-t-elle.

Elle frissonna et détourna la tête. Quand elle se retourna de nouveau vers moi, je vis que la fraîcheur la gagnait.

– Quand tu as froid, tes lèvres deviennent violettes, lui dis-je.

Et je tendis la main pour les caresser du bout du doigt.

Sa réaction fut un geste subtil que personne n'eût remarqué à part moi. Car c'était en réponse à mon attitude qu'elle l'avait eu. Ce recul brutal à mon contact pudique, je le reconnus tout de suite : c'était le refus absolu de tout attouchement avec moi, un rejet si spontané et si total que je m'empressai de reculer la main et de la coincer entre mes genoux.

Kelli paraissait ne pas avoir remarqué ce qu'elle venait de faire, mais moi, je le revivais encore et encore tandis que nous restions assis côte à côte, elle parlant de tout et de rien, moi m'enfonçant dans d'insondables ténèbres. Je n'avais jamais de ma vie esquissé ce geste, ni vers elle ni vers une autre. Être repoussé de la sorte lors d'avances si timides m'emplissait d'un indicible dégoût de moi-même. Je regardais mes mains et haïssais leurs doigts courts et potelés. Je haïssais mes lunettes et le brun fadasse de mes cheveux. Je haïssais l'alignement de taches de rousseur sur mes avant-bras et la couleur vert gadoue de mes yeux. Je haïssais la moindre odeur, teinte et texture de ma peau. En tout, je me trouvais laid et repoussant, crapaud grotesque que nul baiser ne transformerait jamais en prince.

Assise à côté de moi, Kelli ne perçut rien de tout cela. Elle s'était simplement reculée pour éviter qu'un doigt ne touche ses lèvres. Elle avait réagi par réflexe et sans méchanceté, en plein milieu d'une phrase qu'elle avait poursuivie sans interruption, sa voix coulant sur moi comme je reprenais ma main et me rencognais sur la balancelle, assis là, réfugié dans le silence pendant qu'elle continuait de discourir sur un sujet que j'ai oublié depuis longtemps.

Elle parla beaucoup ce soir-là, et je dus donner l'impression de lui prêter une oreille attentive, moi qui ne l'écoutais plus. Je n'entendais de sa voix que le murmure qu'elle créait en fond sonore, ne voyais de son visage que le flou brumeux d'une chose située à l'infini. Car, en un sens, elle n'était plus une jeune fille en soi, mais rien que le symbole douloureux et dévastateur de mon sentiment d'infériorité.

Néanmoins, en dépit de tout ce tumulte intérieur, je réussis à me contenir. Mobilisant tout mon courage, je continuai à bavarder avec elle, assis à ses côtés sur la balancelle, puis la raccompagnai en voiture et attendis qu'elle disparaisse dans la maison. Mais à la différence des autres soirées, je ne m'attardai pas dans l'allée dans l'espoir d'apercevoir une dernière fois sa silhouette passer devant une fenêtre éclairée. C'eût été m'accrocher à une chose qui, je le savais, me fuyait. Je repartis donc sans attendre, roulant dans la nuit qui m'enveloppait, me remémorant en vain l'évolution d'un amour qui, désormais, semblait aussi perdu que moi.

J'étais écœuré, vidé, liquidé et, plus tard cette nuit-là, je fis un rêve étrange et désagréable au cours duquel je vis Kelli tournoyer au-dessus de moi dans l'obscurité confinée de ma chambre, ses yeux sans pupilles et sans éclat, ses cheveux formant un sombre enchevêtrement de plantes rampantes et de ronces forestières, objet d'un rêve d'amour devenu cauchemar amoureux.

16

Parfois, tout me revient en paroles de mauvais augure : *Tu as appris ce qu'il était arrivé à Lyle Gates ?* Mais à d'autres moments, ce sont des phrases anodines, insignifiantes qui, même prononcées hors du contexte de mes souvenirs les plus récents, ne seraient porteuses d'aucun présage, comme lorsque j'entends soudain la voix de Mlle Carver surgir de nulle part : *Nous approchons de la fin.*

Ces paroles, elle les prononça comme les tout derniers éclats du printemps et l'arrivée de l'été colorait déjà le versant de la montagne. Elle avait relevé le châssis d'une fenêtre de la salle de classe qui, je m'en souviens, avait un peu grincé, comme s'il essayait de retenir l'impression de temps arrêté, resté en suspens au-dessus de nous pendant cet hiver long et froid.

Ensuite, elle s'était retournée vers nous, avait tapé dans ses mains en souriant et annoncé :

– Et voilà, l'année scolaire se termine au lycée de Choctaw.

Quelques élèves lui avaient rendu son sourire et, avisant leur air d'heureuse expectative, elle avait ajouté :

– Nous approchons de la fin.

Nous n'en étions pas loin, oui, mais ne l'avions pas encore atteinte, ce que plusieurs de nos professeurs ne manquèrent pas de souligner ce jour-là. M. Arlington nous rappela sans ambages que nous devions tous lui remettre une dissertation avant la fin de l'année. Ses collègues nous ramenèrent à ces tristes réalités. Quant à Mlle Carver, elle nous annonça que la pièce que nous jouerions serait *Roméo et Juliette*, puis nous indiqua le dernier roman que nous devions lire cette année-là : *Sous la neige*, d'Edith Wharton. J'en avisai un exemplaire sur une étagère dans la chambre de Mlle Carver la dernière fois que je passai chez elle faire une visite. Son médecin attitré était en vacances, raison pour laquelle la dame de compagnie qui vivait avec elle m'avait appelé.

– J'ai appris qu'elle vous avait eu comme élève au lycée de Choctaw, déclara-t-elle en guise d'explication quand je me présentai à la porte.

Je lui répondis par l'affirmative, et la femme me précéda dans le couloir jusqu'à la chambre du fond où Mlle Carver était alitée. Ses cheveux étaient longs et blancs, mais si fins que je vis la peau rosée de son crâne en me penchant pour lui prendre le pouls.

– Elle a été agitée toute la nuit, me dit la femme. J'ai craint qu'elle ne fasse une autre attaque.

– A-t-elle dormi longtemps ?

– À peine trois heures. Elle a aussi un peu divagué. Des propos incohérents, ça lui arrive parfois.

Je hochai la tête et sortis mon tensiomètre.

– La pauvre vieille, soupira la femme. Presque personne ne vient la voir.

Alors, je revis Mlle Carver telle qu'elle m'était apparue en ce jour de printemps 1962, souriant à une classe de lycéens qu'elle avait fini par conquérir, la respiration haletante dans les bouffées d'air chaud, évoquant la pièce de fin d'année à Kelli tandis qu'elle se dirigeait vers la porte à la fin du cours : *Tu serais parfaite pour Juliette.*

Elles étaient devenues assez proches et, tant d'années plus tard, comme je me penchais au chevet de Mlle Carver, je fus frappé par la pensée que Kelli lui aurait souvent rendu visite durant sa longue maladie, aurait adouci sa solitude, préparé une soupe qu'elle lui aurait fait manger sans la bousculer, lui aurait lu, le soir, un passage d'un roman sur quelque amour maudit et, ainsi, aurait égayé des jours alors qu'elle ne vivait plus pour les égayer. Et, me disant tout cela, il me vint l'idée que certaines personnes ne sont pas que des points de la tapisserie de la vie, mais en sont le motif même, et quand une telle personne nous est retirée, ce n'est pas seulement elle qui nous est enlevée, mais une petite part de tous ceux qu'elle a connus ou a pu connaître. Et je sais que, voilà des années, si j'avais pu entrevoir au moins cette vérité fragile, discerner ce petit rai de lumière rédemptrice dans l'obscurité brumeuse qui s'étendait autour de moi, Kelli serait toujours parmi nous aujourd'hui.

Mais je ne percevais rien sinon ma douleur exacerbée, si bien que, à mesure que les jours passaient, je me repliais sur moi-même, de plus en plus taciturne. Kelli le remarqua, bien entendu, et elle avait la gentillesse d'essayer de découvrir ce qui me minait. Ma réponse ne variait pas : un petit haussement d'épaules, suivi de « Je vais bien ».

Mais j'allais mal. J'étais au comble du dépit amoureux.

Chaque fois que je pensais à Kelli, ça m'échauffait et ça me glaçait en même temps. Je ne pouvais pas m'asseoir dans la même salle de cours qu'elle sans être submergé par un atroce sentiment de nullité. Je ne cessais de penser à elle et, par là même, de souffrir. Parfois, quand nous travaillions ensemble au sous-sol, je sentais l'air s'épaissir autour de moi, devenir dense, suffocant. Cette agitation m'électrisait chaque fois que je la voyais, m'envoyait une décharge au moindre bruit qu'elle faisait. Tout était d'une stérilité et d'un mordant indicibles. Je ne supportais plus d'entendre sa voix, ni même de la croiser dans les couloirs, et pourtant, en même temps, je brûlais d'envie de l'apercevoir. En sa présence, et surtout quand je la ramenais chez elle en voiture chaque après-midi, j'avais la sensation de saigner par tous les pores de ma peau et, par moments, elle me lançait un coup d'œil en m'adressant un petit sourire, comme pour m'inciter à lui dire ce qui n'allait pas, alors que moi, j'avais envie de me garer sur le bas-côté de la route et de détaler à travers champs, zigzaguant et hurlant comme un animal blessé. C'était au-delà des mots, au-delà du réconfort, au-delà de l'espoir.

C'était aussi en totale opposition ou presque avec ce que Kelli vécut pendant ce que Luke insiste depuis toujours pour appeler ses « derniers jours ». Car tandis que je devenais plus morose et plus replié sur moi-même, serrant les dents sur ma douleur, Kelli devenait plus enjouée, plus sûre d'elle, plus expansive, se libérant des derniers vestiges de son statut de « nouvelle ». Elle parlait avec fougue à tout élève qui l'abordait, devint plus combative lors de ses interventions pendant les cours, allant même jusqu'à mettre en boîte le petit groupe de « durs à cuire » qui fumaient sur le parking à la fin de la journée. Elle écrivit l'histoire du mont Crève-Cœur et M. Arlington fut bien obligé de reconnaître que cela méritait qu'elle en fasse le sujet de son mémoire de fin d'année. Elle écrivit aussi deux nouveaux poèmes, l'un comme l'autre plus légers, moins retenus, moins timides que ses tout premiers.

– C'était une jeune fille en fleur, me dirait Luke des années plus tard. Au printemps de sa vie.

Je me rappelle très bien le moment où il prononça ces paroles. Nous revenions en voiture des obsèques de Mlle Troy, la tristesse de la cérémonie se reflétant encore dans son regard.

– Il y a une chose qui m'a toujours tracassé, se lança-t-il. Kelli n'avait rien dans les mains quand elle est descendue de mon pick-up cet après-midi-là.

Je demeurai silencieux.

– Tu sais comme moi qu'elle emportait toujours un livre avec elle, reprit-il. Toujours.

– Oui.

– Mais pas cette fois, Ben. Et c'est ce qui m'a toujours fait penser que Kelli avait une idée derrière la tête en allant là-bas.

Pendant qu'il parlait, je vis les pneus noirs du pick-up s'enfoncer dans la terre du chemin de l'ancienne mine, cassant net les tiges de plantes rampantes et les brindilles, soufflant des feuilles dans leur sillage, jusqu'à ce qu'ils finissent par s'arrêter dans des tourbillons de poussière au pied du mont Crève-Cœur.

– Mais pourquoi serait-elle montée là-haut ? s'interrogea Luke.

Je vis la portière s'ouvrir d'un coup, deux pieds s'abaisser jusqu'à l'ornière tracée dans la poussière, s'immobiliser brièvement, puis avancer résolument, apeurés, pas à pas.

– Tu me diras que le shérif Stone a toujours été persuadé qu'elle y était allée pour retrouver quelqu'un, ajouta Luke. Quelqu'un qui avait une raison de lui vouloir du mal, je suppose.

Les pieds disparaissaient dans la verdure, mais je les entendais encore bruire dans les broussailles épaisses, avancer moins vite à présent qu'ils gravissaient le dernier versant du mont Crève-Cœur.

– Selon toi, Luke, à qui pensait-il? demandai-je à brûle-pourpoint.

Luke détourna le regard tandis que je le fixais des yeux sans ciller.

– À qui, Luke? répétai-je, d'un ton plus incisif cette fois. T'a-t-il dit qui, selon lui, elle allait rejoindre?

Luke ne me regardait toujours pas et, l'espace d'un instant qui me fit froid dans le dos, je crus bien qu'il allait pivoter pour me lancer au visage: *Toi, Ben. Il pensait que c'était toi qu'elle allait rejoindre.*

Mais il n'en fit rien. Au lieu de quoi, son regard revint peu à peu, comme à regret, sur moi.

– Je n'en sais rien, murmura-t-il.

Il secoua la tête, semblant désireux d'en chasser cette énigme.

– C'était une jeune fille en fleur, ajouta-t-il. Au printemps de sa vie. On le voyait dans ses yeux.

Des yeux qui, aussitôt, m'apparurent, et je vis si clairement en eux cette énergie lumineuse que Luke avait évoquée ce jour-là que, durant quelques secondes, je fus incapable de les voir autrement, et surtout pas éteints et déconcertés, flottant dans le vide, inexpressifs et détachés, comme ils l'étaient la dernière fois qu'elle les avait levés vers moi.

Mais plus impressionnants encore que l'intense énergie qui débordait de Kelli ce printemps-là furent les divers usages qu'elle lui trouva. Elle aida Sheila Cameron à préparer le bal de promo, Noreen à travailler l'algèbre, proposa même quelques croquis pour le dernier numéro du *Wildcat*.

– Juste histoire d'essayer, expliqua-t-elle en me les tendant.

Mais, à la surprise générale, Kelli décida de tenir compte de la suggestion de Mlle Carver et se porta candidate pour jouer Juliette dans le spectacle scolaire de fin d'année.

Ce matin-là, l'audition se tint dans l'auditorium, et plusieurs filles, dont Mary Diehl et Sheila Cameron, se présentèrent pour s'essayer au rôle. Kelli avait insisté pour que je l'accompagne.

– J'aimerais que tu me dises comment je m'en suis sortie, expliqua-t-elle.

Je n'en avais nulle envie, mais ne voyais pas comment m'y soustraire sinon par une fausse excuse qui se serait soldée par des aveux éperdus, et sans doute éplorés, de mon amour blessé, aussi pris-je place dans la salle et, l'air morose, regardai chaque fille réciter un extrait de la pièce.

Mary passa la première, ses longs cheveux bruns lui tombant sur les épaules pendant qu'elle déclamait le monologue de Juliette dans la scène du balcon avec un accent du Sud à couper au couteau. Mlle Carver s'était arrangée pour qu'un projecteur soit braqué sur le visage des candidates, et je me souviens que Mary donnait l'impression bizarre d'être retenue prisonnière dans ce délicat rond de lumière jaunâtre qui l'encerclait, mais en l'y confinant, si bien que, eussé-je été omniscient, j'aurais pu y voir le signe d'un funeste présage.

Sheila Cameron lui succéda. Pendant qu'elle récitait la scène de la mort de Juliette, le même projecteur qui s'était resserré comme un nœud coulant autour de Mary semblait la tenir dans une étreinte brûlante. Ses cheveux blonds brillaient dans cette lumière, et elle gesticulait, tendant les bras vers son Roméo imaginaire, l'appelant d'une voix douce mais mue par une sorte de puissance intérieure qui suggérait la force de caractère et l'endurance dont elle ferait preuve sa vie durant.

Enfin, ce fut le tour de Kelli. Je remarquai que, tandis qu'elle traversait la scène, Mlle Carver se pencha en avant, l'observant avec une intensité et une impatience dont elle n'avait pas fait preuve pour les autres candidates.

Kelli s'immobilisa au centre de la scène, redressa la tête et balaya la salle du regard. Le projecteur s'alluma sur son visage et, un bref instant, elle demeura silencieuse, prit une pose théâtrale, puis se lança.

Il se trouve qu'elle n'avait pas choisi l'un des monologues les plus connus de Juliette, mais un autre, assez obscur, adressé à frère Laurent, qui se terminait par quelques vers que j'ai relus mille fois depuis lors :

> *Ordonne-moi d'aller, dans une tombe fraîchement creusée,*
> *M'enfouir avec un mort dans son linceul,*
> *Et faire d'autres choses encore*
> *Dont le seul récit me ferait trembler...*

Quand elle en eut terminé, je me levai et me glissai dans l'allée centrale. La salle était presque déserte mais, lançant un coup d'œil derrière moi vers la sortie, j'aperçus une silhouette solitaire assise tout au fond de la salle, avachie, contrairement à ses habitudes, son maillot de football pendillant au dossier du siège devant lui. Je lui adressai un signe de tête mais, selon toute apparence, il ne le vit pas. Il portait toute son attention sur quelqu'un d'autre. Sur le coup, je pensai qu'il était venu soutenir Mary pour l'audition mais, en le voyant suivre des yeux Kelli qui sortait de scène, puis se dirigeait vers moi qui l'attendais patiemment, comme toujours, je n'en fus plus très sûr.

Il se leva alors que Kelli et moi remontions l'allée centrale.

– Tu as été super, Kelli, dit-il.

– Comme les autres, je crois, répondit-elle.

– Bah, j'sais pas. C'est vrai, quoi, Mary donnait l'impression que Juliette sortait tout droit de *Autant en emporte le vent*, tu n'as pas trouvé ?

Kelli partit à rire.

– Bah, peut-être qu'une Juliette des États du Sud serait intéressante.

Todd secoua la tête.

– Non, c'est toi, Kelli, déclara-t-il avec cette certitude absolue que seul pouvait posséder quelqu'un qui avait vécu la vie qu'il avait menée. C'est toi qui devrais jouer Juliette.

Je devinais que le respect tranquille que Kelli percevait chez Todd l'émouvait, mais je ne m'attendais pas à l'entendre faire la proposition qu'elle lança aussitôt.

– Eh bien, si je joue Juliette, pourquoi ne jouerais-tu pas Roméo ?

À l'expression qui se diffusa sur le visage de Todd, il était clair qu'il n'avait jamais envisagé pareille possibilité. Il secoua de nouveau la tête.

– Non, je ne suis pas un acteur, dit-il du bout des lèvres.

– Mais tu es parfait pour le personnage, Todd, insista Kelli.

Elle l'observa un moment encore, puis ajouta :

– Tu es le seul garçon du lycée qui le soit.

Todd repoussa cette proposition d'un revers de main.

– Non, je ne suis pas un acteur, répéta-t-il.

Il faillit dire autre chose, mais Mary arriva à notre hauteur en balançant des hanches et le prit par le bras.

– On va au Cuffy's, lança-t-elle en s'adressant à Kelli et moi. Ça vous tente ?

– Non, répondis-je, il faut que je rentre.

Todd se tourna vers Kelli.

– Et toi ?

Kelli hésita, puis me lança un coup d'œil.

– Tu ne peux vraiment pas venir un petit moment ?

– Non, lui répondis-je, avant d'ajouter une fausse excuse : Il faut que j'aide mon père à faire un truc.

Elle se retourna vers Todd.

– Tu pourras me déposer chez moi en repartant du Cuffy's ?

– Bien sûr.

Kelli me regarda encore.

– Alors, c'est Todd qui me raccompagnera aujourd'hui, me lança-t-elle.

J'acquiesçai de la tête, sans rien trahir de mes pensées.

– D'accord, répondis-je.

Nous sortîmes de l'auditorium, Todd et Mary marchant devant Kelli et moi.

– Que dois-tu faire avec ton père ? me demanda Kelli l'air de rien.

– Un truc dans le magasin, répliquai-je.

Au parking, nous nous séparâmes, Kelli partant vers le pick-up de Todd garé de l'autre côté.

– Salut, Ben.

Ce fut là tout ce qu'elle me dit.

Sur le moment, je restai immobile à la suivre des yeux pendant qu'elle s'éloignait, marchait d'un bon pas vers Todd qui l'attendait à côté de son pick-up. Quand elle l'eut rejoint, il s'empressa de le contourner, ouvrit la portière et laissa Mary et Kelli s'installer sur la banquette avant. Puis il courut s'installer au volant.

Quelques instants plus tard, ils n'étaient plus là, et je restai seul dans ma Chevrolet grise. Jamais encore elle ne m'avait paru si triste, si poussiéreuse, si vide.

En rentrant chez moi, je passai devant le Cuffy's. La voiture de Todd était garée au parking et, à l'intérieur, je vis Todd et Mary assis côte à côte dans un box près de la vitre. Kelli se trouvait en face d'eux avec, à côté d'elle, Eddie Smathers. L'un d'eux venait sans doute de dire quelque chose de drôle car, au passage, je vis qu'Eddie riait à gorge déployée, la tête rejetée en arrière. Je ne voyais pas Kelli, mais je me doutais qu'elle devait rire, elle aussi.

Arrivé chez moi, je trouvai la maison déserte, mon père n'étant pas encore rentré de l'épicerie. Je m'installai au salon un moment, regardant fixement l'œil verdâtre du téléviseur. Puis je me rendis dans ma chambre et m'affalai sur le lit, couché sur le dos, le regard fixé sur le plafond blafard. Je sentais un léger tremblement dans mes jambes. Il monta peu à peu le long de mes membres, devenant de plus en plus fort jusqu'au moment où je sentis mon ventre tressaillir, mes pectoraux se crisper, ma gorge se serrer sous la poigne de fer de ce que je m'efforçais avec tant de désespoir de dissimuler. Puis, soudain, ça me libéra et, à mon immense surprise, je fondis en larmes.

Encore aujourd'hui, je ne peux mettre un nom sur tout ce pour quoi j'ai pleuré cet après-midi-là. Ce que je sais, en revanche, c'est que ce n'était pas pour la perte de Kelli, mais plutôt pour tout ce qu'elle en était venue à représenter pour moi, la promesse qu'elle incarnait depuis si longtemps et que, si vite, elle avait reprise. Je pleurais une existence devenue inaccessible, la possibilité de vivre un bonheur, une maturité et une vieillesse dans l'étreinte constante d'une chose farouche et vraie, un amour que je ne connaîtrais jamais. Je pleurais, m'apitoyant sur mon sort, sur mon atroce sentiment d'infériorité, sur le fait que ma sensualité était enfermée dans une terre vaine à laquelle je ne voyais nulle échappatoire. Je pleurais parce que j'étais petit et que mon physique ne supportait pas la comparaison, parce que je portais des lunettes, que mes expériences les plus viriles semblaient toujours devoir me glisser entre les doigts. Je pleurais parce que j'étais pitoyable et ridicule.

Et cette histoire aurait pu se terminer ainsi, sur ce garçon sans expérience pleurant à gros sanglots au plus fort de son chagrin amoureux et à la perspective qu'il se relèverait bientôt de son lit, sécherait ses larmes, s'avancerait, le pied sûr, vers l'âge adulte, trouverait une existence qui lui conviendrait et, de là, tomberait amoureux d'une femme qu'il ne pouvait encore imaginer, élèverait des enfants qu'il ne pouvait imaginer alors, atteindrait la dignité tranquille d'une bonne et belle vie et, au bout du compte, qui sait, se souviendrait peut-être, de temps à autre, de l'après-midi où il avait pleuré avec tant de chagrin et sourirait, fort de toute la sagesse réconfortante qu'il aurait acquise depuis lors.

Bref, ça aurait pu en rester là.

Mais tel ne fut pas le cas.

QUATRIÈME PARTIE

17

Il y a peu, Noreen, Amy et moi sommes allés voir le dernier fils de Luke jouer dans son spectacle de fin d'année scolaire. Nous étions assis côte à côte dans les premiers rangs de la nouvelle salle de théâtre aux lignes épurées récemment adjointe au lycée. Une nuée de projecteurs était suspendue au-dessus de nous et un magnifique rideau de scène rouge sombre nous faisait face.

– Ça n'a rien à voir avec notre vieil auditorium d'autrefois, hein ? lança Noreen d'un ton léger.

– Non, ça, c'est sûr.

Noreen et Amy se trouvaient à côté de moi – Noreen avait à présent besoin de porter des lunettes en pareille occasion – et, juste à droite, Betty Ann se tortillait dans un siège devenu trop étroit pour sa stature de quinquagénaire. Seul Luke était resté le même depuis notre jeunesse, aussi grand et mince ; son visage, plus beau, avait beaucoup de caractère. Ses cheveux grisonnants s'étaient clairsemés, mais ses yeux étaient toujours d'un bleu profond, sa peau toujours tannée et juvénile.

La pièce, d'inspiration moderne, déstructurée et hermétique à souhait, nous laissa tous épuisés à la fin. C'était une soirée brumeuse de printemps et nous repartîmes en voiture par la route de montagne, passant devant les ruines désertes du lycée de Choctaw, les vestiges de sa façade en brique ensevelis sous une brume spectrale. Je vis l'ancien parking, désormais envahi par les herbes folles, le large perron aux marches fissurées, le gymnase silencieux et obscur avec, au-delà, l'auditorium que nous utilisions alors comme salle de spectacle, et où, assis sur un des sièges en bois, j'avais regardé Kelli auditionner pour Juliette.

– C'est ce qui nous servait de théâtre, dit Luke à ma fille en pointant le doigt sur le bâtiment. Il n'y avait pas les éclairages et la sono professionnels dont vous disposez aujourd'hui.

Il rit en repensant à son aspect rudimentaire.

– Et les vieux sièges branlants en contreplaqué, tu t'en souviens, Ben ?

Je lançai un coup d'œil à l'ancien auditorium. C'était sombre, hormis l'unique ampoule nue, toujours suspendue au-dessus de la porte latérale, que je vis briller, un peu voilée, tandis que nous passions à toute vitesse, n'éclairant rien de plus qu'un petit carré de pelouse. Et je pensai : *C'est là que c'est arrivé, et non pas sur le mont Crève-Cœur.*

Le dernier numéro du *Wildcat* fut envoyé à l'imprimerie quelques jours après que Kelli eut auditionné pour le rôle de Juliette. Qu'elle obtint, bien entendu. Je n'en fus pas étonné. Ce qui me surprit, en revanche, fut que Todd se porte candidat pour celui de Roméo et le décroche presque aussi facilement que Kelli celui de Juliette. Eddie Smathers, toujours dans le sillage de Todd, avait lui aussi tenté sa chance et arraché le rôle de frère Laurent. Sheila Cameron avait été distribuée dans celui de Lady Capulet, et Noreen dans celui de la nourrice. Mary Diehl s'était vu proposer de jouer Lady Montaigu, mais elle avait refusé, préférant se charger de la création des costumes.

– Tu devrais passer une audition pour la pièce, me dit Kelli l'après-midi où nous bouclions le dernier numéro du *Wildcat*.

Je secouai la tête, continuant de relire les épreuves du tout dernier article avant de l'envoyer chez l'imprimeur.

– Pâris, reprit Kelli. Tu pourrais jouer Pâris. Mlle Carver cherche toujours à qui attribuer le rôle.

– Ça ne me dit rien, répondis-je d'un air morose.

Kelli reprit son travail, la tête penchée au-dessus du petit bureau calé contre le mur du fond. Elle n'ajouta rien de plus, sans doute troublée par le silence renfrogné que je lui opposais.

Nous finîmes tard cet après-midi-là, et sortîmes ensemble du bureau pour ce qui serait la dernière fois.

– Bon, eh bien, je crois que c'en est terminé du *Wildcat*, dis-je tandis que je fermais la porte à clé.

Kelli hocha la tête, mais ne répondit pas.

– Et merci de t'y être tant investie cette année, ajoutai-je, mais sans trop de conviction.

Elle sourit avec gentillesse.

– Nous essaierons de faire encore mieux l'année prochaine, avança-t-elle d'un ton hésitant, comme si elle attendait que je le lui confirme.

J'opinai de la tête avec indifférence, puis m'apprêtai à m'éloigner.

Kelli me retint par le bras et me força à lui faire face.

– Ben, qu'est-ce que je t'ai fait ?

Je fis les yeux ronds, comme surpris par la question.

– Tu m'en veux ?

– Non, répondis-je. Pourquoi t'en voudrais-je ?

– Bah, à voir ta façon de te comporter, ces derniers temps, je me le suis demandé. Si c'est le cas, je…

– Non, tu n'as rien fait du tout.

Elle attendit que je lui donne de plus amples explications sur la froideur indéniable qui m'avait envahi.

Mais je ne pouvais lui en fournir sans tomber le masque. Si bien que je me contentai de dire :

– Oh, il y a tout un binz à la maison.

J'eus l'impression qu'elle ne me crut pas, mais préféra ne pas insister.

– D'accord, murmura-t-elle. Bon, il vaut mieux que j'y aille. Nous devons tous voir Mlle Carver. Toute la distribution, je veux dire. Pour discuter de la pièce et établir le calendrier des répétitions, tout ça.

– D'accord. Salut.

– Salut, Ben.

Alors, elle se détourna et s'éloigna.

Aujourd'hui, quand je me remémore ce moment, je sais avec une certitude absolue que rien de ce que Kelli aurait pu dire ou faire n'aurait modifié ce que j'en étais venu à éprouver pour elle, cette rancœur torturante qui m'accablait. Dans un tel état d'esprit, j'aurais repoussé toute tentative de rapprochement, tout geste apaisant qu'elle aurait pu tenter. Je m'endurcissais contre elle, et elle ne pouvait rien y changer. Sa voix m'écorchait les oreilles, sa beauté me giflait. Je détestais être obligé de la voir tous les jours, et n'avais qu'une hâte : que l'année scolaire se termine. Je voulais m'éloigner d'elle par tous les moyens, je souhaitais qu'elle disparaisse, même si à ce moment-là et en dépit de mes sentiments tumultueux, je ne me rendais toujours pas compte de la nature du poison qui me dévorait peu à peu, rongeait cette fine paroi morale qui nous empêche d'agir sous le coup des sentiments bruts et primitifs qu'il nous arrive de ressentir.

Bref, je fermai la porte du bureau non sans éprouver un certain soulagement. Je croyais dur comme fer que cette part, au moins, de mon association forcée avec Kelli se terminait, que ces fins de journée où nous étions assis si proches l'un de l'autre dans la pénombre de cette petite pièce où je sentais le parfum de ses cheveux et, pour ainsi dire, sa chaleur corporelle, que tout cela, enfin, s'achevait et qu'une fois la porte fermée, rien ne m'obligerait plus à la rouvrir.

Pourtant je fus bien obligé de la rouvrir, au moins au sens propre du terme, seulement ce n'était plus Kelli qui, à mes côtés, attendait d'entrer, mais le shérif Stone.

C'était trois jours après la découverte du corps de Kelli étalé sur les hauteurs du mont Crève-Cœur, quand l'enquête en était encore à ses prémices. Le shérif Stone s'était déjà présenté plusieurs fois au lycée de Choctaw. Je l'avais croisé sur le parking, marchant à pas lents, regardant par terre et, parfois, penchant un peu le buste vers l'avant comme s'il cherchait je ne sais quoi sur le sol. Je l'avais vu interroger Todd et Sheila, serrés l'un contre l'autre, et même Eddie Sparks, à l'ombre, derrière l'école. Pas plus tard que la veille, je l'avais surpris en compagnie de Mlle Carver dans sa salle de cours, elle debout contre la fenêtre, lui adossé au bureau, la fixant des yeux avec intensité. Mlle Carver m'avait semblé tendue, pressante, comme si elle avait des choses importantes à dire, et j'ai toujours cru que c'était elle qui avait conseillé au shérif Stone de me parler.

Je me souviens très bien de l'expression de son visage quand il entra dans le petit bureau du sous-sol, sa silhouette massive le remplissant presque, son feutre gris frôlant l'unique ampoule nue qui pendait du plafond bas.

– C'est une véritable grotte ici, lança-t-il.

Je désignai le bureau de Kelli.

– C'est là qu'elle travaillait.

– Et toi ?

– À l'autre bureau.

Il y porta le regard, l'arrêta sur la photo de Kelli que j'avais prise sur le mont Crève-Cœur, à présent scotchée au mur. Il la détacha soigneusement et l'examina.

– Qui l'a prise ? s'enquit-il.

– Moi.

– Quand était-ce ?

– Il y a quelques semaines.

Il l'étudia un moment puis, peu à peu, leva les yeux sur moi.

– Même robe, dit-il. Même endroit.

Je hochai la tête.

– Tu l'emmenais souvent là-bas ? reprit-il.

– C'est elle qui m'y a emmené. Mais juste cette fois-là.

Il me dévisagea, d'un air bonasse, comme plongé dans des pensées, puis murmura :

– Très jolie fille.

– Oui.

– Drôle d'endroit pour elle, là-bas tout là-haut sur le mont Crève-Cœur.

Je hochai de nouveau la tête.

– Tu as une idée de la raison pour laquelle elle a pu s'y rendre seule ?

– Non, shérif.

– Tu crois que ç'aurait pu être pour y retrouver Lyle Gates ?

C'était la troisième fois que j'entendais prononcer le nom de Lyle en relation avec ce qui était arrivé à Kelli, et je sentis les premiers souffles de ce sombre cyclone grossir peu à peu, jaillissant de son œil tourbillonnant autour du mont Crève-Cœur.

– Lyle Gates ? répétai-je, tandis que me venait à l'esprit la première représentation de ce qui deviendrait les mille images d'un tort inattendu.

– C'est exact, répondit le shérif Stone. Nous savons qu'il se trouvait aux abords du mont Crève-Cœur au même moment que Kelli.

Il ménagea un silence.

– Évidemment, en soi, ça ne veut pas dire grand-chose, mais j'ai cru comprendre qu'il y a quelque temps, ils avaient eu des mots, tous les deux, au Cuffy's.

À contrecœur, je le lui confirmai d'un signe de tête.

– Et Gates et toi, vous vous êtes un peu accrochés, à ce que j'ai entendu dire, ajouta le shérif Stone.

– Oui, en effet.

– As-tu eu d'autres ennuis avec lui ?

– Non.

– Et Kelli ?

– Pas que je sache.

Il resta silencieux, ne me quittant pas des yeux, son vieux regard entendu évaluant toute chose – ma voix, ma posture, mes secrets, mes non-dits, sans savoir au juste ce que je pourrais bien cacher.

– Tu as une voiture, Ben ?

– Oui, shérif.

– Tu as déjà emprunté le chemin de l'ancienne mine au pied du mont Crève-Cœur ?

Je secouai la tête.

– Tu sais duquel je parle, n'est-ce pas ?

– Oui, shérif.

– Eh bien, j'ai relevé des traces de pneus par là-bas. Or, Gates allait à pied. Sa bagnole avait été saisie quelques jours plus tôt. Donc, ce que je veux dire, c'est que ça ne peut pas être la sienne qui les a laissées.

Je gardai le silence.

Le shérif Stone ôta son chapeau et le fit tournoyer entre ses mains calleuses.

– Alors, je me demandais, vois-tu quelqu'un d'autre qui aurait pu vouloir du mal à Kelli ?

– Non, shérif.

– À part Gates, je veux dire.

– Non, shérif, je ne vois personne d'autre, affirmai-je d'un ton ferme.

– Ah, ne dis pas non trop vite, fiston. Réfléchis une minute. N'importe qui en ville qui aurait pu lui en vouloir.

– Je ne vois personne.

– Et au lycée ? insista Stone. Un garçon la harcelait ?

Je secouai la tête.

– Je ne pense pas.

– Et son petit ami, comment s'appelle-t-il ?

Mon cœur se serra quand je prononçai son nom.

– Todd Jeffries.

– C'est ça. Avait-elle des problèmes avec lui ?

Je revis Kelli nicher son visage contre le torse de Todd, et lui la serrer très fort dans ses bras.

– Non, shérif. Pas que je sache.

– À ce qu'on m'a dit, personne n'en avait avec elle ? insista le shérif. Personne sauf Lyle Gates ?

Je ne répondis pas. Dans ma tête, je revis Kelli se retourner vers moi dans le couloir devant le bureau, la réentendis me dire : *Ben, qu'est-ce que je t'ai fait ? Tu m'en veux ?*

Mon hésitation n'échappa pas au shérif Stone qui répéta sa question, se faisant plus insistant cette fois.

– Que Lyle Gates ? C'est le seul qui aurait pu faire quelque chose à Kelli ?

– Ouais, que Lyle Gates.

Il m'observa un moment, puis posa une question étonnante.

– Qu'en est-il d'une fille ?

– Une fille ?

– Une fille qui aurait pu avoir des raisons de s'en prendre à Kelli. Les filles s'en veulent parfois, pas vrai ?

– Oui.

– Et comme il n'y a pas eu viol, ni rien de tel, nous devons envisager cette possibilité.

Je ne réagis pas.

– Pour te dire la vérité, Ben, nous ignorons ce qu'il s'est passé là-haut. Les détails, j'entends. Nous avons trouvé une pierre, tu sais, avec du sang dessus, mais elle était tout en bas près du chemin de l'ancienne mine, assez loin de l'endroit où nous avons découvert le corps. En outre, elle était beaucoup trop grosse pour que quelqu'un la soulève et s'en serve pour frapper Kelli.

Il me lorgnait du coin de l'œil, essayant de mesurer l'effet de ses paroles.

– Elle n'y voyait plus, à ce moment-là, tu sais, ajouta-t-il.

Je sentis comme un vide dans mon âme.

– Elle n'y voyait plus ?

– C'est ce que pense le Dr McCoy. Dans la dernière phase, tu sais, quand elle pouvait encore courir. À bout de forces, bien sûr, mais toujours valide. Rampant par terre, à la fin.

Son regard obliqua vers la photographie.

– Du moins, c'est ce que nous supposons, murmura-t-il, au vu de l'état de sa robe.

Il releva les yeux vers moi.

– Une chose est sûre, on l'a violemment frappée à la tête.

Je demeurai silencieux.

Le shérif Stone coinça ses pouces dans son ceinturon.

– Alors, qu'en dis-tu, Ben ? Qui aurait pu vouloir faire du mal à Kelli ?

– Je ne vois personne, répondis-je.

Il parut douter de ma réponse.

– Ah non ?

– Non.

– Au fait, tu as assisté aux répétitions de la pièce ?

– Oui.

– Tu n'as rien remarqué ?

– Non.

Le shérif Stone me dévisagea, plissant les yeux, puis dit :

– Et Mary Diehl ?

Je savais alors que Mlle Carver lui avait raconté tout ce dont elle avait été témoin pendant ces quatre dernières semaines où Kelli avait répété sa Juliette et Todd son Roméo, et que Mary Diehl, assise dans l'ombre au fond de la salle de l'auditorium, se rongeait les ongles en regardant, impuissante, le seul amour qu'elle ait connu lui échapper à jamais. Je me rappelais l'avoir vue là, dans l'obscurité glauque, silhouette figée, muette, l'œil éteint, la mine sinistre, sa douceur fondant de son visage comme la cire d'une bougie.

– J'ai cru comprendre qu'il y avait une certaine animosité entre la jeune Diehl et Kelli, dit le shérif Stone. Tu le savais ?

J'acquiesçai en silence, sentis à nouveau le doigt sombre me toucher et pensai : *Mary aussi ? Jusqu'où cela ira-t-il ? Où cela finira-t-il ?*

– De quoi s'agissait-il ? insista le shérif Stone. Le problème entre Kelli et Mary Diehl ?

J'entendis la voix de Kelli murmurer tout bas dans ma tête, et fis la réponse qu'elle-même avait faite à peine quinze jours plus tôt, mes lèvres formant le seul mot susceptible d'exprimer la vérité.

– D'amour.

18

Il naquit sous mes yeux. L'amour. Et je l'avais vu s'épanouir sans pouvoir rien y faire de plus que Mary qui avait assisté à tout, mais sans doute depuis une bien meilleure place que moi.

Après la première répétition, Mlle Carver était venue me trouver et avait insisté pour que je m'implique dans la pièce, mais pas comme acteur. À défaut de jouer, je devrais m'acquitter des tâches bien moins prestigieuses de souffler le texte, changer les décors, lever et baisser le rideau aux moments opportuns. Je n'en avais pas du tout envie mais, d'un certain côté, c'était un moyen de rester auprès de Kelli, et aujourd'hui je sais que, malgré tout ce qu'il se passait, une part de moi-même s'obstinait à ne pas vouloir lui rendre sa liberté. J'aspirais à me délivrer du cruel sentiment de laideur et d'inadéquation qui m'envahissait quand je me trouvais près d'elle, c'est pourquoi, une semaine plus tôt, je m'étais fait une joie de fermer la porte de notre bureau du sous-sol. En même temps, je me surpris à ne pouvoir abandonner l'espoir, aussi angoissant fût-il, d'encore me frayer un chemin jusqu'à elle, la conquérir, faire ma vie avec elle, le médecin de famille et son épouse.

Ainsi donc, quelques jours après en avoir terminé avec le journal, j'acceptai d'apporter mon aide pour la pièce et, dès l'après-midi suivant, de ma place dans les coulisses, je regardais Kelli et Todd répéter leur texte pour la première fois, Kelli sur la scène dépouillée, debout sur une chaise métallique, et Todd à ses pieds, bras levés vers elle tandis qu'il lisait :

> *D'un nom*
> *Je ne sais te dire qui je suis.*

Malgré tout, dès le début, quand Todd déclama ses répliques en se sentant, nul doute, aussi emprunté que mal à l'aise, je crois bien qu'il commençait à lui révéler sa vraie personnalité, mettant de côté ses prouesses athlétiques et sa réputation locale pour dévoiler autre chose, une solitude, une vulnérabilité étranges qui semblaient monter vers Kelli, portées par ses bras tendus, vides et implorants, dirigés vers elle seule.

> *J'ai le manteau de la nuit pour me dérober à leurs yeux,*
> *Et si tu ne m'aimes pas, qu'ils me trouvent donc là.*

Immobile non loin d'eux, les mains serrées autour de la corde du rideau, j'assistais à cette première scène entre eux tenaillé par la même terreur que Mary Diehl devait ressentir, assise dans un coin obscur de la salle à quelques mètres de là. C'était le sentiment que la pire calamité imaginable venait de frapper ces deux-là, un raz-de-marée d'attraction mutuelle si mystérieux, si primitif, qu'on restait impuissant face à lui, que ni sa bonté ni son travail ni tout son amour et toute sa dévotion ne pourraient jamais faire de différence car, en somme, la passion que Mary et moi voyions flamboyer entre Todd et Kelli avait, de cette façon soudaine et inéluctable que les saint Valentin de bazar ont l'art de décrire, décoché sa flèche dans leur cœur.

Le soir tombait déjà quand la répétition prit fin, mais, avant de repartir chez eux, les élèves s'attardèrent sur l'escalier de l'auditorium. Mary s'assit contre Todd, nous autres éparpillés çà et là sur les marches autour d'eux, Kelli à côté d'Eddie Smathers, Noreen et Sheila devant eux et moi, avachi contre le mur, observant ce petit monde d'un air morose.

– Ça s'est super bien passé, déclara Mary dont la bonne humeur transparaissait dans sa voix, mais dont l'attitude dénotait une certaine appréhension. Tu ne penses pas, Todd ?

– Dures, les répliques, quand même, répondit-il en hochant la tête.

– Et bêtes, en plus, ajouta Eddie en pouffant de rire. Je ne comprends pas la moitié de ce que je raconte.

– Alors, demande à Mlle Carver de te l'expliquer, lui suggéra Noreen.

Eddie tira un exemplaire de la pièce de sa poche arrière et l'ouvrit.

– Bon sang, mais qu'est-ce que ça veut dire ? « La terre, mère de la nature, est aussi sa tombe éternelle, ce qui lui sert de sépulture, lui sert de ventre maternel. »

Il releva la tête du livre, l'air déconcerté.

– Quelqu'un peut m'expliquer ? lança-t-il à la ronde.

Kelli répondit aussitôt.

– Ça veut dire que la terre est tout. Elle donne la vie et la reprend. C'est là que nous naissons et c'est là que nous mourons, notre ventre maternel et notre tombe éternelle.

Elle lança un coup d'œil à Todd.

– Et que, du point de vue de la nature, c'est exactement la même chose, la vie et la mort.

– C'est ça, approuva Todd d'une voix posée, et je suppose que c'est vrai aussi.

Soudain, d'un geste spontané, il tendit la main pour, non sans tendresse, repousser une mèche de cheveux qui venait de retomber sur l'œil de Kelli.

Debout au-dessus d'eux, renfrogné, adossé au dur mur de brique, je vis avec une acuité atroce qu'elle ne reculait pas au contact de Todd Jeffries ainsi qu'elle l'avait fait au mien. Au contraire, elle se pencha un peu plus, comme pour mieux s'offrir à lui.

Puis ils continuèrent à parler de la pièce mais, peu après, je les quittai et me traînai jusqu'à ma voiture. Je m'assis au volant, mis le contact et pris la direction de chez moi. Mais j'en fus quitte pour ne pas pouvoir me résigner à rentrer. Quelque chose ne cessait de ramener mes pensées vers le lycée, vers l'escalier obscur où Kelli était toujours assise, me semblait-il, aux pieds de Todd Jeffries.

J'avais déjà parcouru la moitié du chemin quand, donnant un coup de volant, je fis demi-tour dans le parking désert d'une épicerie et repris la direction du lycée. J'ignorais ce que j'avais l'intention de faire une fois sur place mais, en touchant au but, j'avisai une ruelle entre le gymnase et une enfilade de maisonnettes en bois, fis une marche arrière pour m'y engager et de cette distance, dans l'obscurité, observai le petit groupe toujours réuni sur les marches.

Près d'une heure s'écoula avant qu'il se sépare et, peu après, le pick-up de Todd passa à tombeau ouvert devant la ruelle. J'attendis qu'il atteigne la rue suivante puis, tel un harceleur filant sa victime, je le pris en chasse.

Je maintins une distance raisonnable entre nous, ralentissant quand Todd le faisait. Trois personnes se trouvaient à son bord : Todd au volant, Mary à côté de lui et Kelli, appuyée contre la portière passager. Dans la grand-rue de Choctaw, Todd tourna à droite, filant devant l'alignement de petites boutiques vers le nord, puis quittant la ville et atteignant, enfin, Turtle Grove. Il s'arrêta au 417 Maple Way, descendit et raccompagna Mary jusqu'à sa porte. De là où je me trouvais derrière eux, je le vis l'embrasser vite fait sur la bouche, puis repartir d'un bon pas pour rejoindre Kelli qui l'attendait dans le pick-up.

Je les suivis tandis qu'ils retournaient à Choctaw, puis se dirigeaient vers le sud et, pour finir, empruntaient la route de campagne déserte qui menait à la maison de Kelli. Todd ne roulait pas vite, tournant sans arrêt la tête vers elle.

Il était près de neuf heures quand il s'engagea dans son allée. Je me garai sur le bas-côté de la route pour que ma voiture soit à demi cachée par le feuillage estival, et je restai là. Je voyais leur véhicule, au loin, et je m'attendais à ce que Kelli en descende tout de suite, mais elle n'en fit rien.

Elle s'attardait avec lui dans l'habitacle, tout juste comme il lui était arrivé de le faire avec moi, même si je me doutais que l'atmosphère entre eux devait être très différente, dense et sensuelle, chargée d'une tension exacerbée.

Je descendis de voiture et m'approchai d'eux, marchant dans le fossé qui bordait la route, jusqu'à m'arrêter, silhouette tapie derrière un enchevêtrement de tiges et de lianes, assez près toutefois pour les voir tous deux assis sur la banquette avant. Kelli, tournée vers Todd, avait pris une posture que je reconnus pour la lui avoir vue très souvent en ces nombreux soirs et après-midi où nous étions assis ensemble, bavardant en toute tranquillité avant qu'elle ne se décide à rentrer. Elle devait avoir replié les jambes sous elle, sans doute après avoir ôté ses chaussures qui avaient dû tomber, laissées pour compte, sur le plancher, son bras nu reposant avec langueur sur le dossier du siège, ses longs doigts bruns effleurant l'épaule droite de Todd et ses yeux, alors qu'elle le regardait, brillant d'un sombre éclat, comme sous l'effet d'une lumière intérieure.

Je voulais partir, me détourner de tout ça, mais découvris que je ne le pouvais pas, qu'une force irrépressible me vissait sur place, verrouillait mon regard sur ces deux silhouettes qui, peu à peu, se rapprochaient l'une de l'autre sans, pour autant, jamais se toucher.

Enfin, Kelli descendit et, pour la première fois, je me sentis respirer de nouveau. À travers un écran de tiges noueuses, je la vis se diriger vers l'avant du pick-up, puis attendre que Todd la rejoigne. Ils marchèrent côte à côte vers la maison, tous deux baignant dans la lumière jaunâtre provenant des fenêtres de la façade, avançant sans se presser, s'arrêtant, bavardant un peu, reprenant leur marche, s'arrêtant encore, ne se résignant pas, je savais qu'ils en avaient pris conscience, à se séparer.

Enfin, ils gravirent les marches l'un contre l'autre, bientôt happés par l'obscurité sous la galerie. Je m'attendais à ce que la porte d'entrée s'ouvre, qu'un rai de lumière les englobe, mais les minutes passaient, l'ombre s'éternisait, les recouvrant de son voile épais, noir et dense, que, j'avais beau faire, mon regard ne parvenait pas à percer.

Je m'attardai sur le bas-côté de la route, accroupi, masqué par les entrelacs de la plante grimpante. Je me rappelle en être venu à fermer très fort les paupières, tentant de m'imaginer dans cette obscurité qu'ils partageaient, me rêvant moi aussi contre Kelli dans le noir, à la place de Todd.

Quand je rouvris les yeux, il redescendait l'escalier et elle le regardait par la fenêtre, lui faisant au revoir de la main, geste qu'elle n'avait jamais eu pour moi.

Je courus à ma voiture, hors d'haleine tout à coup, et roulai jusque chez moi à toute allure. Plus tard, dans ma chambre, je regardai le plafond au-dessus de mon lit jusqu'aux premières lueurs de l'aube quand je finis par sombrer dans un sommeil troublé, agité.

Tôt le lendemain matin, Luke passa me chercher. Comme nous avions prévu d'aller jouer au tennis, il avait apporté deux raquettes. Quand j'ouvris la porte, il me lança :

– Ma parole, Ben, tu es en nage comme si tu venais de faire un foutu rodéo.

– J'ai mal dormi.

Il se fendit d'un sourire.

– Eh bien, une bonne partie de tennis te remettra les idées en place.

– Ouais, d'accord, répondis-je sans allant.

Je m'habillai, puis nous montâmes tous deux à bord de son pick-up et partîmes en direction du parc.

– Comment se passe la pièce ? demanda Luke comme nous roulions devant le Cuffy's.

– Bien.

– J'ai entendu dire que Kelli avait du talent.

– Ouais.

– Et que Todd s'en sortait pas mal, lui aussi.

La mention de leurs noms me ramena à la soirée de la veille et, de nouveau, je les vis disparaître sous le couvert de l'obscurité en haut des marches.

Arrivés au parc, nous descendîmes du pick-up et marchâmes jusqu'aux courts de tennis. Nous ne reparlâmes pas de Kelli ce matin-là, pourtant elle était là, avec moi, à chaque minute du match, présence si farouche que, pendant plus d'une heure, je renvoyai la balle à Luke avec une force et un mordant qui le prirent de court. Encore et encore, pensant à Kelli, l'imaginant dans l'obscurité moite avec Todd, lui si près d'elle qu'il devait sentir son souffle dans ses cheveux, et je frappai violemment la balle en direction de Luke avec une rage qui augmentait sans cesse. Je me rappelle le contact avec la poignée de la raquette que je serrais avec force dans mon poing, le sifflement électrique de l'air quand je la projetais vers la balle, puis le coup violent, assassin quand elles entraient en contact. Encore et encore, Luke me renvoyait coup pour coup, et encore et encore je les lui retournais avec toujours plus de brutalité, imaginant, à chaque fois, Todd et Kelli sous la galerie plongée dans le noir, imaginant leurs caresses, leurs doigts s'entrelacer, leurs corps se serrer l'un contre l'autre, de plus en plus près, jusqu'à ce qu'ils se joignent derrière les volets clos de l'extase de leur premier baiser profond, le tout scandé par le bruissement de l'air brûlant de l'été sous mes coups de raquette, le bruit sourd de mes assauts impitoyables, le vol sifflant de la balle qui repassait par-dessus le filet mal tendu, sans vie.

– Tu as vraiment fait des progrès, me lança Luke tandis que nous nous dirigions vers le Cuffy's.

Il l'entendait comme un compliment, mais semblait dérouté par ma façon de jouer, incapable de deviner pourquoi j'avais frappé mes balles avec autant de fureur.

Il m'évalua d'un regard tendu, inquisiteur. Tout comme il le ferait l'après-midi où il débroulerait dans mon jardin, les mots se bousculant dans sa bouche tandis qu'il bataillait pour me dire qu'il était arrivé « un truc atroce » à Kelli Troy. C'est un regard que je lui ai vu très souvent depuis lors.

– Tu vas bien, Ben ? demanda-t-il.

Agacé, je lui fis signe que oui, mais ne répondis pas. Mon esprit restait fixé sur Kelli avec une concentration assassine et, dès lors, j'aurais dû comprendre que j'avais furieusement envie d'elle, que mon désir s'était mâtiné de violence, que, quitte à ne pouvoir faire mienne Kelli Troy, je voulais la détruire.

19

D'ailleurs, je n'étais pas le seul à le vouloir, ainsi que le shérif Stone me l'apprit plus tard, car, les deux semaines suivantes, Mary Diehl finit par regarder en face ce que j'avais surpris le soir où Todd avait raccompagné Kelli chez elle. Peut-être le soupçonnait-elle depuis quelque temps déjà, mais avait-elle décidé de fermer les yeux, espérant que ce ne serait qu'une passade, puis finissant par se rendre compte que cela n'en était pas une mais, au contraire, devenait plus intense de jour en jour.

Quand je repense à Mary à l'époque, je la revois si fragile et, c'est certain, très perturbée. Une blessure inexplicable pour elle la nimbait telle une brume diaphane qui ne la quitterait jamais tout à fait. Celle-ci était toujours visible sur son visage le jour où elle amena Raymond à mon cabinet, et plus tard encore quand son fils, devenu adulte, l'aida à marcher jusqu'à ma voiture, la pluie s'abattant sur elle avec autant de férocité, me sembla-t-il à ce moment-là, qu'elle s'était déversée sur Lyle Gates pendant qu'il descendait les marches du tribunal près de trente ans plus tôt.

Elle avait de bonnes raisons d'être déroutée, autant dans sa maturité que bien plus tôt quand elle était encore dans la fleur de l'âge. Car c'était une belle fille, donc ce n'avait pu être la beauté de Kelli qui avait fait la différence entre elles. À sa façon, Mary était intelligente et, sans conteste, sympathique et loyale. Elle avait suivi à la lettre les conseils maternels : trouver un garçon à aimer, honorer et servir, avec qui elle souhaiterait partager sa vie et à qui elle ferait don de sa disponibilité et de sa fidélité – lesquelles, en l'occurrence, ne lui furent jamais accordées en retour.

– Mary méritait mieux que Todd, me dit Luke d'un ton sarcastique le jour où j'allai la chercher.

Il pleuvait fort, une averse glaciale, presque de la neige fondue. Mary portait un long manteau marron foncé, Raymond l'entraînait dans l'allée de leur maison de Turtle Grove. Quelques jours plus tôt, elle s'était fait couper les cheveux qui formaient à présent d'inesthétiques échelles, plus courts ici, plus longs là, un amas d'angles irréguliers que rien n'unifiait sinon leur teinte poivre et sel. Raymond, marchant à ses côtés, lui donnait le bras, muet et renfrogné, les yeux à peine plus grands que d'étroites fentes reptiliennes.

– C'est lui qui a fait ça ! brailla-t-il en conduisant sa mère jusqu'à moi.

Après quoi, il se retourna vers la maison et la pointa du doigt.

– Lui ! répéta-t-il.

Je suivis son geste des yeux et aperçus Todd qui, de la baie vitrée, regardait le jardin : débraillé, obèse, ses rares cheveux blonds lissés en arrière, ses épaules tombantes lui donnant un air de vaincu sous un vieux pull-over kaki. Ses mains étaient enfoncées dans ses poches de pantalon et une insondable tristesse dévastait ses traits, à croire qu'il avait assisté, sans pouvoir l'empêcher, à l'effondrement de son mariage et à la faillite de son rôle de père.

– Ce n'est pas la faute de maman, dit Raymond en guidant Mary jusqu'à la portière arrière de ma voiture.

Il s'adressait à Sheila Cameron, la plus ancienne amie de Mary.

– Elle n'avait pas l'intention de le faire. Elle cherchait à lui échapper quand c'est arrivé. Elle voulait se barrer.

Un bref instant, je vis la scène comme Raymond avait dû la voir : sa mère cherchant à s'enfuir à tout prix de la maison, à s'enfuir loin de la rage et de la violence inouïes de son mari, courant à toutes jambes sous l'orage jusqu'à sa voiture, puis montant à bord et roulant à grande vitesse sur la chaussée battue par la pluie, égarée dans les brumes de la terreur et de la souffrance, fixant la route de ses yeux gonflés par les larmes tandis qu'elle fonçait vers le trottoir où la petite Rosie Cameron s'impatientait de ne toujours pas voir arriver son car scolaire, son petit corps sanglé dans un ciré jaune citron.

– Ma mère aimait Rosie. Elle n'aurait jamais…

– Je le sais, Raymond, murmura Sheila.

Puis, étant donné l'ampleur de sa souffrance, la démesure de sa perte et par qui elle était advenue, Sheila fit le geste le plus généreux que j'aie jamais vu faire à un être humain. Elle prit Mary dans ses bras et déposa un baiser sur sa joue mouillée.

– Je t'aime, Mary, murmura-t-elle.

Puis elle recula sous la pluie et laissa Raymond installer sa mère sur la banquette arrière de ma voiture.

– Roule prudemment, Ben, me dit-elle en refermant ma portière.

– Oui.

La route était longue jusqu'à Tuscaloosa et, par moments tout en conduisant, je lançais un coup d'œil derrière moi à Mary. Mains posées, inertes, sur les genoux, elle avait le visage figé en une expression tourmentée, hors norme, malgré le fait que l'étendue réelle de ses sentiments ait déjà été atrocement diminuée. Elle était très maigre, presque squelettique, avait les joues creuses et les yeux si enfoncés qu'ils semblaient vous regarder du fond d'une grotte plongée dans l'obscurité. Seule la blancheur immaculée de sa peau évoquait encore sa beauté d'antan.

– J'ai vu des photos de ma mère quand elle allait au lycée, dit Raymond comme s'il lisait dans mes pensées. Elle semblait heureuse à l'époque.

– Elle l'était, Raymond.

Il hocha la tête.

– Mais pas après avoir épousé mon père, ça, non. Jamais plus un seul jour par la suite.

Je reportai mon regard sur la route devant moi.

– Il ne l'a jamais aimée, vous savez. Je ne comprends pas pourquoi il l'a épousée.

Le cours tourmenté des événements autour du mariage de ses parents sembla lui traverser l'esprit.

– C'était comme s'il lui en voulait pour je ne sais quelle raison, murmura-t-il en regardant la pluie tomber. Je pense qu'il y avait quelqu'un d'autre. Une autre femme, je veux dire.

Je gardai le silence.

– Je ne parle pas d'un simple flirt, ni d'une liaison avec une collègue de bureau. Mais d'une femme que mon père a aimée.

Dans le rétroviseur, je le vis tourner les yeux vers sa mère.

– Je l'ai entendue le lui jeter à la figure un soir. « Tu es toujours amoureux d'elle. » C'est ce qu'elle lui a dit.

Il reporta le regard sur moi.

– Ma mère sait qui était cette autre femme.

Il parut peser ses mots. Puis, d'une voix plaintive, comme si l'identité de cette inconnue pouvait résoudre le mystère des fureurs de son père, il demanda :

– Et vous, le savez-vous, docteur ?

– Non, je l'ignore, Raymond.

Pourtant, je le savais et, en cet instant, je sentis mon esprit faire un bond dans le passé jusqu'au seul et unique incident que Mlle Carver rapporterait au shérif Stone, le moment violent où Mary avait affronté Kelli Troy.

Cela arriva sans crier gare et je reste convaincu que Mary avait tout bonnement craqué sous la tension de tout ce qu'elle observait depuis la première répétition : ces répliques que Todd et Kelli jouaient devant elle sur scène en y insufflant tant de passion, ces échanges de regards qu'elle surprenait entre eux, ces longs trajets en 4 x 4 jusqu'à la maison de Kelli après qu'ils l'eurent déposée chez elle, à Turtle Grove, et sans nul doute tout ce qu'elle avait imaginé aussi en détail que moi-même me le représentais : échange de murmures, de caresses et de baisers fiévreux.

C'était un vendredi soir. La chaleur de l'été tout proche nous gagnait déjà, la répétition venait de se terminer. Todd n'avait pu y participer cette fois-là, si bien que Mlle Carver s'était concentrée sur d'autres élèves, travaillant des scènes avec Eddie, Sheila et Noreen. Ça ne s'était pas bien passé et Mlle Carver, agitant la main d'un air contrarié, nous avait libérés plus tôt que prévu.

La plupart des élèves se dispersèrent aussitôt, mais Kelli s'attarda pour lui parler. Je restai sur la scène, m'affairant avec les quelques accessoires que nous avions rassemblés. Puis je fermai le rideau et éteignis les projecteurs.

Kelli et Mlle Carver se dirigeaient déjà vers le parking des professeurs quand je fermai à clé la porte de la salle. Je les suivis des yeux tandis qu'elles marchaient vers la vieille Buick de Mlle Carver, discutant toujours, sans doute, de la pièce, Mlle Carver pointant le doigt de-ci de-là en conversant, comme si elle donnait des indications scéniques.

Soudain une silhouette émergea du couvert d'un buisson. Au début, elle demeura dans l'ombre mais, très vite, fit un pas dans la lumière diffusée par l'unique réverbère du parking, et je reconnus Mary Diehl.

Qui dit :

— Il faut que je te parle, Kelli.

— Oh, mais c'est que je dois partir tout de suite avec Mlle Carver. Elle me ramène chez moi.

Kelli paraissait tendue, prise au dépourvu.

— Non, répondit Mary du tac au tac. Non, tu dois m'écouter. Il le faut. Maintenant.

Quand Kelli reprit la parole, ce fut d'une voix crispée.

— Peut-être demain, Mary. Ça peut attendre.

Je vis les cheveux de Mary s'agiter de droite à gauche au rythme de ses mouvements de tête.

— Non, enchaîna-t-elle. Ça ne peut pas attendre. Je dois te parler tout de suite.

Mlle Carver avait dû comprendre ce qui se passait car elle s'interposa, d'une voix douce et persuasive.

— Mary, et si tu laissais Kelli rentrer chez elle ce soir ? Il est très tard, et je…

— Non, s'écria Mary.

Elle croisa les bras sur sa poitrine et fixa des yeux Mlle Carver.

— Je veux lui parler, asséna-t-elle d'une voix saccadée, les mots se bousculant dans sa bouche. Il n'est pas question que j'attende. Je dois savoir ce qui se passe.

Elle tourna très vite la tête pour regarder Kelli en face.

– Entre toi et Todd, acheva-t-elle, très directe.

Kelli lança un regard nerveux à Mlle Carver, puis revint sur Mary.

– Que veux-tu savoir ? demanda-t-elle d'une voix soudain posée et très résolue, qui laissait penser qu'elle se préparait à tout ce qui pourrait arriver, la voix de quelqu'un qui, depuis longtemps, s'était décidé à ne jamais être lâche.

Sur le coup, Mary parut réduite au silence par la question, dans l'incapacité de répondre.

– Eh bien, c'est-à-dire… Je veux juste… bafouilla-t-elle. Je veux juste savoir ce que c'est… ce qu'il y a… de quoi il s'agit entre Todd et toi.

Kelli répondit sans hésiter, et même si j'avais déjà compris « ce qu'il y avait » entre Kelli et Todd, la franchise, la sincérité qui furent les siennes quand elle en fit l'aveu, me vidèrent comme rien encore ne l'avait jamais fait ni ne le ferait jamais.

– D'amour, dit-elle.

Ce mot me frappa comme une balle en pleine tête. Je m'avachis au pied du mur de l'auditorium quand je l'entendis le prononcer. Mary dut éprouver la même sensation car elle se raidit et lâcha sur Kelli, comme si elle tirait des balles, une invective tendue et amère.

– Je voudrais que tu crèves.

Sans vouloir ni pouvoir le contrôler, j'entendis ma voix intérieure renchérir, fulminant de rage : *Moi aussi*.

C'est ce dont fut témoin Mlle Carver et qu'elle rapporta au shérif Stone quand il vint l'interroger au lycée de Choctaw. Mais je suis sûr qu'elle perçut aussi autre chose, pas seulement la violence du ressentiment de Mary envers Kelli, mais aussi ma rage contenue, le venin qui s'était insinué dans mon esprit depuis deux semaines que nous répétions, et peut-être aussi ma façon de dévisager Kelli, par moments, comme si je voulais l'étrangler avec mes yeux. Car je sais que, parfois, alors que je me tenais dans les coulisses, la regardant balancer ses répliques, je devais la fixer d'un regard assassin, comme si je la visais. Je sais que cela avait dû arriver souvent et que, se tenant en face de la scène et de moi, Mlle Carver avait dû le remarquer. D'ailleurs, elle m'en parla deux semaines après qu'on eut retrouvé le corps de Kelli sur le mont Crève-Cœur, alors que nous étions tous les deux seuls dans la salle de classe déserte, les fenêtres ouvertes, les stores métalliques cliquetant sous la brise tiède de l'été.

Lyle Gates avait déjà été interpellé et toute la ville savait ce qui s'était passé au Cuffy's, de quoi il avait traité Kelli et que, plus tard, Luke l'avait vu gravir la côte juste après qu'il eut déposé Kelli au sommet du mont Crève-Cœur et que, plus tard encore, Edith Sparks l'avait aperçu, tout là-haut, sortir des bois en essuyant du sang sur sa main droite. Cette main sur laquelle le shérif Stone avait remarqué des griffures lorsqu'il l'avait interrogé quelques jours après la découverte du corps de Kelli, griffures que Lyle jura s'être faites en se cognant dans l'angle d'un ancien hangar à bois après s'être disputé au téléphone avec sa femme, acte pour lequel il ne put fournir aucun témoin.

Nous fûmes priés d'assister à une réunion d'élèves à la fin de cette journée de cours, et M. Avery nous dit ce qu'il était arrivé à Kelli, que c'était affreux, quel « avenir prometteur » était le sien, sans omettre de préciser combien il était dangereux pour une jeune fille de se promener seule dans les bois.

Après quoi, je sortis de l'auditorium avec les autres élèves mais, avant que j'atteigne le bas des marches, j'entendis Mlle Carver m'appeler.

Elle se tenait contre la porte latérale du lycée, m'observant d'un regard minéral, comme si elle s'était décidée à éclaircir un point qui l'obsédait depuis quelques jours.

– J'aimerais te parler une petite minute, Ben.

Je la rejoignis.

– Oui, mam'zelle.

– Dans ma classe.

Elle tourna les talons et me précéda dans l'escalier.

C'était la fin de l'après-midi, les ombres denses des pupitres et des chaises inoccupés étalaient leurs taches sombres sur le vieux plancher.

Je marchai jusqu'à la fenêtre en façade et regardai dehors. Tout en bas, je vis Todd Jeffries avachi contre sa voiture. Il tremblait un peu, tournant la tête de droite à gauche. Mary Diehl, à ses côtés comme toujours depuis ces derniers jours, faisait de son mieux pour le calmer.

J'entendis la porte de la salle de classe se refermer tout doucement derrière moi et, me retournant, je vis Mlle Carver campée sur ses jambes, adossée au battant, semblant bien décidée à empêcher toute tentative de fuite de ma part. Elle s'était vêtue de couleurs foncées, avait tiré ses cheveux en arrière qu'elle avait épinglés en chignon crotte sur sa nuque et, pour la première fois, elle ressemblait à la vieille fille qu'elle était destinée à devenir.

Elle me dit :

– Tu dois savoir que cet homme, Lyle Gates, a été arrêté.

– Oui, mam'zelle.

– D'après ce que m'a dit le shérif Stone, il nie tout en bloc.

Je hochai la tête.

– Il déclare avoir entendu des gémissements dans les bois, être allé voir d'où ils provenaient et avoir trouvé Kelli.

– Oui, mam'zelle.

Mlle Carver me dévisageait sans sourciller, mais je devinais qu'elle rongeait son frein, incertaine non de ce qu'elle s'apprêtait à dire mais de la meilleure manière de le faire.

– Je crois que le shérif Stone a des doutes, reprit-elle. Sur le fait que Lyle Gates soit bien celui qui a fait ça, je veux dire.

Je gardai le silence, dans lequel, pendant un moment, Mlle Carver me regarda m'enliser.

– Il ne peut pas lui trouver de mobile sérieux, hormis cet incident au Cuffy's. Mais ça, c'était réglé, non, Ben ?

– Je le pensais.

– Mais qu'est-ce qui aurait pu remettre le feu aux poudres ? demanda Mlle Carver avec emphase. Qu'est-ce qui aurait bien pu inciter cet homme à s'en prendre à Kelli après tout ce temps ?

Je sentis mes doigts se crisper comme ils l'avaient fait autour de la corde grise de poussière que Kelli m'avait tendue cette dernière fois.

– Je ne sais pas, répondis-je.

Mlle Carver donnait l'impression de ne pas avoir entendu ma réponse.

– Le shérif Stone pense que Kelli allait retrouver quelqu'un ce jour-là. Quelqu'un qui serait venu en voiture par l'ancienne route minière au pied du mont Crève-Cœur.

Je ne dis rien.

– Quelqu'un qu'elle connaissait, ajouta Mlle Carver d'un air entendu, quelqu'un qui avait bien plus de raisons que Lyle Gates de lui vouloir du mal.

Elle tourna les yeux vers la fenêtre, comme pour éviter que je voie dans son regard les affreux soupçons qu'elle ne pouvait en chasser.

– Si tu savais quoi que ce soit sur ce qui est arrivé à Kelli, tu en informerais le shérif, n'est-ce pas, Ben ?

Dans ma tête, je revis Kelli pivoter vers moi, son regard passant par-dessus mon épaule, fixé sur quelqu'un d'autre tandis que je devenais invisible à ses yeux. Puis, l'instant d'après, elle disparaissait, et c'était Eddie Smathers qui me dévisageait, son visage flottant devant moi, sans corps, telle une feuille blême sur un étang d'eau noire, les yeux écarquillés en un air médusé : *C'est elle qui te l'a dit, Ben ?*

– N'est-ce pas, Ben ? répéta Mlle Carver sur un ton plus insistant et avec ce brin de suspicion qui ne la quitterait jamais plus au cours des années à venir. Si tu savais quoi que ce soit sur l'identité ou les motivations de la personne qui a fait ça, tu le dirais au shérif Stone, n'est-ce pas ?

J'étais incapable de répondre, si bien que je restai planté là, devant elle, fébrile, cherchant dans ma tête à trouver une issue. Je sentais de nouveau la corde dans ma main, celle que Kelli m'avait tendue, *Tiens ça*, et je sais qu'une part de moi-même mourait d'envie de tout raconter à Mlle Carver en un déluge de confessions ininterrompues et douloureuses.

Mais c'était au-dessus de mes forces.

– Tu le dirais au shérif Stone si tu étais au courant de quoi que ce soit, n'est-ce pas, Ben ? répéta-t-elle.

Je savais que je devais lui répondre, que je ne pourrais pas quitter cette pièce sans l'avoir fait.

– Oui, mam'zelle, bien sûr.

Elle ne me crut pas et ne s'en cacha pas. Elle me transperça du regard, sa bouche se plissa en une moue de désapprobation et de mépris absolus.

– M. Gates déclare avoir reconnu Kelli mais que, après avoir eu cette altercation avec vous deux au Cuffy's, il craignait qu'on ne le soupçonne.

Je restai silencieux.

– Il est donc reparti en la laissant là-bas.

Mlle Carver attendit que je réponde d'une manière ou d'une autre, mais comme je n'en faisais rien, elle dit, avec raideur :

– Bon, très bien.

Avant d'ajouter, de ce ton formel et glacial sur lequel elle s'adresserait à moi désormais :

– Tu peux t'en aller.

Je quittai la salle, descendis l'escalier et sortis du bâtiment. Sur le parking, je vis Todd, toujours prostré contre sa voiture, Mary à côté de lui, le visage pétri d'inquiétude, pressé contre lui. Elle regardait par terre, mais Todd levait les yeux vers le nord, fixés avec une acuité terrible, je m'en rendis compte, sur les hauteurs du mont Crève-Cœur. Je n'avais encore jamais vu d'expression plus tourmentée. Je n'en ai jamais revu depuis.

Mary l'installa sur le siège passager de son 4 x 4, puis elle prit le volant. Elle ne me fit pas signe de la main en passant à ma hauteur, roulant très lentement, comme un corbillard.

D'ordinaire, je serais rentré chez moi, mais la perspective de m'asseoir au salon, à regarder mon père secouer la tête d'un air ahuri devant la cruauté humaine, me fut insupportable. Je restai donc adossé à ma voiture dans la lumière qui déclinait.

Il faisait nuit noire quand je finis par rentrer chez moi. La lumière brillait au salon et, comme je me garais dans l'allée, je vis mon père à côté de la lampe, somnolent dans son fauteuil, le journal étalé sur ses genoux. Il n'avait jamais paru plus innocent, et jamais l'innocence n'avait paru plus menaçante.

Je descendis de voiture et gagnai la porte d'entrée, mais ne l'ouvris pas. Au lieu de cela, je fis demi-tour, m'éloignai dans la cour et restai seul dans l'obscurité.

Longtemps après, je vis une voiture remonter la rue, puis tourner dans l'allée, le faisceau de ses phares me balayant un bref instant avant de s'éteindre.

Noreen en descendit, la tache rouge de sa robe avançant vers moi dans le noir.

– Je t'ai téléphoné, dit-elle en arrivant à ma hauteur. Ton père m'a dit que tu n'étais toujours pas rentré.

– Je suis resté un peu au lycée.

Elle se rapprocha de moi, m'observant du coin de l'œil avec une curieuse concentration.

– Il fallait que je te parle, dit-elle d'une voix douce et intense, chargée de la même insistance que je percevais dans son regard.

Elle hésita, comme si elle ne savait par où commencer, puis dit :

– Elle m'a téléphoné, Ben.

– Qui ça ?

– Kelli.

Soudain, j'eus la sensation que ma peau était transpercée d'un million de minuscules aiguilles.

– Le jour où c'est arrivé, continua Noreen. Elle m'a appelée ce jour-là.

– Que voulait-elle ?

Elle parut hésiter à répondre.

– Toi, Ben, finit-elle par dire. Elle te cherchait.

Mon souffle se coinça dans ma gorge.

– Elle n'a pas dit pourquoi, s'empressa d'ajouter Noreen.

Une vague de soulagement me submergea.

– Oh, elle voulait peut-être que je la conduise sur le mont Crève-Cœur, dis-je d'une petite voix. Elle m'appelait toujours pour que je la dépose quelque part.

Noreen me fixait des yeux sans ciller.

– Dans ce cas, pourquoi ne m'a-t-elle pas demandé de le faire ?

Je n'avais pas la réponse à cette question, ce que j'admis.

Noreen ménagea un moment de silence, courte pause durant laquelle je compris qu'elle n'avait pas encore tout dit.

– Pendant qu'elle me parlait, j'ai eu l'impression qu'elle pleurait, reprit-elle.

Aussitôt, je vis le visage de Kelli, son regard, la terreur qui devait l'habiter, rets noirs se refermant sur elle.

– Qu'est-ce qui pouvait bien la bouleverser autant, Ben ?

Pour la première fois de ma vie, je vis en la vérité non pas une haute valeur, une lumière étincelante auxquelles nous devions aspirer, mais un couteau contre ma gorge. Si bien que je mentis.

– Je ne sais pas, Noreen.

Elle me regarda de près, en médecin qui ausculte un corps, cherchant l'origine de son mal.

– Tu en es sûr ?

– Oui.

Elle me scruta, puis parut prendre une décision irrévocable, faire un choix avec lequel elle devrait vivre à jamais.

– D'accord, finit-elle par dire.

Puis, du bout d'un doigt, elle m'effleura la main.

– Le shérif Stone m'a interrogée. Tu sais, comme tout le monde au lycée.

J'attendis la suite.

– Je ne lui ai pas dit que Kelli m'avait appelée. Ni qu'elle te cherchait ce jour-là, ni rien d'autre.

Je ne répondis pas.

Elle me regarda d'un air entendu, comme si elle prêtait un grave serment.

– Et je ne le lui dirai jamais, ajouta-t-elle.

Pendant un moment, nous nous regardâmes en silence. Puis elle écarta les bras, m'étreignit très fort. Quand elle reprit la parole à mi-voix, ce fut sur un ton, c'était clair, de connivence.

– Bon, que fait-on maintenant ?

Je sentis ses bras se refermer autour de moi et je compris que jamais personne ne m'aimerait avec plus de force qu'elle. Et il me vint l'idée que, avec le temps, je pourrais peut-être lui offrir en échange, au fil des années, ma loyauté, ma dévotion et en faire, pourquoi pas, une forme de passion.

20

Ces derniers jours plus que jamais, ça me revient comme le sifflement dans l'air du tranchant d'une hache et la voix de Luke résonnant tout de suite après : *Tu as appris ce qu'il était arrivé à Lyle Gates ?*

Au moment où il disait cela, l'air de rien, toutes les autres questions qu'il avait posées au fil des années, tous ses doutes inexprimés résonnèrent en chœur dans mon esprit. Luke est convaincu qu'il manque un élément dans le dossier monté contre Lyle Gates par le procureur Bailey, dans le mobile qu'il a servi aux jurés pour expliquer ce qui s'était passé sur le mont Crève-Cœur.

Et donc, il n'a pas oublié Lyle, ni sa propre déposition lors du procès, pas plus que la mienne, ni même le geste emphatique par lequel Edith Sparks désigna Lyle comme étant le jeune homme qu'elle avait vu sortir du bois ce jour-là, son index tremblant dans l'atmosphère tendue de la salle d'audience du juge Thompson, sa voix portant à peine jusqu'au banc des jurés, de sorte qu'elle dut répéter sa réponse, et ce fut d'un ton sec la seconde fois, offusquée et sûre de son fait, qu'elle affirma : *Lui.*

Mais surtout, Luke se souvenait toujours de mon expression pendant qu'il bataillait contre lui-même pour me raconter ce qu'il avait découvert sur le mont

Crève-Cœur, de mon regard inexpressif à son arrivée, de mes lèvres serrées, du calme absolu qui m'enveloppait et qui, à mesure qu'il essayait de s'expliquer, pouvait donner à penser que je savais déjà tout. Et je ne doute pas que ce visage a, très souvent au gré des années, refait surface dans son esprit, tel un cadavre rejeté par les flots.

C'est pourquoi sa façon de me poser cette question, cet après-midi-là, me parut chargée de sous-entendus, ses mots lents et gourds, comme retenus par des poids. *Tu as appris ce qu'il était arrivé à Lyle Gates ?*

Je secouai la tête de l'air le plus détaché possible, espérant qu'il ne révélerait rien du coup au cœur que je reçus à la mention de ce nom.

– Non, je n'ai rien entendu dire sur Lyle, répondis-je.

C'était par une fin d'après-midi d'automne, Luke avait fait un saut à mon cabinet, comme souvent, encore que, cette fois-là, il avait dû y être incité par ce qu'il venait d'apprendre.

– Tu sais qu'on l'avait placé dans un centre de détention agricole ? demanda-t-il.

Voilà deux ans, le journal local avait rapporté que, au bout de vingt années purgées au pénitencier d'État, Lyle avait été transféré dans une ferme-prison non loin de Choctaw. Sa mère, souffrante disait l'article, avait déposé une requête d'aménagement de peine auprès des tribunaux pour que Lyle soit incarcéré plus près de chez elle de façon qu'elle puisse lui rendre visite sans devoir endurer l'épreuve d'un long trajet. Les magistrats avaient donné une suite favorable à sa demande, en conséquence de quoi Lyle avait été conduit dans une ferme pénitentiaire au nord du comté. Je n'avais plus rien su à son sujet, ni par ouï-dire ni par la presse, depuis cette décision. La question de Luke me déstabilisa avec la violence d'une bourrasque de vent.

– Oui, j'ai appris qu'on l'avait placé dans cette ferme. Mais c'est la dernière chose que j'ai entendu dire à son sujet.

– Eh bien, on l'a tué hier, Ben.

Je restai bouche bée, abasourdi.

Luke s'assit sur la chaise devant mon bureau, les yeux rivés sur les miens.

– Tué, répéta-t-il. Abattu par balle.

– Par qui ?

– Eh bien, pour tout te dire, d'après ce que j'ai entendu, c'est, en quelque sorte, lui-même qui s'est tué.

Je me levai, marchai jusqu'à la fenêtre, regardai dehors. Sur la droite, je voyais le vieux tribunal dressé dans toute son austère sévérité au sommet de l'escalier en ciment. Je me revis posté au bord de ces mêmes marches tant d'années plus tôt, sous la pluie battante, mon père à mes côtés, tous deux regardant passer Lyle, si petit, semblait-il, à côté de l'énorme monolithe gris qu'était le shérif Stone.

– Un suicide, à mon sens, poursuivit Luke. J'entends par là qu'il n'a pas laissé le choix aux gardiens.

Il tira le journal qu'il tenait sous son bras et le laissa tomber sur mon bureau.

– Tout est là, dit-il. Tu le liras à l'occasion.

J'acquiesçai, le regard toujours rivé sur cette vieille bâtisse, sur l'air austère, accusateur, de ses hauts murs de pierre.

– Je vais te dire une chose, Ben, reprit Luke. Je n'ai jamais compris pourquoi Lyle aurait fait une chose pareille.

Je réentendis la voix du procureur Bailey retentir, portée par l'écho, du fond des années : *Seule la haine peut pousser quelqu'un à commettre un tel acte.*

– Je sais ce qu'on disait, poursuivait Luke. Que Lyle aurait voulu se venger de Kelli à cause de l'attitude qu'elle avait eue envers lui ce fameux jour au Cuffy's. Mais ça s'était passé des semaines plus tôt, Ben. C'était de l'histoire ancienne pour lui.

Je ne réagis pas, ne répondis pas.

– Bien sûr, il pouvait être très remonté à cause de ce qu'elle avait écrit dans le *Wildcat*.

Luke sombra dans le silence et je compris qu'il réexaminait une fois encore tous les événements, passait en revue tous les vieux détails, ressassait les questions qui le hantaient toujours.

– Mais agresser une jeune fille de la sorte ? Tout de même, Ben. Il ne m'a jamais semblé que Lyle pouvait être si méchant. C'est sûr, la façon dont Kelli l'a traité au Cuffy's, il y avait de quoi le mettre en colère, mais pas à ce point-là.

Je gardai les yeux fixés sur le Mont dans le lointain, sur ses crêtes ombreuses gagnées par la tombée de la nuit. Dans ma tête, je voyais Lyle rôder dans la verdure épaisse du sous-bois, cherchant des yeux la fille qu'il venait de voir dans le 4 x 4 de Luke, celle qui l'avait insulté devant ses camarades de travail avec qui il construisait la route, affront dont même lui, je le pensais à l'époque, n'aurait pu mesurer les répercussions tandis qu'il se pétrifiait, frappé de stupeur, au Cuffy's ce jour-là.

– Il faut croire qu'il y aura toujours des choses de la vie que nous ne saurons jamais, soupira Luke.

Je regagnai mon fauteuil et y pris mes aises.

– Oui, il faut le croire, murmurai-je d'une voix lasse, comme si toutes ces années s'abattaient sur mes épaules, y déposant d'un coup le poids de leur énorme fardeau.

Luke me regarda avec tendresse.

– Tu ne t'en es jamais remis, n'est-ce pas, Ben ?

Je secouai la tête.

– Non.

– Moi non plus, en un sens. Comme, sans doute, plusieurs d'entre nous.

Je ne dis rien, laissai juste mon regard s'abaisser vers le journal, faisant défiler au ralenti dans ma tête le nom de tous ceux qui ne s'en étaient pas remis : Todd. Mary. Raymond. Sheila et Rosie. Noreen. Et combien d'autres au fil du temps ?

Luke haussa les épaules.

– Bon ! dit-il. Je dois y aller. Comme les garçons rentrent de la fac ce soir, nous faisons un grand barbecue en famille.

Il se leva, marcha jusqu'à la porte, se retourna vers moi.

– Noreen et toi, ça vous dirait de passer tout à l'heure, histoire de partager des travers de porc ?

– Non, merci.

– Bon, vas-y mollo, hein.

Il m'adressa un fin sourire avant de sortir de mon cabinet en prenant soin de bien refermer la porte derrière lui.

Je lorgnai le journal, peu disposé à lire cet article, craignant que les ténèbres ne déferlent sur moi et m'engloutissent.

Je laissai passer un très long moment avant de me pencher sur mon bureau et parcourir la une. Une photographie de Lyle s'étalait au bas de la première page. Il portait sa tenue de prisonnier, silhouette avachie sur un lit métallique fixé à un mur nu. Avec les années, ses traits avaient bouffi, ses cheveux, blanchi, et de profondes pattes d'oie marquaient le coin de ses yeux, mais

320

ce qui me frappa surtout, ce fut son air hagard. On eût dit un enfant demandant à son professeur de sciences ou de mathématiques de lui expliquer un point abscons, incapable de continuer s'il n'obtenait pas de réponse.

L'article ne comportait que quelques paragraphes qui suffisaient à relater très exactement ce qui lui était arrivé.

Cela s'était passé la veille, en milieu d'après-midi. Lyle travaillait avec une équipe de voirie envoyée de la ferme-prison couper les hautes herbes le long d'une route qui filait vers le nord. Il piochait, bataillant pour déraciner des lianes kudzu, quand il s'était figé, puis avait levé sa pioche et commencé à la faire tournoyer au-dessus de sa tête. Les gardiens l'avaient vite entouré mais, refusant de poser son outil, il l'avait, au contraire, fait tourner de plus en plus vite, brins d'herbe et morceaux d'argile se détachant des dents et volant dans toutes les directions, puis il s'était précipité sur eux si vite qu'ils avaient « agi en légitime défense », rapportait le journal.

Au fil de ma lecture, la scène se jouait dans ma tête comme un film : Lyle arrachant les lianes épaisses et résistantes, sa transpiration sale ruisselant le long de ses bras et de son dos, encrassant le peu de cheveux blonds qu'il lui restait. Soudain, il plisse les paupières, serre les dents, crispe ses doigts autour du manche, et je comprends que tout lui revient à une rapidité terrible, ces paroles dures qu'il avait prononcées sans réfléchir au Cuffy's, le 4 x 4 de Luke le dépassant à vive allure tandis qu'il gravissait d'un pas lourd la route du Mont, l'index accusateur d'Edith Sparks, le verdict des jurés puis cette longue descente des marches du tribunal, la pluie battante tombant sur lui comme de petits cailloux gris.

Et je sus que c'était pendant qu'il se tenait, éperdu, au cœur des tourbillons de sa mémoire, hébété par de sinistres images kaléidoscopiques, qu'il avait dû décider d'y mettre un terme.

J'entends siffler l'air que les dents de la pioche fendent de plus en plus vite, puis les coups de feu qui le font chanceler. De petits geysers de sang jaillissent de son torse. Ses jambes se dérobent sous lui. Le côté gauche de son visage s'écrase dans l'argile au bord de la route, un œil vert fixé, sans vie, sur les bois de l'été.

Je vois tout cela, et je me dis : *Ça ne s'arrêtera donc jamais ?*

Trois jours plus tard, Lyle fut inhumé dans le cimetière de la ville. Un petit groupe de parents, affichant tous un air un peu honteux, voire chargé de rancœur à cause de l'opprobre qu'il avait jeté sur leur nom, se tenait devant sa tombe. Une dame âgée était assise sur une chaise pliante, et même si le temps et la maladie l'avaient beaucoup changée, je reconnus en elle la mère de Lyle.

Je ne l'abordai pas mais, quand la cérémonie prit fin et que je m'éloignais, je la vis me faire signe d'approcher.

Elle était assise à l'ombre d'un grand chêne, une de ses filles à ses côtés.

— Vous êtes le Dr Wade, n'est-ce pas ? me demanda-t-elle quand je l'eus rejointe.

— Oui, ma'ame.

— Sachez que je ne vous en veux pas pour ce que vous avez dit sur Lyle au procès.

— Je vous en suis reconnaissant, ma'ame.

— Vous avez dit la vérité, voilà tout, poursuivit-elle avec un faible sourire. Tout le monde dit que vous êtes vraiment un honnête homme.

— Merci, ma'ame.

Je restai très calme, mais tout en parlant, je me sentis rapetisser, me dessécher. J'avais déjà éprouvé cette sensation. La première fois, c'était le jour où j'avais remarqué des traces de coups sur les bras et les jambes du petit Raymond Jeffries, puis quand j'avais soulevé Rosie Cameron du brancard, sac si léger d'os brisés, et avais compris qu'elle était morte. Je l'avais ressentie de nouveau quelques années plus tard quand, me retournant, j'avais vu Mary Diehl disparaître dans la chambre blanche où, à ce jour, elle est toujours assise, le regard perdu dans le vide. Et plus tard encore, la fois où Luke et moi étions tombés sur Todd Jeffries étalé de tout son long sur le parcours de golf de Turtle Grove. C'était l'impression de s'être racorni jusqu'au bout des ongles, les os ne formant plus que des brindilles sous une peau sèche et craquelée, sensation que j'étais voué à ressentir au moins une fois encore.

Mme Gates me sourit d'un air serein, mais je devinais qu'une idée la taraudait.

– Je sais que je dois accepter que Lyle a fait ce que les gens affirment, murmura-t-elle. Mais c'est difficile pour une mère.

– Oui, ma'ame.

Elle dodelina de la tête.

– Je pensais connaître mon fils, mais aujourd'hui encore je ne comprends pas pourquoi il aurait voulu du mal à cette fille.

Elle se tut, repensant sans doute à tout cela, s'efforçant d'imaginer le petit garçon qu'elle avait élevé agressant une jeune fille dans un sous-bois.

– Je n'arrive pas à comprendre pourquoi il aurait fait une chose pareille, répéta-t-elle.

Et sur ces mots, je vis Lyle descendre l'escalier du tribunal en ce dernier jour, une des énormes mains du shérif Stone le tenant non sans tendresse par le bras, la pluie tombant sur lui sans merci, les paroles de mon père inaudibles pour lui. *Il y a quelque chose qui cloche chez ce garçon.* Et je me revis prendre mes jambes à mon cou à cet instant-là, disparaître parmi la foule, disparaître de Choctaw, disparaître pendant des heures jusqu'à ce que la nuit tombe enfin et que mon père parte à ma recherche, se rende au Cuffy's, puis chez Luke et, pour finir, gravisse la route de montagne jusqu'à l'endroit où il me trouva assis au sommet du mont Crève-Cœur, trempé, sanglotant. Alors, il m'entoura de ses bras pour me réconforter sous la pluie diluvienne, m'aidant à me relever et à retourner vers la route, m'offrant les seules paroles de réconfort qu'il pouvait m'offrir. *Je sais combien tu l'aimais, Ben,* croyant que c'était le chagrin et le chagrin seul qui m'avait fait dévaler les marches du tribunal et n'imaginant jamais qu'il y avait peut-être une autre raison à cela.

Pourtant ce n'étaient plus les paroles de mon père qui, à présent, résonnaient à mes oreilles mais celles de Mme Gates, brisées par l'âge, mais chargées de passion.

– Lyle était un gentil garçon.

Elle hocha la tête.

– Je ne vois vraiment pas ce qui aurait pu le mettre en rogne contre cette pauvre petite.

Je m'entendis prononcer en moi-même les mots que je ne pouvais toujours pas dire à haute et intelligible voix : *Moi, oui.*

21

Non, je ne le pouvais pas. Et je me rends compte aujourd'hui que moi-même n'aurais peut-être jamais su l'entière vérité si, un beau jour, Mlle Troy n'était passée me voir au cabinet. C'était plusieurs années après la mort de Lyle, que depuis lors beaucoup d'autres avaient rejoint dans la tombe – Todd, par exemple, ainsi que le procureur Bailey, Mlle Carver, mon père et le shérif Stone.

Nous étions en automne, de bon matin. J'étais arrivé le premier et me trouvais seul lorsque j'entendis la porte d'entrée s'ouvrir, puis le bruit régulier et étouffé d'une canne.

Je sortis de mon cabinet d'examen dans le petit couloir menant à la salle d'attente et avisai Mlle Troy qui, se tenant droite comme jamais, balayait la pièce des yeux. Très âgée alors, les cheveux d'un blanc immaculé ; même de loin, je remarquais que son regard était toujours clair et perçant.

– Bonjour, mademoiselle, lui lançai-je.

Elle se retourna vers moi, soulagée de me trouver là.

– Ah, Ben. Que je suis heureuse de te voir !

Je m'approchai d'elle.

Elle m'étreignit. Sous son manteau d'automne, son corps semblait très fluet.

– Vous vous sentez bien ? m'enquis-je en me dégageant.

– Oh oui. Très bien.

J'aurais voulu lui dire tant de choses, mais ne le pouvais pas. Si bien que je m'en tins à :

– Je peux faire quelque chose pour vous ?

Sur l'instant, elle parut hésiter.

– Tout ce que vous voulez, lui assurai-je.

Elle tergiversa encore un moment, puis dit :

– Tu te souviens, il y a quelques mois, aux obsèques de ton père, je t'ai dit que je pourrais avoir besoin d'un service.

– Oui, bien sûr.

– Ce matin, je me suis rendue au tribunal pour mettre certaines choses en ordre et je me suis décidée à venir te voir et… et…

– Et quoi, mademoiselle ?

– Te demander si tu voudrais bien passer chez moi ce soir ?

Sur le coup, je restai sans voix et, pendant ce bref laps de temps, Mlle Troy dut voir une très forte angoisse se diffuser sur mes traits, car elle s'empressa de retirer sa demande.

– Je ne le pourrais pas… bafouillai-je en guise d'explication. Même si… je ne le pourrais pas.

– Excuse-moi, Ben, je n'aurais pas dû t'embêter avec ça. Je sais ce que tu éprouvais pour Kelli. Je me doute que c'est pour cette raison que tu n'es jamais revenu à la maison après ce qui est arrivé.

Je bataillai afin de reprendre contenance, et contre les ténèbres suffocantes qui affluaient autour de moi, pour, au final, faire ce qui s'imposait.

– Non, non, dis-je. Je viendrai.

Je pris une profonde inspiration pour m'armer de courage.

– Vous avez besoin d'aide, c'est ça ?

Elle opina de la tête.

– Certains jours, je me sens trop vieille pour tout assumer. Je remets les choses à plus tard, tu sais ce que c'est.

Elle me regardait à la dérobée, honteuse de devoir me confier cet aveu.

– Je me sens si vieille que je remets tout à plus tard.

Je souris d'un air bon enfant.

– C'est normal, mademoiselle.

– Pourtant ce n'est pas bon de laisser les choses arriver.

– Je comprends.

– Je sais que ce n'est pas ton rôle de m'aider, Ben. Mais je repensais aux choses telles qu'elles étaient entre Kelli et toi, alors je me disais que tu étais celui qui…

– Je passerai ce soir. À quelle heure le voulez-vous ?

Elle hocha la tête, puis me saisit le bras.

– Juste après ton travail, répondit-elle. Et, Ben, sache que j'apprécie ton geste.

Puis elle se détourna et sortit de mon cabinet en clopinant, sa main serrée autour de la poignée de sa canne, ses épaules autrefois si droites voûtées sous un fardeau dont la masse complexe lui demeurait encore incompréhensible.

J'assurai mes consultations pendant cette longue journée, auscultant les patients à mon cabinet, puis faisant ma visite à l'hôpital. Les visages se succédaient, jeunes et vieux, blancs et noirs, hommes et femmes, ceux de gens souffrant de divers maux, supportant à divers degrés la douleur, la peur, l'impuissance. Pourtant, c'était bizarre, tous me parurent identiques ce jour-là, apeurés et désorientés, égarés dans des nues d'ignorance, posant les mêmes questions du même air consterné et implorant : *Quand ma vie a-t-elle mal tourné ? Quand m'est-ce arrivé ? Quand cela finira-t-il par s'arrêter ?*

– Je ne sais pas à quelle heure je rentrerai ce soir, dis-je.

C'était la fin de la journée et, à l'autre bout du fil, je perçus une tension empreinte d'inquiétude dans la voix de Noreen.

– À mon avis, tu ne devrais pas y aller, Ben. Ça fait si longtemps… ça fait…

– Plus de trente ans.

– … que tu n'y es pas allé, reprit Noreen d'une voix plus anxieuse. Tu n'as aucun moyen de savoir…

– Non, aucun, l'interrompis-je, mais Mlle Troy est bien trop âgée pour faire les choses par elle-même, Noreen. Elle ne peut pas se débrouiller seule. Elle n'a plus de famille. Sa santé est précaire. Elle peut à peine marcher, même en s'aidant de sa canne. Elle a besoin d'aide, et je suis le seul…

– Mais il se pourrait que tu doives y retourner, il se pourrait que…

– Je ne pense pas, répondis-je d'un ton péremptoire.

Je devinais que Noreen avait compris ce que je voulais dire, mais ne m'en expliquais pas moins.

– Mlle Troy sent qu'elle est proche de la fin, Noreen. C'est pourquoi elle a sollicité mon aide. Parce qu'elle pense que ce ne sera que pour cette fois.

Je l'entendis exhaler un soupir résigné.

– Oh, tu sais ce que tu fais, Ben, dit-elle d'une voix sourde.

Je raccrochai le téléphone puis m'enfonçai dans mon fauteuil de bureau. Le cabinet était maintenant désert et silencieux, seul le vent d'automne brisait le silence, cognant au carreau. Dehors, dans la grisaille, des nuages s'amoncelaient au nord. Ils s'étaient amassés peu à peu au fil de la journée et, au crépuscule, ils recouvraient de brume les hauteurs du versant de la montagne si bien que, alors que j'allais prendre ma voiture, le flanc du coteau me parut dénudé et calciné, aride, effeuillé, vulnérable, du chemin de l'ancienne mine jusqu'au sommet du mont Crève-Cœur.

Je me trouvais à mi-distance de chez Mlle Troy quand il se mit à pleuvoir. D'abord quelques gouttes, puis à verse et, pour finir, en épais rideaux battus par le vent qui soufflait sur le capot de la voiture ou droit sur le pare-brise en bourrasques soudaines et furieuses.

Quand je bifurquai pour m'engager sur la route qui menait chez Mlle Troy, des ruisselets serpentaient en petits rapides boueux dans les caniveaux latéraux et des flaques brunâtres gorgées d'eau parsemaient les champs environnants.

L'épaisse couverture nuageuse obscurcissait la vallée plus tôt que de coutume ; j'allumai mes phares dont le faisceau finit par englober la maison de Mlle Troy, éclairant son délabrement actuel, la peinture écaillée des lattes de bois et les piliers de la galerie qui penchaient, les marches affaissées en leur milieu, les traverses fendues, tordues, un jardin troué de profondes ornières et jonché de détritus qui, même dans la nudité de la fin de l'automne, se donnait de faux airs de jungle épaisse envahie par les mauvaises herbes.

Je coupai les phares, puis le contact et restai assis dans ma voiture plongée dans l'ombre, la pluie tambourinant de toutes parts, assaut régulier et angoissant. Je m'apprêtai à descendre quand j'entendis la voix de Kelli : *Tu m'en veux ?* et sentis de nouveau tout me submerger comme la déferlante qui avait dû emporter

Lyle le jour de sa mort, tout tournoyer autour de moi sur le courant bouillonnant du souvenir, si violent, si déchirant qu'il semblait laisser des zébrures rouges sur mon âme.

Il faisait sombre dans ma voiture et l'air de l'automne était frisquet, pourtant je sentais tout s'éclairer petit à petit autour de moi, la chaleur s'élever aussi haut que durant les premières semaines de cet été d'autrefois, et je sus que je remontais le temps, revenais en arrière sans pouvoir rien y faire jusqu'à cette époque révolue, comme emporté par le tourbillon d'un égout. Je regardai à travers le pare-brise et l'hiver se dissipa sous mes yeux. L'été refleurit, l'herbe brunâtre verdissant, abondante et luxuriante avec, partout, le parfum des violettes.

Alors, comme de très haut, j'aperçus le vieux 4 x 4 bleu de Luke qui gravissait tant bien que mal la route du Mont, puis s'arrêtait dans des grincements de freins. Une jeune fille en robe blanche à bretelles en descendit, se retourna et fit un signe de la main, son long bras brun levé devant le mur ondoyant de verdure estivale qui se dressait derrière elle. J'eus la sensation de fondre sur elle, comme un oiseau déchirant le ciel clair, les doigts repliés comme des serres. Tout à coup, elle disparut et ce fut de nouveau le soir, chaud et clair, et, dans le lointain, un tableau cruel et figé, trois silhouettes immobiles dans le gris du couchant, l'une d'elles les bras croisés sur la poitrine, les deux autres la regardant, sur le qui-vive, comme si elle s'attendait à ce qu'un fauve s'apprête à bondir du sous-bois.

Or, Mary Diehl ne bondit sur personne ce soir-là. Elle tourna les talons et s'éloigna à grandes enjambées, laissant Kelli et Mlle Carver plantées, stupéfaites, sur le parking.

De ma place contre le mur en brique de l'auditorium, le mot « amour » m'écorchant toujours les oreilles, je regardais Mary passer devant moi, filant comme une flèche, tête droite, bras raides contre ses flancs. Elle marchait très vite, comme sur le point de prendre ses jambes à son cou à tout moment, et lorsqu'elle passa sous le réverbère tout proche, je ne distinguai qu'une forme floue, fantomatique, sa peau pâle lumineuse au point de me paraître bizarre, visible un bref instant avant qu'elle ne s'évanouisse sous le couvert de l'obscurité.

Comme je tournais de nouveau la tête vers le parking, je vis les phares de la voiture de Mlle Carver s'allumer, clairs et aveuglants, dirigés vers moi.

Je me rappelle m'être reculé pour me soustraire à eux, comme si je ne voulais pas qu'on me voie, et m'être enfui en courant derrière l'auditorium. De là, dans la pénombre, dos plaqué contre le mur, j'entendis crisser le gravier tandis que Mlle Carver démarrait, puis roulait jusqu'à la grand-route et tournait à gauche en direction de la ville.

Ensuite, seul le silence s'attarda ainsi que l'écho du mot que Kelli avait prononcé sans ambages un peu plus tôt : *d'amour*.

Ainsi donc, j'affrontai tout ce que Mary avait affronté, mais pas au grand jour, contrairement à elle, pas en regardant Kelli bien en face pour lui décocher sa question comme une balle entre les deux yeux, mais tel un figurant sous le linceul de la nuit tombante, lâche, replié sur lui-même et dès lors plus dévasté que jamais. Car je l'avais entendu de la bouche même de Kelli, alors tous les doutes que j'avais pu m'autoriser à nourrir jusqu'à présent avaient été balayés. Kelli n'était non seulement pas mienne, mais, c'était clair et sans appel, *sienne*.

Je courus jusqu'à ma voiture, roulai jusqu'à la grand-route. J'étais décidé à rentrer chez moi mais, en m'arrêtant à l'intersection de la route de montagne, je me rendis compte que j'en étais incapable. La perspective d'arriver à la maison pour me vautrer sur mon lit, malmené par les vagues de mon affliction, me parut insurmontable. Aussi je tournai à droite et gravis la côte. Je roulai, pied au plancher, jusqu'au sommet du Mont, puis redescendis, puis montai de nouveau pour finir par me garer sur une aire de panorama et, de là, regarder, en contrebas, l'éparpillement des lumières de Choctaw jusqu'au moment où, les heures s'égrenant, elles commencent à pâlir dans la brume matinale puis, telles des étoiles distinctes, s'éteindre une à une.

Aujourd'hui, comme j'étais assis dans ma voiture dans l'allée de la maison délabrée de Mlle Troy, le regard fixé sur ses petites fenêtres éclairées, les trombes d'eau martelant le toit en tôle rouillée, le souvenir de cette nuit déchirante me revint avec une clarté absolue. Mais je me rappelai aussi le lendemain matin et les jours suivants, avançant d'heure en heure vers ce moment où Kelli descendrait du vieux pick-up bleu de Luke et s'éloignerait sur la pente « pour aller retrouver quelqu'un », ce que Luke avait toujours cru, tout en supposant que la personne qu'elle allait voir n'était jamais venue.

Il est difficile d'imaginer combien ces jours-là ont filé vite tout en donnant l'impression atroce de ne pas en finir. Au lycée, la vie suivait son cours, bon gré mal gré, les professeurs fatigués par la fin de cette longue année et la chaleur précoce. Leurs tâches s'étaient réduites à néant, de sorte que seule la pièce restait en lice ainsi que Kelli et Todd, et peut-être même Mary Diehl, bien qu'elle ait laissé tomber à ce moment-là, incapable de supporter ce que je devais subir chaque après-midi et soir, le terrible spectacle de Kelli et Todd ensemble sur scène, Kelli se tenant désormais sur un balcon en contreplaqué, Todd à ses pieds, les bras tendus vers elle en une pose implorante devant une myriade de feuilles en papier mâché, les yeux de l'un toujours dans les yeux de l'autre.

À ce moment-là, tout le monde les savait égarés dans les étoiles, errant dans l'espace. Ils faisaient des étincelles lorsqu'ils étaient ensemble et, soir après soir, le reste d'entre nous se rassemblait autour d'eux sur les marches de l'auditorium après la répétition, comme attirés par la force ancestrale que nous ressentions en leur présence. Je revois la façon dont les autres les regardaient – Noreen, Sheila, Luke, Betty Ann et même Eddie Smathers – et je sais qu'aucun d'entre eux n'avait jamais vu un amour tel que le leur sauf au cinéma, n'avait jamais entendu parler de rien de tel sauf dans les chansons, et qu'ils trouvaient formidable ce que je jugeais abject. De temps en temps, je m'imposais le supplice d'essayer de trouver un moyen d'avoir le dessus sur Todd, de le diminuer d'une manière ou d'une autre, de le jeter dans les flammes dévorantes de la déception de Kelli. Mais chaque fois, je me heurtais au mystère absolu de ce qu'il représentait pour elle, à l'énigme fascinante de l'amour que, de toute évidence, elle ressentait pour lui.

Une seule chose était claire, et Luke la verbalisa.

– Bon, eh bien, tu l'as perdue, Ben, me dit-il un soir que nous nous dirigions vers le parking.

Par-dessus son épaule, je regardais Todd et Kelli descendre ensemble l'escalier de l'auditorium. Ils se donnaient la main et, au bas des marches, je vis Kelli s'arrêter, se tourner vers lui et enfouir son visage contre sa poitrine. Todd la serra dans ses bras, et je vis ses doigts jouer avec la fine ceinture de cuir qui ceignait la taille de Kelli.

– Une fille comme Kelli, faut la choper vite fait.

– Les filles, ça ne manque pas, rétorquai-je.

Luke secoua la tête.

– Des comme elle, non.

Il disait vrai, je le savais : d'une part je l'avais perdue, et d'autre part, rare et précieuse, elle serait irremplaçable.

Ce regard sur Kelli, à la fois le mien et celui des autres, je n'en changerais jamais par la suite et c'est toujours celui que je portais sur elle, tant d'années plus tard tandis qu'assis dans ma voiture devant chez Mlle Troy, j'écoutais le bruit de la pluie, mon regard braqué sur le seul carré de lumière jaunâtre dirigé vers moi depuis la fenêtre même où s'était tenue Kelli autrefois, faisant au revoir de la main à Todd Jeffries.

Je tendis le bras vers la poignée de la portière, mais suspendis mon geste, la reposai sur mes genoux. Je savais que Mlle Troy m'attendait à l'intérieur, m'attendait, armée de patience, ainsi qu'elle l'avait si souvent fait pour Kelli, assise dans le vieux rocking-chair en bois qu'elle avait hérité de sa mère.

Je détachai mon regard de la maison et le laissai errer dans l'habitacle plongé dans l'ombre, mon ouïe concentrée sur le dur tambourinement de la pluie, comme en un effort de noyer tous les autres bruits, celui d'une gifle sur la joue d'un petit garçon, du raclement d'une roue de voiture contre un trottoir, du sifflement de l'air de l'été fendu par une pioche et, pour finir, de pas précipités sur le sol d'une forêt, d'un corps courant dans le sous-bois, de ma propre voix chuchotant tout bas l'abominable variation sur le secret ayant déclenché tous ces autres bruits. *Il y réfléchirait à deux fois, s'il savait.*

Soudain, je fus là-bas, tout là-bas et nulle part ailleurs. Plus dans ma voiture devant chez Mlle Troy. Plus l'homme d'âge moyen, le médecin de famille respecté, mais un adolescent meurtri devant l'auditorium de son lycée le dernier soir de répétition, un samedi soir trop chaud et trop humide pour la saison, Kelli à tout juste quelques mètres de distance, dos à moi, regardant Todd jouer la scène où il meurt.

Je m'approche d'elle par-derrière à pas feutrés, de plus en plus près au point que c'est tout juste si je ne sens pas sa chaleur corporelle et le parfum de ses longues boucles brunes qui lui retombent sur les épaules. Elle porte une robe à bretelles, dos nu, j'aperçois un filet de transpiration se frayer un chemin le long de la ligne brune entre ses omoplates. Elle ne m'entend pas arriver. Elle se concentre sur Todd. Allongé à côté de Pâris tombé au sol, le poison monte déjà à ses lèvres. Je m'arrête juste derrière elle, lève un doigt et l'approche au plus près de sa peau, si près que j'en ressens la tiédeur, la moiteur.

Loin, j'entends Todd déclamer la dernière réplique de Roméo :

Ainsi sur un baiser, je meurs.

Kelli soupire, puis les acteurs applaudissent et, vite, j'écarte ma main de sa peau et l'enfonce dans ma poche.

Todd rend l'âme, reste immobile un moment, puis se relève d'un bond. Les autres membres de la distribution continuent de l'applaudir. Il les salue de la tête d'un air emprunté, puis quitte la scène, marchant à grands pas vers Kelli, chaussé des sandales marron qui font partie de son costume.

Il gravit les marches très vite et prend Kelli dans ses bras. Je détourne la tête, faisant mine de me concentrer sur les verres à vin disposés sur la table des accessoires. Il est parti quand je relève les yeux et, de nouveau, Kelli se tient seule, face au plateau, dos à moi, serrant dans sa main l'épaisse corde qui permettait d'ouvrir et de fermer le rideau de scène.

J'inspire à fond.

– Todd joue bien, dis-je d'une voix posée, premiers mots que je lui adresse depuis des jours.

Elle se tourne vers moi, ses yeux foncés lançant des éclairs dans le reflet des éclairages de scène.

– Oui, c'est vrai, répond-elle.

Je m'apprête à reprendre la parole mais elle détourne le regard et le fixe, par-dessus mon épaule, sur un point dans le lointain. Une étrange concentration s'est diffusée sur ses traits, une passion qu'elle semble à peine pouvoir contrôler.

– Il faut que je voie Todd une seconde, s'empresse-t-elle de dire. Tu peux me remplacer ?

Je n'ai pas le temps de lui répondre. Elle file déjà, se rend compte qu'elle tient toujours la corde dans sa main et, vite, la projette vers moi.

– Tiens ça.

Elle a parlé sans réfléchir, sans calcul, sans arrière-pensée, sans se rendre compte que, par cette expression et ce geste désinvolte, elle m'a réduit à un rôle de second plan, plus petit que tout ce que j'avais toujours rêvé de devenir.

Mes doigts se resserrent autour de la corde tandis que je suis Kelli du regard. Elle s'éloigne de moi d'un pas bondissant et sort par la porte ouverte. Juste de l'autre côté, Todd est seul et elle ralentit en s'approchant de lui.

Je me détourne, me concentrant sur la scène, les quelques acteurs qui y sont disséminés et entends la fin de la dernière réplique de Capulet :

> *Aussi riche sera celle de Roméo au côté de sa dame*
> *Pauvres sacrifiés à notre inimitié.*

Je jette un coup d'œil vers la porte derrière moi. Kelli et Todd, silencieux, sont face à face. Un instant, ils paraissent aussi immortels que les personnages qu'ils interprètent. Puis Kelli rapproche ses mains l'une de l'autre et je la vois retirer l'alliance que sa grand-mère lui avait donnée, prendre la main de Todd et la glisser à son doigt.

Je ferme les yeux, doigts toujours serrés autour de la corde. Quand je les rouvre, je vois Kelli prendre Todd dans ses bras, l'embrasser à pleine bouche, longuement, puis se détacher de lui. Je me retourne vers la scène. Le Prince parle :

> *Certains recevront le pardon, d'autres le châtiment.*

J'entends Kelli revenir vers moi, mais ce n'est plus à elle que je pense, mais à eux deux enlacés, à cette intimité électrisante qu'ils ont, je le sais, déjà partagée et dont j'ai rêvé mille fois sans la connaître encore, que je ne connaîtrai sans doute jamais, la splendeur de ce moment où l'amour se fond dans le désir physique et où, un bref instant resplendissant, nos rêves les plus fous refluent dans le passé.

Elle saisit la corde, je la lâche.

– Je prends le relais. Merci, Ben.

J'obtempère, me détourne, m'éloigne et sors par la porte latérale juste au moment où Todd la franchit dans l'autre sens, et je vois le clin d'œil que me fait la bague à son doigt.

Pendant un moment, je m'attarde dans l'obscurité. J'entends Mlle Carver demander à certains membres de la distribution de bien vouloir rester et dire aux autres qu'ils peuvent partir mais tout sonne creux, paraît loin, et ce, pendant si longtemps.

Soudain, je me rends compte que je ne suis pas seul. Eddie Smathers est avachi contre le mur extérieur, sa chemisette écossaise ouverte jusqu'à la taille. Il tire une cigarette de sa poche poitrine, l'allume. La petite flamme rouge me fait l'effet d'être un œil fou luisant dans l'obscurité.

– Salut, Ben, lance-t-il d'un ton léger.

Je hoche la tête d'un air morne, incapable de parler.

Il se détache du mur et me rejoint.

– Qu'est-ce que tu fabriques dehors ?

– Rien.

– Mlle Carver a dit que tout le monde, à part Todd et Kelli, pouvait rentrer, poursuit-il en souriant jusqu'aux oreilles. Mais avant, je voulais fumer une clope.

Il sort le paquet de sa poche et me le tend.

– Tu en veux une ?

Je secoue la tête.

Il le remet dans sa poche et jette un coup d'œil vers la salle.

– Faut reconnaître que Todd et Kelli, ils se donnent à fond dans ce truc.

Je regarde vers la porte. Je les vois tous deux debout côte à côte, et Mlle Carver devant eux.

– Elle doit leur donner des conseils de dernière minute, dit Eddie.

Il tire avec délectation une longue taffe sur sa cigarette, fait tomber la cendre et me sourit.

– Roméo, Roméo, singe-t-il d'un air moqueur. Quelle connerie !

Il s'esclaffe, puis jette un coup d'œil par la porte vers Todd et Kelli qui se tiennent toujours ensemble sur scène. Il secoue la tête.

– Toutes les filles craquent pour lui, lance-t-il avec admiration, mais je crois que c'est la première fois qu'il tombe bel et bien amoureux.

Ça le fait pouffer de rire.

– Oh, mec, on peut dire qu'il en pince pour Kelli.

Ma réponse me vient sous l'impulsion d'une idée soudaine et maligne qui jaillit hors de moi comme un serpent qui y serait lové depuis longtemps, gluant et vil, une créature sortie de mes entrailles. En un moment d'illumination subit et aveuglant, je vois le point se faire sous l'oculaire du microscope du tueur : le passé mystérieux de Kelli, le père absent dont elle nie jusqu'à l'existence avec tant de force, sa peau mate et ses cheveux bruns si bouclés, son article sur Gadsden, son obsession du mont Crève-Cœur, et même les mots que Lyle Gates lui avait jetés à la figure au Cuffy's, *Baiseuse de négros*, le tout s'amalgamant en une possibilité sinistre. Et je sais que cela n'a pas besoin d'être vrai, que personne n'en demandera jamais la preuve, que dans l'atmosphère tendue et haineuse qui entoure Kelli, il me suffit de planter cette graine fatale. En un instant, je vois se dissoudre toutes mes anciennes convictions, la fine couche de mon altruisme d'antan, mon sens de la justice clamé haut et fort, tout ce que j'avais ressenti avec tant de force quand je me tenais au bord du cimetière des Noirs puis, plus tard, lors de cette soirée glaciale à Gadsden et, pour finir, avec Kelli sur les hauteurs du mont Crève-Cœur, tout cela à présent réduit en poussière sous la roue de mon inimitié.

Je décoche un regard à Eddie et sens les mots glisser de ma bouche comme autant de morceaux de viande avariée. *Il en pincerait moins pour elle, s'il savait.*

Eddie tourne les yeux vers moi.

– Quoi ?

– Rien, dis-je, accompagnant le mot d'un petit haussement d'épaules.

Eddie insiste, ainsi que je m'y attends.

– Si, qui savait quoi ?

Un trop bref instant, je m'accroche à l'échelle du paradis. Puis je me lâche et je tombe du Ciel.

– Si Todd savait pour le père de Kelli.

– Le père de Kelli ? Quoi, qu'est-ce qu'il a ?

J'agite la main, comme pour couper court à la discussion.

– Ce n'est peut-être pas vrai, lui dis-je.

Eddie ne me quitte pas des yeux.

– Qu'est-ce qui n'est peut-être pas vrai ?

– Tu sais, ce que les gens racontent.

– De quoi parles-tu, Ben ?

– Tu sais, lui dis-je, que le père de Kelli serait un…

Je m'interromps, le dernier fil de ma dignité tenant, fragile, encore une seconde avant de craquer. Puis le mot tombant de ma bouche comme une tête du billot sous la hache du bourreau :

– … nègre.

Eddie écarquille les yeux, abasourdi, incrédule.

– Conneries, bafouille-t-il. Tu me fais marcher.

Je ne réponds pas, je le regarde, le mettant au défi de douter.

Il se penche vers moi, me chuchote d'une voix nerveuse, sur un ton de conspirateur :

– Mais qu'est-ce que tu racontes, Ben ? C'est Kelli qui te l'a dit ?

Je ne réponds pas, laissant l'idée s'infiltrer de plus en plus dans l'esprit d'Eddie. Je sais qu'il pense à toutes les fois où il nous a vus, Kelli et moi, seuls ensemble, à mes longs trajets en voiture jusque chez elle dans l'après-midi, à l'intimité qui, s'imagine-t-il, a dû s'intensifier entre nous pendant ce temps-là, à ce genre d'amitié propice qui ne s'embarrasse d'aucun mystère et, enfin, à ce moment de confidences poussées à leur paroxysme où elle me révèle le seul secret honteux de son existence.

Il écarquille les yeux, sidéré, mais il n'est plus incrédule.

– C'est elle qui te l'a dit, Ben ? Kelli t'a dit que son père est un nègre ?

Je ne réponds pas.

Je vois le puzzle s'assembler dans l'esprit d'Eddie, tout doute se dissoudre, une brume se solidifiant, devenant une réalité.

– Mais ne le répète pas à Todd, l'avertis-je, comptant sur lui pour le faire et que, ensuite, c'en sera fini, que Todd ne parlera jamais de ce qu'on lui aura dit, ne demandera jamais d'explications à Kelli mais, simplement, renoncera à un amour devenu impossible.

– Je suis sérieux, Eddie. Ne le répète pas à Todd.

Je prononce ces paroles d'un air grave et sincère, mais j'imagine déjà le moment où Eddie prendra Todd à part pour lui chuchoter à l'oreille le mot fatal qui le brisera. J'imagine tout ce qui, c'est inévitable, se passera ensuite : l'éloignement soudain de Todd, la consternation de Kelli, la scène déchirante où il la rejettera à jamais et reviendra, ainsi qu'il l'avait fait si souvent par le passé, vers Mary Diehl. J'anticipe tout sauf la possibilité qu'Eddie puisse bel et bien se conformer à mon désir de cacher à Todd Jeffries tout ce que je viens de lui raconter... mais, à défaut, s'en ouvre à Lyle Gates.

22

J'entends le tonnerre et, soudain, je suis de nouveau assis dans ma voiture, le regard éteint fixé, à travers la pluie, sur les marches de guingois qui mènent à la porte de Mlle Troy. J'ai la sensation d'avoir été vidé de mes souvenirs comme un animal de son sang, de me retrouver desséché et dévasté, une ruine calcinée.

Je reste là longtemps, les yeux braqués sur la sombre façade de la maison. Peu à peu, je recouvre mes forces. J'entends mon père me dire *Vas-y*, et je descends de voiture.

Mlle Troy m'adressa un sourire reconnaissant en ouvrant la porte.

– Ah, Ben, comme c'est gentil à toi d'être venu.

Elle s'effaça pour me laisser entrer.

– Quelle nuit affreuse, ajouta-t-elle comme je m'empressai de passer.

Un bref instant, elle sembla gênée par l'état de son intérieur, la poussière, le désordre.

– L'endroit est… bah…

Elle se tut, puis ajouta :

– Comme tu le vois.

Je m'arrêtai au milieu de la pièce, étonné par son dépouillement : rien aux murs, pas de tapis, tout juste deux fauteuils en bois ainsi que le vieux rocking-chair pour suggérer que l'endroit était toujours habité.

– Je t'offre quelque chose à boire ? Quel temps ! Peut-être une tasse de café pour te réchauffer ?

– Non, je vous remercie.

Mlle Troy hocha la tête, puis s'installa en douceur dans le rocking-chair.

– Je t'en prie, Ben, assieds-toi, dit-elle tout en remuant pour trouver une position plus confortable. Dieu sait que tu travailles dur.

Je pris place dans l'un des fauteuils, laissai tomber mes mains sur mes genoux et regardai par le carreau que zébrait la pluie.

– Sois sûr que j'apprécie que tu sois là, reprit Mlle Troy en souriant avec délicatesse. Je me rends compte que ça te fait de bien longues journées.

Je me désintéressai de l'orage et la regardai en face.

– Ne vous en faites pas pour ça, mam'zelle.

Elle plissa ses yeux sans âge.

– Je regrette que tu ne m'aies jamais rendu visite. Mais je comprends ce que tu as dû ressentir.

Je gardai le silence.

– Étant donné la relation que vous aviez, Kelli et toi, je sais bien que c'était trop difficile pour toi de venir ici.

– Oui, mam'zelle.

– C'est pourquoi je te remercie beaucoup d'être là ce soir. Ça ne doit pas être facile pour toi.

Elle abaissa le regard sur ses genoux, le reporta sur moi.

– Tu as dû apprendre pour Lyle Gates, qu'il s'est fait abattre il y a quelques jours.

– Oui, on me l'a dit.

– J'aurais dû pouvoir lui pardonner. Mais je n'en ai pas eu la force. Pas après ce qu'il avait fait à Kelli.

Je n'arrêtais pas de voir ce que cette autre fille avait vu. Comment s'appelait-elle déjà ?

– Edith Sparks.

– Le sang de Kelli sur ses mains. Ah, même en apprenant qu'il était mort, même alors je n'ai pas pu lui accorder mon pardon. Le pourrais-tu, Ben ?

Je lui fis la seule réponse qu'il me fut possible de lui faire.

– Sans doute que non, mademoiselle.

Elle dodelina de la tête.

– C'est en moi, je n'y peux rien. Cette haine envers lui. Il faut croire que j'ai un cœur de pierre, comme on dit.

Mon regard s'envola une nouvelle fois vers la fenêtre, vers le confort de ses ténèbres dissimulatrices.

Mlle Troy soupira, puis dit :

– Oh, c'est sûr que Kelli serait fière de toi, Ben. Que tu sois devenu médecin, tout ça, comme tu l'avais toujours dit.

Je continuais de regarder dehors dans la nuit.

– Mais elle serait surprise que tu sois revenu à Choctaw. Elle ne s'y serait pas attendue. Elle a toujours pensé que tu t'installerais dans une grande ville. Atlanta peut-être, ou ailleurs, plus au nord. Pourquoi diable es-tu rentré à Choctaw, Ben ?

Je vis tout ce qui avait découlé d'un acte gratuit et méchant, tout ce que j'expiais depuis trente ans.

– Pour rembourser ma dette, dirais-je.

Le visage de Mlle Troy s'illumina d'un sourire.

– Comme c'est gentil de le voir ainsi, dit-elle.

– Je ne peux guère le voir autrement.

– Oh, on peut dire que j'ai choisi ma soirée pour te prier de venir, soupira-t-elle en tournant les yeux vers la fenêtre. Mais il n'y a qu'à toi que je pouvais le demander.

– Je comprends.

– Que veux-tu, étant sans famille ni personne, sans époux.

Mlle Troy reporta le regard sur moi.

– Kelli t'avait parlé de lui ? De son père, j'entends ?

– Non, mam'zelle.

– Ce n'était pas un homme mauvais, tu sais. Et il aimait Kelli, ça c'est sûr, du moins tant qu'elle l'a bien voulu.

Je ne répondis rien.

– Mais il s'est entiché d'une autre femme, tu sais. Ça arrive tout le temps.

– Oui, mam'zelle.

– Après ça, Kelli n'a plus voulu entendre parler de lui. Il a essayé de venir la voir, rien à faire ! Tout juste cinq ans, mais elle avait déjà la personnalité.

Elle dodelina de la tête.

– Il l'avait tant déçue, reprit-elle. C'était un des problèmes de Kelli. Si on la décevait, elle coupait les ponts. Comme avec son père, elle a coupé les ponts.

Son regard glissa jusqu'à la seule photographie de Kelli dans la pièce, prise quand elle était enfant.

– Mais tu sais, Ben, il y a une chose qui me rend heureuse.

– C'est quoi, mademoiselle ?

– C'est que, avant que Lyle Gates porte les mains sur elle, Kelli ait connu un avant-goût de l'amour.

Je revis Kelli telle qu'elle m'était apparue au côté de Todd en cette dernière soirée, si passionnée, si offerte, retirant de son doigt l'alliance que lui avait donnée sa grand-mère, son visage levé avec candeur vers celui de Todd.

– Parce que je sais qu'elle t'aimait, Ben, ajouta Mlle Troy. Elle me l'avait dit.

– Nous étions amis, murmurai-je.

Et, pour la première fois de ma vie, elle me parut suffisante, cette affection altruiste et constante, qui, lorsque le mystère de l'amour ne peut nous en accorder davantage, devrait suffire à nous nourrir et nous combler.

Mlle Troy prit une inspiration profonde et douce.

– Il y a une chose que j'aimerais te donner, Ben.

Elle se leva, gagna d'un pas lent la cheminée et saisit sur le manteau un petit coffret en bois qu'elle ouvrit.

– Quelque chose pour que tu te souviennes de Kelli, dit-elle en me la tendant. L'alliance qu'elle tenait de sa grand-mère.

Mon regard se figea à la vue de la bague tandis que mes pensées filaient en arrière jusqu'à cette soirée tant d'années plus tôt, à la main de Kelli la passant au doigt de Todd Jeffries.

– Le shérif Stone l'a trouvée sur le mont Crève-Cœur, me dit Mlle Troy en se rasseyant. Et je suis sûre que Kelli aurait voulu qu'elle te revienne.

Je levai les yeux vers elle, sous le choc.

– Où l'a-t-il trouvée ?

– Sur le mont Crève-Cœur, répéta Mlle Troy. Tout en bas, près du chemin de l'ancienne mine. Elle avait dû glisser du doigt de Kelli.

En une fraction de seconde, je vis la sombre tapisserie se déchirer et changer de forme. Tout ce que je m'imaginais depuis trente ans se brisa pour créer un motif encore plus sombre où l'ironie le disputait à l'injustice. Je vis tout ce qui avait dû se passer pour que le shérif Stone trouve la bague de Kelli au pied du mont Crève-Cœur. Je vis Eddie chuchoter d'une voix pressante à l'oreille de Todd, lui dévoilant ce qu'il avait appris sur Kelli Troy. Je vis la tête que fit Todd, mortifié, ébahi, puis insistant auprès de Kelli pour qu'ils se retrouvent quelque part, et Kelli lui suggérant les hauteurs du mont Crève-Cœur. Puis, les dispositions tortueuses – Todd résolu à ne pas rouler en compagnie de Kelli, déjà au comble du désaveu, gravissant, dans son pick-up, le chemin de l'ancienne mine, muré dans son isolement. Là, le face-à-face, la rage de plus en plus forte, les questions tourmentées de Todd, Kelli ne les digérant pas, gagnée, elle aussi, par la fureur, voyant soudain en Todd un garçon qui ne valait pas mieux que Lyle Gates, lequel, au même instant, gravissait à grand-peine la route du Mont et qui, quelques minutes plus tard, entendrait gémir et pénétrerait lui aussi dans ces mêmes bois obscurs. Et alors, je réentendis Todd bredouiller dans mon cabinet, tant d'années plus tôt : *Ma main a été plus rapide que moi, Ben. Je m'en veux, je m'en veux*, regrets plaintifs qu'il semblait faire à son épouse et à son fils mais qu'il destinait, je le savais maintenant, à Kelli Troy.

Car c'était Todd qui était sorti de l'épais sous-bois pour s'avancer vers Kelli, Todd qui s'était mis à poser des questions indicibles, chacune d'elles la rendant plus furieuse tandis qu'elle voyait l'ancienne splendeur de son premier amour s'enfoncer sous ses yeux dans les sables mouvants de l'hypocrisie, de la trahison et de la passion en miettes. Je vis les traits de Kelli se crisper en le foudroyant du regard, puis se déformer sous l'effet de la colère trempée dans l'amertume de ses désillusions, exigeant qu'il lui rende sa bague, les mots crachés de sa bouche comme des flammèches, frappant Todd encore et encore jusqu'au moment où, ne se contrôlant plus, il avait riposté sous l'emprise d'une rage inattendue, puis

vu, éberlué, horrifié, Kelli vaciller et tomber à la ren-
verse, sa tête allant cogner contre le rocher immuable,
son regard s'éteignant peu à peu tandis qu'elle se
relevait tant bien que mal et, titubante, gravissait la
côte à l'aveuglette, le laissant la suivre, les bras tendus
vers elle, mais ne sachant que faire, emmailloté dans
sa propre terreur, jusqu'au moment où il la vit tomber
une dernière fois, le corps flasque, inerte, un râle lui
échappant, bas, plaintif, appelant cette aide qui finit par
arriver sous les traits de Lyle Gates.

Je sentis mon corps secoué d'un tremblement tandis
que je levais les yeux de la bague.

– Mademoiselle, je…

– Accepte, Ben, je t'en prie, insista-t-elle. Je t'en
prie.

Je sentis l'alliance tomber dans ma main, mes doigts
se refermer autour d'elle.

– Merci.

Ce fut là tout ce que je fus capable de dire.

– Le shérif Stone n'a jamais compris comment elle
avait pu glisser de son doigt, reprit Mlle Troy.

Elle hocha la tête.

– Je suppose que cela restera toujours un mystère,
n'est-ce pas, Ben ?

Répondre par la négative m'eût obligé à tout lui
raconter et, ce faisant, à lui révéler la source malfai-
sante de laquelle tant de destruction jaillissait depuis
trente ans.

Alors, j'approuvai d'un signe de la tête et lui dis oui.

Elle hésita, puis murmura :

– Bah, c'est inutile d'y penser. On doit accepter les
choses comme elles sont.

Elle lança un coup d'œil vers la pièce du fond.

– Bon, je pense que nous devrions nous mettre au travail.

Je sentis mes muscles se raidir, ma gorge se serrer très fort, à n'en plus finir, comme si une main assassine s'escrimait à me faire rendre mon dernier souffle.

– Ce ne sera pas long, ajouta Mlle Troy.

Elle prit alors sa canne et se leva du rocking-chair, un petit gémissement lui échappant dans le mouvement.

Sur le moment, je fus incapable de me lever, je l'observais, cloué sur place, qui se dirigeait vers l'étroit couloir menant au fond de la maison.

Alors, elle se tourna vers moi.

– C'est par là, Ben.

Je m'agrippai aux bras du fauteuil, y pris appui pour me relever, puis je la suivis dans le long corridor, les vieilles lattes du parquet craquant sous mes pas. Mlle Troy marcha devant moi d'un pas mal assuré, sa canne tapant par terre jusqu'à ce qu'elle s'arrête devant une porte en bois. Elle s'immobilisa un instant, puis l'ouvrit et me fit signer d'entrer.

La pièce, plongée dans une profonde obscurité, sentait le renfermé et le moisi. Je ne distinguais rien de plus que la forme floue d'un fauteuil recouvert de draps et de vêtements sales, surtout des chemises de nuit en loques, souillées et froissées.

J'entendis Mlle Troy pénétrer dans la chambre, sa voix résonnant, très calme, dans mon dos, tandis qu'elle tendait la main vers la lampe.

– Merci, Ben, de faire ça.

Puis la lumière s'alluma et ce fut alors que je la vis étendue sur des draps enchevêtrés, maigre, immobile, la peau jaunie, comme sous l'effet d'un ictère, une tignasse hirsute de boucles grises.

– Kelli, murmurai-je.

Mlle Troy s'approcha du lit, se pencha, pressa la main contre la joue de sa fille. Le visage se crispa un peu à ce contact, et j'entendis un faible gémissement.

– Voyons, voyons, dit Mlle Troy d'une voix douce. Tu n'as aucune raison d'avoir peur.

– Kelli, répétai-je.

Mlle Troy me lança un coup d'œil.

– Je sais que ce doit être difficile pour toi, Ben.

Incapable de bouger, je regardai, muet, Mlle Troy soulever le drap qui recouvrait le corps longiligne et décharné de sa fille, dévoilant sa peau brune, ses bras maigres, ses mains toujours fines.

– Il faut lui donner le bain, dit-elle.

Je regardai bêtement le lit, engourdi, toutes mes émotions rasées d'un coup jusqu'à l'obscurité, le silence et l'immobilité de Kelli.

– Je suis bien trop âgée pour le faire sans ton aide, ajouta-t-elle.

Je me ressaisis aussitôt, tel un animal remontant depuis de grandes profondeurs, refaisant surface en eaux troubles après une longue immersion.

– Je vais vous aider, dis-je.

Alors, je m'approchai du lit, me penchai et pris, enfin, Kelli Troy dans mes bras. Sa tête retomba sur la gauche quand je la soulevai, le côté de son visage pressé contre mon bras, ses yeux se levant vers moi, flottant, déconnectés, au-delà du plus tendre lien du souvenir.

Mlle Troy, en face de moi, était au bord des larmes. Très calme, elle contempla sa fille, puis releva la tête vers moi, cherchant toujours la réponse après toutes ces années.

– Pourquoi, Ben ? chuchota-t-elle. Pourquoi ?

Je détournai les yeux, les abaissai sur Kelli et vis tous les autres comme si, eux aussi, se blottissaient dans mes bras. Lyle, Sheila et Rosie. Mary et Raymond. Et même Todd. Leur visage petit et enfantin, leur regard brillant de façon étrange, comme illuminé par leur jeunesse, leurs espoirs, l'avenir qu'ils projetaient sans jamais s'imaginer que le chemin devant eux puisse être jonché de pièges invisibles. Et je me dis que tout Choctaw devait être relégué dans cette même ignorance, le monde entier, pour reprendre la formule de Kelli, composé de tout ce qui existe et n'existera peut-être jamais. Et là, tissé quelque part, une blessure en infectant une autre qui en entraînait une autre, le sombre tracé de la longue veine de ce mal qu'on n'a pas voulu.

Kelli mourut trois mois plus tard, suivie de peu par sa mère. Une poignée de gens assistèrent aux obsèques de Kelli, mais presque personne ne vint à celles de Mlle Troy. Et c'est peut-être le dénuement de cette cérémonie qui nous incita, Luke et moi, à retourner chez moi ce jour-là, et lui fit dire : « Tu sais, Ben, je n'ai jamais cru à la version qu'on nous a donnée de la vérité. »

Réflexion qui m'incita à retourner à Lutton devant l'église en ruine, avant de redescendre par la route du Mont jusqu'à Choctaw.

De retour chez moi, j'ouvris l'un des tiroirs de mon bureau et sortis les documents que j'y rangeais : des pages manuscrites, mon album de lycée, celui de 1962, l'année où Kelli est arrivée à Choctaw. Il était noir et or, aux couleurs du lycée et, sur la couverture, figurait un lynx, gueule ouverte. Je le feuilletai, m'arrêtant sur les visages de ceux qui avaient le plus compté pour moi.

J'en arrivai à ma propre photo que j'examinai en silence. Je regardais droit l'objectif, relevant le menton d'un air effronté, certain de me connaître. Mais j'étais bien plus vide que cette image ne le laissait penser. Et bien plus impitoyable au cœur de ce vide.

Je passai en revue les détails de cette photographie, vis tous les mensonges qu'elle contenait et entendis ma voix intérieure prononcer le jugement terrifiant que j'avais passé ma vie à fuir : *Il y a quelque chose qui cloche chez ce garçon.*

Et je sus ce qu'il me restait à faire.

Vers minuit, j'arrivai à la pépinière. L'obscurité régnait mais, avisant le 4 x 4 de Luke garé devant, je sus qu'il était là. Je franchis à pied la clôture électrique qui entourait le bâtiment, pénétrant dans une petite forêt d'arbustes à feuillage persistant. Ils s'alignaient rang après rang, en pots et joliment taillés, évasés, en fleur, vivifiant l'air de l'été.

Luke se trouvait au fond, vêtu d'un pantalon de flanelle grise, penché sur des jeunes plants. Il se redressa comme je venais vers lui, m'adressa un fin sourire et s'épongea le front du revers de sa manche.

– Tu sors drôlement tard, me lança-t-il.

Je ne le contredis pas.

Son sourire se dissipa dans la quiétude ambiante. Son visage s'assombrit quand il s'avisa de mon expression.

– Que se passe-t-il, Ben ?

Je m'efforçai de tout rassembler, de remettre chaque détail à la bonne place.

Luke fit un pas vers moi.

– Qu'est-ce qui t'amène ici si tard ?

Je revis Kelli étalée dans les hautes herbes, réentendis le procureur Bailey déclarer que seule la haine pouvait faire une chose pareille et sus qu'il se trompait.

Luke me dévisageait, l'air surpris.

– De quoi s'agit-il ?

– D'amour, répondis-je.

Et sur ce mot, je me lançai dans le récit le plus tragique qu'il m'ait été donné d'entendre.

Safari dans la 5ᵉ avenue
Gallimard, «Série noire», 1981

Du sang sur l'autel
Gallimard, «Série noire», 1985
et «Points», nᵒ P2869

Haute couture et basses besognes
Gallimard, «Série noire», 1989

Qu'est-ce que tu t'imagines?
Gallimard, «Série noire», 1989
Nouvelle traduction sous le titre
L'Innocence pervertie
«Points», nᵒ P4547, 2017

Les Rues de feu
Gallimard, «Série noire», 1992 et 2004
et «Folio Policier», nᵒ 533

Les Instruments de la nuit
L'Archipel, 1999
et Point Deux, 2012

Les Ombres de la nuit
L'Archipel, 2002
et «Le Livre de poche», nᵒ 37067

Interrogatoire
L'Archipel, 2003
et «Le Livre de poche», nᵒ 37167

Disparition
L'Archipel, 2003

La Preuve de sang
Gallimard, «Série noire», 2006
et «Folio Policier», nᵒ 666

Les Ombres du passé
Gallimard, «Série noire», 2007
et «Folio Policier», nᵒ 568

Les Feuilles mortes
Barry Award
Gallimard, « Série noire », 2008
et « Folio Policier », nº 593

Les Liens du sang
Gallimard, « Série noire », 2009
et « Folio Policier », nº 619

Les Leçons du Mal
Seuil Policiers, 2011
et « Points », nº P2754

Mémoire assassine
Point Deux, 2011
et « Points », nº P3169

Au lieu-dit Noir-Étang…
Edgar Award
Seuil Policiers, 2012
et « Points », nº P2945

L'Étrange Destin de Katherine Carr
Seuil Policiers, 2013
et « Points », nº P4009

Dernière Conversation avec Lola Faye
« Points », nº P3297, 2014

Le Dernier Message de Sandrine Madison
Seuil Policiers, 2014
et « Points », nº P4103

Le Secret des tranchées
Ombres noires, 2014

Le Crime de Julian Wells
Seuil Policiers, 2015
et « Points », nº P4392

La Vérité sur Anna Klein
« Points », nº P4235, 2016

RÉALISATION : IGS-CP À L'ISLE-D'ESPAGNAC
IMPRESSION : CPI FRANCE
DÉPÔT LÉGAL : AOÛT 2017. N° 103391 (3023636)
IMPRIMÉ EN FRANCE

« Thomas H. Cook capte à merveille
les remous d'un pays perturbé par la crise
politique et une fois de plus, excelle
dans la maîtrise d'une intrigue qui tisse
des liens entre le passé et le présent. »

Kirkus

SEUIL